Matthias Bürgel

Deine größte Angst

W0402022

FSC
www.fsc.org
MIX
Papier aus verantwortungsvollen Quellen
Paper from responsible sources
FSC® C105338

Weitere Titel des Autors:

Dunkler Hass
Schrei nach Rache
Kalte Körper

Über den Autor

Matthias Bürgel, Jahrgang 1970, studierte an der Fachhochschule der Polizei Rechts- und Verwaltungswissenschaften. Seit 1992 im Polizeidienst, versah er seinen Dienst als Kriminalhauptkommissar in unterschiedlichen Bereichen der Kriminalpolizei, zuletzt beim Kriminaldauerdienst. Aktuell ermittelt er als Sachbearbeiter beim Polizeirevier Donaueschingen.

Trotz der menschlichen Abgründe, die er in seiner täglichen Arbeit erfährt, liebt er seinen Beruf. Seine langjährigen Erfahrungen inspirierten ihn zu seiner Reihe rund um den Fallanalytiker Falk Hagedorn. Matthias Bürgel ist Mitglied im Syndikat (Verein deutschsprachiger Krimiautoren).

Matthias Bürgel

Deine größte Angst

be
THRILLED

Vollständige Ausgabe der in
der Bastei Lübbe AG erschienenen E-Book-Ausgabe

beTHRILLED in der Bastei Lübbe AG

Textredaktion: Uwe Voehl
Lektorat/Projektmanagement: Anne Pias
Covergestaltung: Kristin Pang, München unter Verwendung von
Motiven © Good dreams – Studio / shutterstock.com; amber_85 /
shutterstock.com; jchizhe / Adobe Stock; Anneke / Adobe Stock
Satz: 3w+p GmbH, Rimpar
Druck: Libri Plureos GmbH

ISBN 978-3-7413-0434-7

be-thrilled.de
lesejury.de

Prolog

Konstanz, Altstadt
1. Dezember, 16 Uhr 30

Mit Blut besudelte Menschen rannten ziellos, schreiend und kreischend durcheinander. Instinktiv warf Hagedorn schützend die Arme über den Kopf, als jemand oder etwas über ihn hinwegsprang, gerade in dem Moment, als er vom Sitz seines Rollstuhls glitt und sich zu dem Jungen niederließ.

Auf den Unterarmen robbte er neben ihn, die gelähmten Beine nutzlos hinter sich herschleifend, schob seinen Unterarm vorsichtig unter den Nacken des Jungen und zog ihn behutsam zu sich heran. Hob ihn an seine Brust. Eisiger Schneematsch kroch durch seine Hose und den Saum seines Anoraks.

»Macht doch endlich diese scheiß Musik aus«, schrie er in die Menge.

Aus verborgenen Lautsprechern säuselten die letzten Takte von Bing Crosbys *White Christmas,* um übergangslos durch Chris Reas *Driving Home for Christmas* abgelöst zu werden.

Gleich einer rostigen Saugpumpe, die leerlief, rasselten und blubberten die Atemstöße des Jungen. Er hustete gequält.

Fäden aus Speichel, Rotz und Blut hingen an seinen Mundwinkeln herunter. Hagedorn wischte sie mit dem Ärmel seiner Jacke weg.

Die dürren Beine zertrümmert, unnatürlich verwinkelt und verdreht. Knochensplitter ragten wie Dolche aus der durchlöcherten Jeans.

Doch noch etwas anderes ragte aus ihm heraus. Der rot-weiß lackierte Absperrpfosten hatte sich in die Brust des Jungen gebohrt, Organe zerfetzt, die Wirbelsäule zertrümmert und ihn komplett durchschlagen. Als er eine Hand an das Metall des Pfostens legte, glaubte er, darin den schwächer werdenden Herzschlag des Jungen vibrieren zu spüren.

Die Blicke des Jungen suchten ihn.

»Du hast schöne Augen«, flüsterte Hagedorn. »Wie heißt du denn, mein Junge?«

»Leon«, antwortete er flüsternd.

»Das ist ein toller Name.« Er legte ihm die Hand an die Wange. »Weißt du, was Leon bedeutet? Hm? Der Starke, der Kämpfer. Wusstest du das?« Leon blinzelte. Für ein Lächeln reichte es nicht. »Du bist ein Kämpfer, nicht wahr, Leon? Das bist du doch?«

Erneut ein schwaches Blinzeln. Schneeflocken rieselten herab und verfingen sich in den feinen, beinahe durchsichtig blonden Wimpern, schmolzen auf der bleichen Gesichtshaut des Jungen, vermischten sich mit dem Blut und rannen in filigranen Schlieren die Wange herunter.

»Hörst du, Leon? Hilfe ist unterwegs. Du musst nur noch ein wenig durchhalten. Willst du das für mich tun?«

Leon nickte fast unmerklich. Unablässig fixierten ihn die eisblauen Augen, während die Lippen lautlose Worte formten.

»Ich weiß.« Hagedorn streichelte sanft seine Wange. »Du bist ein Kämpfer. Wie ich. Wir sind beide Kämpfer.«

Die Rettungswagen konnten nicht mehr weit weg sein, und doch schienen sich die Sekunden zu einer

Ewigkeit auszudehnen, als das Sirenengeheul quälend langsam näher kroch.

»Komm schon, Leon. Halte durch! Gleich kommt der Arzt.«

Hagedorn spürte, wie sich der schmächtige Körper in seinen Armen aufbäumte. Leons Unterbewusstsein schien sich trotzig zur Wehr zu setzen, dennoch wurden die Atemwölkchen vor Leons Mund unregelmäßiger und dünner. Verloren immer mehr an Substanz. Bis die einzig verbliebene Wolke Hagedorns kondensierender Atem war, der sich in der kalten Dezemberluft verlor.

»Atme doch, verdammt!«

Zitternd tasteten seine Fingerspitzen vergeblich suchend über die Halsschlagader des Jungen.

Seiner Kehle entfuhr ein Schrei, dem seine ganze Verzweiflung, Wut und Schmerz innewohnten. Denjenigen, die ihn vernahmen, würde er sich für alle Zeiten in die Seele brennen. Untrennbar verschmolzen mit den verklingenden Harmonien von *Driving Home for Christmas.*

Kapitel 1

Irgendwo in Konstanz
1. Dezember, 17 Uhr 15

Die Erregung, die von ihm Besitz ergriffen hatte, ließ ihn erzittern. Seine Beine fühlten sich teigig an, und er fiel aufs Sofa. Den Unterarm über die Augen gelegt, lief wie ein innerer Film die Fahrt vor ihm ab.

Er versuchte sich seiner widerstreitenden Gefühle klar zu werden. Gewissensbisse und ein nie gekanntes Hochgefühl fochten unerbittlich miteinander. Aber es war abzusehen, dass die Euphorie die Oberhand gewinnen würde.

Ruckartig setzte er sich auf und kramte in der Jacke nach der Kamera, die er danach hastig in eine der beiden Innentaschen gestopft hatte. Das Gehäuse zu öffnen war schon kniffliger. Besonders wenn man klamme und zittrige Hände hatte.

Mit spitzen Fingern klaubte er die Karte aus dem Slot und legte sie neben die Dash-Cam auf den niedrigen Couchtisch. Die Kamera war nichts Besonderes. Keine dieser sündhaft teuren Action-Cams, für die man mehrere Hunderter hinlegen musste. Knapp fünfzig Euro hatte er bei einem großen Internetshop dafür bezahlt. Einfach, ohne viel technische Gimmicks, aber mit einer hohen Auflösung. Das war ihm wichtig gewesen.

Polternd stürmte er die Treppe nach oben und kehrte wenige Augenblicke später aus seinem Zimmer im Dachgeschoss zurück.

Unter dem Arm das MacBook und ein Kartenlesegerät, das er sogleich mit dem Laptop verband und das Gerät hochfahren ließ.

Über den Finder wählte er die Speicherkarte an und klickte auf die einzige darauf abgespeicherte Datei.

Waren es wirklich nur vier Minuten gewesen? Ungläubig runzelte er die Stirn. Es war ihm viel länger vorgekommen.

Erwartungsvoll schwebte sein Zeigefinger über dem Touchpad. Dann öffnete er die Datei.

»Geh zur Seite, Mann«, drang seine eigene Stimme aus den integrierten Lautsprechern des MacBooks. Sie klang nervös und angespannt. Wenn er sich darauf konzentrierte und gefasst war, hatte er es gut unter Kontrolle. War er hingegen nervös oder hektisch, schlug sein Sprachfehler durch.

Einige Passanten wichen widerwillig zur Seite, andere wiederum bedachten ihn mit Beschimpfungen und obszönen Gesten.

Von der Oberen Laube kommend, war er über die Paradiesstraße über den Obermarkt in die Kanzleistraße eingefahren. Der Motor des Vito, den er in der Nacht zuvor in der Schweiz etwas außerhalb von Kreuzlingen aufgebrochen und kurzgeschlossen hatte, lief ruhig. Weiß sollte der Wagen sein und ohne Werbeaufdrucke. Einfach weil er die Farbe mochte. Sie hatte keine tiefergehende symbolische Bedeutung für ihn.

Seit der Amokfahrt auf dem Breitscheidplatz vor fast genau sieben Jahren, suggerierte man den Menschen Sicherheit. Man türmte überdimensionierte, an Legosteine erinnernde Bauklötze aus Beton auf, die eine Wiederholung eines solchen Anschlags vereiteln sollten.

Für gewisse Fahrzeuge mochte das Umfahren solcher

Blockaden tatsächlich hinderlich sein, weshalb er sich bewusst für einen Kleintransporter entschieden hatte.

Das Bild ruckelte, als der Vito über eine Bordsteinkante holperte.

Vielen Kommunen und Ausstellern hatte die Corona-Pandemie einen Strich durch die Rechnung gemacht. Seit die Pandemie-Verordnungen gelockert wurden, kehrten Volksfeste, kulturelle Veranstaltungen und eben auch die Weihnachtsmärkte zurück und erfreuten sich größter Beliebtheit. Obwohl das Münchner Oktoberfest mit einer Million Besuchern unter den Erwartungen geblieben war, spürte man dennoch, dass die Menschen es leid waren eingesperrt zu sein und nach Geselligkeit und Ausgelassenheit gierten.

Mit über einhundertfünfzig Ausstellern, die ihre Waren und Speisen in zauberhaft dekorierten Holzhütten präsentierten, zählte der Weihnachtsmarkt in Konstanz zu einem der größten in Deutschland. Vom Obermarkt dehnte er sich über die Kanzleistraße, über die gesamte Marktstätte bis zum Hafen und dem dort vor Anker liegenden Weihnachtsschiff aus. Einhunderttausend installierte Glühbirnen schufen eine weihnachtliche Stimmung.

Ihm war das gleichgültig. Weihnachten hatte für ihn schon vor Jahren seine Bedeutung verloren. Das Gefühl, das er in diesem Moment verspürte, kam einer vorweihnachtlichen Stimmung noch am nächsten.

Der letztjährige Weihnachtsmarkt musste, wegen steigender Inzidenzen, bereits nach fünf Tagen seine Pforten wieder schließen.

Seit Jahrzehnten frönten seine Eltern der vorweihnachtlichen Tradition des Marktbesuches.

Ohne Magenbrot, gebrannte Mandeln, heiße Maronen und reichlich Feuerzangenbowle oder Glühwein sei die Adventszeit keine richtige Adventszeit, pflegte seine Mutter zu betonen. Und fromm, wie sie war, zelebrierte sie die Abfolge des Kirchenjahres.

Viele Jahre schon hielten sie dabei einem bestimmten Standbetreiber die Treue. Weil dort der Glühwein angeblich am besten schmecke. Persönlich hatte er dem Gesöff nie etwas abgewinnen können. Er bekam davon nur Kopfschmerzen.

»Verpiss dich, Alter!«, blaffte er einen Passanten an, der provokativ langsam vor dem Vito über die Kanzleistraße schlenderte.

»Hab ich euch«, hörte er sich sagen. Seine Stimme mochte er genauso wenig wie sein Aussehen.

Siebzig Meter oder weniger war die Gruppe noch entfernt, die er als Erstes ins Visier nahm. Eingemummelt in dicken Schals, standen die Leute neben einem der Heizpilze, jeder einen dampfenden Glühweinbecher in der Hand.

Dann heulte der Motor auf. Mit durchdrehenden Reifen beschleunigte der Wagen, vollführte einen bockigen Satz vorwärts. Schlingerte, fand wieder in die Spur und hielt auf den Glühweinstand zu. Körper schlugen dumpf gegen die Karosserie, prallten daran ab. Noch vierzig Meter. Menschen sprangen zur Seite, brachten ihre Kinderwagen in Sicherheit.

Dreißig Meter. *Wumm!* Ein Mann im Nikolauskostüm knallte gegen die Front des Vitos, wurde zurückgeworfen und mähte ein halbes Dutzend Passanten nieder, als er sie mit sich riss. Holpernd überrollte er den Nikolaus.

Das stakkatoartige Mahlen und Knirschen berstender Knochen klang wie die irrwitzige Soloeinlage des Drummers Lars Ulrich von Metallica, seiner Lieblingsband.

Noch fünfzehn Meter. Er schaltete in den Dritten, beschleunigte weiter, hielt auf die Personengruppe zu, die nun, zu Salzsäulen erstarrt, des herannahenden Unheils harrte.

»Hallo zusammen!« Die Stimme aus den Lautsprechern des Macs klang beinahe fröhlich.

Ein hochgeschossener Kerl erwachte als Erster aus seiner Starre und versuchte vergeblich, die anderen hinter den Stehtisch mit dem Heizpilz zu ziehen.

Er stieß ein grimmiges Lachen aus. Als wenn sie das vor ihm bewahrt hätte.

Noch drei Meter. Zwei. Einen. Das angstvoll verzerrte Gesicht einer älteren Frau zerplatzte vor ihm auf der Windschutzscheibe. Den überrascht dreinschauenden Blick des hochgewachsenen Mannes zerriss es nur Millisekunden später. Hirnmasse, Blut und Speichel klebten zäh auf der Scheibe, das die Wischerautomatik gleichmäßig vor seinem Blickfeld verschmierte.

Kreischen und laute Rufe mischten sich unter die dumpfen Geräusche der auf der Karosserie aufschlagenden Körper. Ungebremst raste er die Marktstätte hinunter und hielt auf die Unterführung zu. Knochen knackten und zerbarsten unter den Rädern, immer wieder schlugen Leiber polternd gegen den Unterboden.

Um den Brunnen zu umrunden, musste er vom Gas gehen und bremsen.

»Fuck!«, hörte er sich ungläubig ausrufen.

Ein Arm schob sich durch das geöffnete Seitenfenster und packte das Lenkrad. Aus den Augenwinkeln nahm er die blaue Uniform wahr.

Eine Frau steckte darin, die ihm etwas zubrüllte. Er verstand kein Wort davon.

»Lass los, Bitch!«, brüllte er, hieb mit dem linken Ellbogen nach ihr und beschleunigte. Irgendwann würde sie schon loslassen.

Wieder und wieder schlug er nach der Frau, bis ihr Griff sich löste und das Lenkrad schließlich freigab.

Als er sich der Unterführung näherte, wurde ihm klar, dass die Hütten zu dicht und zu eng beieinanderstanden. Die Gefahr, sich darin zu verkeilen und danach nicht mehr aus dem Van steigen zu können, war zu groß. Er riss das Lenkrad nach rechts, hielt auf den Bahnhofsplatz zu, als sich ihre Blicke trafen. Eine Mischung aus Unverständnis und blankem Entsetzen lag in den eisblauen Augen des Jungen, als er ihn direkt ansah. Seine Hand krallte sich um das abgerundete Ende des Absperrpfostens, gegen den er sich eben noch locker gelehnt hatte. In seinem Gesicht die bittere Erkenntnis, dass er einem Aufprall nicht würde entgehen können. Der Junge schloss die Augen.

In der nächsten Sekunde rammte er den Jungen, riss den Pfosten aus seiner Verankerung und schleuderte beide gegen die Wand eines Gebäudes.

Im selben Moment, wie der Player die Aufnahme beendete, kam er zum Höhepunkt.

Kapitel 2

Psychotherapeutische Praxis Hagedorn & Szegeny
8. Dezember, 17 Uhr 30

»Mein Mann hört mir nie zu. Ich kann ihm auch nie etwas recht machen. Ständig meckert er an meiner Haushaltsführung herum. Dabei rührt er im Haus keinen Finger, der Idiot«, jammerte die Frau seit vollen dreißig Minuten.

Eine einfach gestrickte, ungepflegte Mittvierzigerin, die seit vier Wochen zu ihm in die Therapie kam. Versuche, ihr Fragen zu stellen, wie sie sich damit fühle oder sie in der Vergangenheit mit den Konflikten in ihrer Ehe umgegangen war, hatte er schnell aufgegeben. Hagedorn war sich nicht sicher, ob nicht der Ehegatte der Bedürftigere von den beiden war. Unentwegt beklagte sie sich über ihn, fühlte sich dabei aber in der Opferrolle. Ohne ihn je zu Gesicht bekommen zu haben, empfand er beinahe Mitleid mit dem armen Kerl.

»Bitte, Frau Scholz«, entschuldigte sich Hagedorn. »Mir geht es heute nicht besonders gut. Ich würde unsere Sitzung gerne vertagen, wenn es Ihnen nichts ausmacht.«

»Wenn es sein muss«, quengelte die Frau genervt.

Ostentativ geschäftsmäßig, damit sie sein Augenrollen nicht mitbekam, wandte er sich dem Monitor zu und begann ihr Termine vorzuschlagen, um mögliche Einsprüche im Keim zu ersticken.

»Okay, Mittwoch geht es bei Ihnen nicht, sagen Sie. Passt es nächsten Freitag? Halb elf?«

Gleichmütig zuckte die Frau mit den Achseln. »Das geht«, erwiderte sie knapp.

»Gut. Und bis dahin möchte ich Sie bitten, über den weiteren Fortgang unserer Sitzungen nachzudenken.«

»Hä? Wie meinen Sie das?«

Gott, war die Frau begriffsstutzig!

»Na ja …« Er überlegte kurz, wie er es ihr beibringen sollte. »Sie haben mir bislang nur von Ihrem Mann erzählt. Aber nur sehr wenig über sich selbst.«

»Wenn er aber doch das Problem ist? Ich habe den Eindruck, Sie wollen mir überhaupt nicht helfen«, meinte sie trotzig.

»Dann will ich es anders formulieren, Frau Scholz.« Hagedorn faltete die Hände, stützte das Kinn darauf und sah sie scharf an. »Sie vergeuden meine Zeit und verpulvern Ihr Geld. Was Sie brauchen, ist eine Eheberatung und kein Psychotherapeut. Und jetzt bitte ich Sie zu gehen.«

Hagedorn hatte keinen Nerv mehr für diese Frau.

»Dann sehen wir uns nächsten Freitag?«, erkundigte sie sich verschüchtert.

»Nein, tun wir nicht.«

»Jasmin?«, rief er in den Vorraum, nachdem die Frau beleidigt aus der Praxis gestapft war. »Bring mir bitte einen Kaffee und ein paar Aspirin.«

Jasmin war seit einem Jahr seine Praxis-Assistentin. Zu Beginn war sie ihm mit ihrer quirligen Art tierisch auf die Nerven gegangen, aber sie hatte sich als wahre Bereicherung entpuppt. Für seinen Partner Darius, die Praxis, aber auch für ihn persönlich.

Das Mahlwerk des Kaffeevollautomaten setzte sich in Bewegung.

»War sie wieder sehr anstrengend?« Jasmin brachte ein Glas Wasser mit zwei Aspirin und stellte beides vor ihm ab.

»Danke. Frau Scholz ist immer anstrengend.«

»Ich würde heute gern etwas früher gehen.«

»Aber erst wenn ich meinen Kaffee habe«, flachste er.

Jasmin deutete einen Knicks an. »Selbstverständlich, Mylord.«

»Los verschwinde«, sagte er lachend.

Für heute standen keine weiteren Termine an. Er rührte in seinem Kaffee und überlegte, ob er am Abend kochen oder essen gehen sollte. Schlagartig fiel ihm ein, dass in seinem Kühlschrank gähnende Leere herrschte, was die verbliebenen Optionen einschränkte. Morgen würde er dringend seine Vorräte auffüllen müssen.

Für einen Moment schloss er die Augen und genoss das Nachlassen des schmerzhaften Pochens in den Schläfen. Die beiden Aspirin begannen ihre Wirkung zu entfalten. Mit dem Daumen drückte er den Steuerhebel seines elektrischen Rollstuhls und fuhr zum Fenster, wo er die Gardine ein wenig zur Seite schob und kritisch den bleiernen Himmel betrachtete. Schneeregen verwandelte die Marktstätte, an der seine Praxis lag, in einen matschigen Sumpf. Nur wenige Hütten, die bei der Amokfahrt unversehrt geblieben waren, hatten geöffnet. Wobei er sich die Frage stellte, für wen eigentlich? Kaum einer war unterwegs. Der Schock saß tief in der Konstanzer Bevölkerung, und die Anteilnahme für die Opfer war beeindruckend.

Die wenigen Menschen, die sich trotz des Sauwetters auf die Marktstätte wagten, gingen mit gesenktem Kopf, legten Blumen nieder oder zündeten eine Kerze an. Tausende Teelichter, Kuscheltiere aller Art und Trauerkränze türmten sich auf den Stufen der Marktstättenunterführung. Die Konstanzer Kirchengemeinden wetteiferten mit Trauer- und Gedenkfeiern, während im Stadtrat die Fetzen flogen.

Man streite, so berichtete die Lokalpresse, ob es noch vertretbar sei, den Weihnachtsmarkt geöffnet zu lassen.

Letztlich, da war sich Hagedorn sicher, würden finanzielle Interessen die Oberhand gewinnen, und man würde den Weihnachtsmarkt bis zum 24. Dezember weiterlaufen lassen. Natürlich mit den gewohnt salbungsvoll um Mitgefühl heischenden Worten. Gerade schlenderte zum dritten Mal das Kamerateam eines großen deutschen Privatsenders über den Platz. Eine für die Witterung völlig unpassend gekleidete Reporterin streckte jedem, der ihr über den Weg lief, ein Mikrofon mit pelzigem Überzug unter die Nase.

Offenbar schien sie wenig Erfolg damit zu haben, da alle, bei denen sie es probierte, sich kopfschüttelnd abwandten und schnell das Weite suchten.

Hagedorn fuhr zusammen, als die Praxisklingel schrillte. Er musste ein Stück zurücksetzen, um an den Taster für den Türöffner zu gelangen, den er sich auf der Schreibtischplatte hatte installieren lassen.

Er spähte in den Empfangsbereich.

»Marius!«, rief er freudig. »Schön, dich zu sehen.«

Erster Kriminalhauptkommissar Marius Bannert stampfte sich übertrieben den Schneematsch von den Schuhen und schlüpfte aus dem Anorak, den er, ordnungsliebend, wie er war, akkurat an einen Bügel hängte.

Der Fall eines Serienmörders hatte sie vor vier Jahren zusammengeführt. Damals hatte der geistesgestörte Verwaltungschef der Konstanzer Klinik junge Frauen entführt, getötet, skalpiert und ihnen die Geschlechtsorgane entfernt, um sich damit zu schmücken. Ihn fröstelte bei der Erinnerung daran. Damals lebte er noch in Stuttgart, als Bannert völlig verzweifelt, eine Akte unter den Arm geklemmt, vor der Haustür seines Siedlungsreihenhauses gestanden und um seine Mithilfe gebeten, ja ihn regelrecht angefleht hatte.

Einem ersten Impuls folgend hatte er ihm die Tür vor der Nase zugeschlagen, mit dem freundlichen Hinweis, sich zum Teufel zu scheren. Heute dachte er freilich anders darüber.

Er würde es Marius gegenüber nie eingestehen, aber möglicherweise hatte er es ihm zu verdanken, dass er aus einer Lethargie befreit worden war, die er selbst vielleicht nie hätte überwinden können.

Nachdem der Fall erfolgreich abgeschlossen war, hatte er das Haus in Stuttgart verkauft und mit dem beträchtlichen Erlös dafür ein Häuschen im Konstanzer Musikerviertel erstanden, das er nach seinen Bedürfnissen umgestaltet hatte.

Nicht nur, dass er Bannert sein Leben verdankte, zwei weitere Fälle hatten sie noch enger zusammengeschweißt. Sie waren Freunde geworden und er Patenonkel von Bannerts Tochter.

Hagedorn griff nach dem Telefonhörer, als der Apparat klingelte, während er aus der Rezeption die Jura-Maschine erneut mahlen hörte.

»Ich schau derweil mal nach dem Kaffee. « Bannert ließ Hagedorn allein telefonieren.

»Hagedorn«, meldete er sich. »Guten Abend, Herr Oberbürgermeister.«

Hagedorn lauschte stumm.

»Ihre Anfrage ist zwar sehr schmeichelhaft, aber ich lehne dankend ab. Guten Abend!« Hagedorn legte auf.

Bannert hatte inzwischen wieder das Büro betreten, den Kaffeebecher mit beiden Händen umfassend.

»Was wollte denn der OB von dir?« Bannert ließ sich auf die Zweierledercouch fallen und nippte vorsichtig am heißen Kaffee.

»Ach egal. Was verschafft mir das Vergnügen deines Besuchs? Lass mich raten. Du warst den Bürokaffee leid und wolltest mal wieder eine gute Tasse Kaffee bei mir genießen. Hab ich recht?« Hagedorn grinste breit.

»Nein, ich wollte einfach mal sehen, wie's dir geht.«

»Danke.«

»Wie danke?«, echote Bannert.

»Danke, dass du nach mir siehst.« Hagedorns Gesichtsausdruck wurde ernst. »Ehrlich gesagt, weiß ich nicht, wie es mir geht. Ich habe viel zu tun, und das lenkt mich ab.«

»Hm, verstehe«, brummte Bannert. »Hast du mal darüber nachgedacht, selbst eine Therapie zu machen?«

Hagedorn warf mit gespielter Entrüstung die Arme in die Höhe. »Warum sollte ich eine Therapie machen?«

»Falk.« Bannerts Blick hatte etwas Bohrendes. »Deine Gefangenschaft in Burgers Jagdhütte, Karinas und Laras Tod, dein Erlebnis letzte Woche. Wären das nicht Gründe genug, deine Traumata aufzuarbeiten?«

»*Möglich*«, ging es Hagedorn widerstrebend durch den Kopf. Härter als Laras Tod hatte ihn der Tod seiner Tochter getroffen.

Lara, Dr. Lara Geermann, war die verantwortliche Rechtsmedizinerin gewesen, mit der sie am letzten Fall zusammengearbeitet hatten. Obwohl sie sich nur kurze Zeit gekannt hatten, war daraus eine Liaison entstanden. Mit dem Ergebnis, dass er sich Hals über Kopf in sie verliebt hatte. Bis sie auf tragische Weise ums Leben gekommen war.

Die Bilder hatten sich ebenso unauslöschlich in sein Gedächtnis gebrannt wie der Schusswechsel am Stuttgarter Flughafen, in dessen Kugelhagel seine Tochter Karina den Tod gefunden hatte.

Keine Nacht verging seitdem, in der er nicht schweißgebadet erwachte, um danach mit Sam, seinem Golden Retriever, rastlos durch die Nacht zu streifen.

»Keine Ahnung, Marius. Vielleicht hast du recht.«

Bannert richtete sich überrascht auf. »Ich habe recht? Seit wann gibst du mir bei einer Sache recht? Das ist ja eine ganz neue Seite an dir.«

Hagedorn wischte mit der Hand durch die Luft und unterstrich damit, dass er seine angeblich neue Seite nicht näher vertiefen wollte.

»Weshalb bist du wirklich hier, Marius?«

»Echt jetzt, Falk? Wieso sollte ich dich nicht einfach mal so besuchen? Ich muss doch wissen, wie es dir geht.«

»Lass das. Dafür hast du ein Handy mit meiner Nummer drauf. Weswegen bist du also hier?«

»Na schön …« Bannert atmete einmal tief durch. »Wir kommen in der Soko Vito nicht weiter.«

Hagedorn schürzte die Lippen. »Vito — wie kreativ«, spöttelte er. »Wegen des Tatfahrzeugs?«

»Hm«, summte Bannert zustimmend. »War nicht meine Idee.«

Hagedorn verkniff sich die Frage, wem der kreative Erguss entsprungen sein mochte.

»Brandl wäre nicht so verkehrt, aber Nadine fehlt mir sehr. Und ich sage das nicht nur, weil sie die beste Vorgesetzte war, die ich je hatte.«

»Ich weiß, was du meinst«, bestätigte Hagedorn. »Also, um dein Anliegen vorwegzunehmen …«

»Du weißt doch noch gar nicht, was ich will«, empörte sich Bannert.

»Meine Antwort ist Nein. Ich kann euch nicht helfen, und ich werde es auch nicht.«

»Wieso?« Bannerts Tonfall hatte etwas von einem quengelnden Kleinkind, dem man das Lieblingsspielzeug weggenommen hat.

»Weil ich befangen bin, du Hornochse«, tadelte ihn Hagedorn.

»Ach komm schon, Falk. Als wenn du das in anderen Fällen nicht auch schon gewesen wärst. Ich erinnere nur an den Fall Zahnert.«

Hagedorn wusste, worauf er anspielte. Der Serienkiller Gernot Zahnert, der vier junge Frauen ermordete, hatte sich Hagedorns Tochter bemächtigt. Und dennoch hatte er sich nicht von dem Fall abziehen lassen. Nur mit knapper Not waren Karina und er dem Tod entronnen.

»Ist dir mal in den Sinn gekommen, dass ich das gar nicht mehr will?«

Bannert sah ihn überrascht an.

»Was glaubst du, wie viel die Psyche eines Menschen ertragen kann, bevor sie daran zugrunde geht? Alles hat Grenzen.«

»Also gibst du zu, dass du traumatisiert bist?«

»Das will ich damit nicht sagen«, widersprach Hagedorn. »Vielleicht will ich es einfach nicht herausfinden, okay?« Hagedorn legte die Hände in den Schoß und knetete sie. »Außerdem –«

»Schon gut«, unterbrach ihn Bannert. »Ich nerv nicht weiter.«

Einige Sekunden herrschte Schweigen.

»Was wollte nun der Oberbürgermeister von dir?«

»Ach.« Hagedorn schnaubte verächtlich. »Offenbar sieht man sich seitens der Stadtverwaltung bemüßigt, aktive Opferhilfe zu leisten. Er will, dass ich eine Opfergruppe betreue.«

»Das ist doch gut.«

»Einen Scheiß ist es«, widersprach Hagedorn. »Man will damit doch nur weiteren Schaden durch Zivilklagen oder teure Folgebehandlungen verhindern. Letztlich geht es immer nur um Geld und Publicity. Sind nicht OB-Wahlen im kommenden Jahr?«

»Richtig«, pflichtete Bannert bei.

»Da hast du es.«

Bannert schien einen Augenblick zu überlegen. »Vielleicht solltest du das Angebot trotzdem annehmen«, schlug er vor. »Abgesehen davon, dass es eine gute Werbung für deine Praxis wäre, zwingt es dich, deine eigene Trauerarbeit in die Hand zu nehmen.«

»Das ist das Letzte, was ich will«, knurrte Hagedorn.

»Was? Werbung für deine Praxis zu betreiben oder endlich zu trauern?«

»Quatsch! Ich meine, ich will in keiner Weise von dem Massaker profitieren, das sich da draußen vor einer Woche abgespielt hat.«

Bannert fürchtete schon, sein Gegenüber würde sich in Rage reden, aber umso ruhiger fuhr Hagedorn fort: »Bitte, Marius.« Hagedorns Stimme war zu einem Flüstern geworden. »Versprich mir, dass ihr den Drecksack festnagelt.«

»Versprochen!« Bannert zeichnete ein Kreuz über dem Herzen. »Auch wenn ich dich gerne dabeigehabt hätte.«

»Ich kann nicht«, seufzte Hagedorn.

»Okay, anderes Thema: Was machst du eigentlich an Heiligabend?«

Kapitel 3

Polizeipräsidium Konstanz
9. Dezember, morgens

Sam hob den Kopf und knurrte etwas vor der Terrasse an.

»Ruhig, mein Guter.« Hagedorn hob den Arm und tätschelte den Kopf des Hundes. »Bestimmt nur ein Eichhörnchen. Du weißt doch, dass wir ein Paar davon als Untermieter in unserem Garten beherbergen. Ich will auch nicht, dass du sie jagst. Verstanden? Eine gute Nachbarschaft ist mir wichtig.«

Sam legte den Kopf schief und stieß ein zustimmendes Bellen aus.

»Sehr gut. Dann haben wir uns ja verstanden.«

Nachdem Hagedorn am Abend zuvor direkt von der Praxis ins Brauhaus Albrecht gefahren war, um eine kleine Mahlzeit einzunehmen, war er später völlig erschöpft auf der Couch eingeschlafen. Er hatte die Kraft nicht mehr aufbringen wollen, sich in den Treppenlift zu hieven, damit nach oben zu fahren und sich bettfein zu machen.

Er stemmte den massigen Körper in den elektrischen Rollstuhl und hielt damit auf die Küchenzeile zu. Aus einem Tupper-Gefäß schüttete er die letzten Bohnen in den Behälter seines Kaffeeautomaten. Eine Tasse, mehr würden die Bohnen nicht mehr hergeben, und die würde er schwarz trinken müssen, da Milch und Zucker ebenfalls schon seit Tagen aufgebraucht waren. Er würde heute dringend einkaufen müssen.

Suchend sah er sich in der Küche um, bis er das letzte Blatt eines ohnehin bald abgelaufenen Bildkalenders abriss, es umdrehte und darauf aufzulisten begann, was er über die Weihnachtsfeiertage benötigen würde.

»Ja, mein Großer, Hundefutter habe ich auch auf der Liste.«

Sam sah ihm mit heraushängender Zunge vom Wohnzimmer aus zu.

»Wenn du das machst, siehst du völlig verblödet aus. Das weißt du hoffentlich?« Augenblicklich, als hätte der Hund jedes Wort verstanden, verschwand die Zunge im Maul.

»Na bitte. So siehst du wie ein halbwegs intelligenter Hund aus. Na? Begleitest du mich und hilfst mir die Einkäufe nach Hause zu bringen?«.

Sam trottete schwanzwedelnd auf ihn zu.

»Aber zuerst brauche ich eine Dusche. So trau ich mich nicht aus dem Haus. Warte so lange im Garten, verstanden?«

Sam zwängte sich durch den Spalt, schneller als Hagedorn die Schiebetür öffnen konnte und sprang in den Garten hinaus, in dem Schneereste zu einem pampigen Teppich zusammengeschmolzen waren.

»Du weißt, was ich dir über die Eichhörnchen gesagt habe?«, rief er ihm mit erhobenem Zeigefinger hinterher.

Nachdem er sich rasiert, geduscht und angezogen hatte, fuhr er zu einem nahe gelegenen Supermarkt. Sam war es gewohnt, neben dem Rollstuhl herzutraben und vor dem Laden geduldig zu warten.

Die Ikea-Nylontasche war prall gefüllt und wog schwer. Wegen ihrer langen Schlaufen passte sie hervorragend an die Lehne des Rollstuhls, wenngleich es jedes Mal ein schierer Kraftakt war, die Tasche dort zu befestigen. Eine andere Lösung musste her. Vielleicht würde er heute noch einen Zweiradhändler wegen einer Anhängerkupplung aufsuchen. Gleich nachdem er im Präsidium vorbeigeschaut hatte, würde er sich darum kümmern.

Hagedorns Blick wanderte über die Whiteboards im Soko-Raum.

Bilder furchtbar entstellter Männer, Frauen und Kinder waren mit Klebestreifen daran befestigt. Mehrere Aufnahmen des weißen Mercedes Vito, mit dem der Täter über den Weihnachtsmarkt gerast war. Der Interims Kripo-Chef Kurt Brandl hatte Hagedorn hierhergeschickt.

»Da finden sie Bannert am ehesten«, hatte er gemeint. Womit er falschgelegen hatte. Der Soko-Raum war verlassen. Leere Kaffeetassen, Pizza- und Burgerschachteln, verströmten den Duft durchgearbeiteter Nächte. Inständig hoffte er, dass sie nicht ergebnislos geblieben sein mochten.

»Übel, oder?«

Hagedorn fuhr herum. »Marius?« Er nickte ihm zu. »Zeit für einen Kaffee?«

»Für dich immer, mein Freund.« Bannert verschwand und kehrte wenig später mit einer Thermoskanne und zwei frischen Tassen zurück. »Milch und Zucker sind leider ausverkauft.«

»Geht auch so«, zerstreute er Bannerts Einwand, während er zusah, wie er die beiden Tassen füllte.

Hagedorn nippte am Kaffee, verzog das Gesicht, enthielt sich aber eines Kommentars.

»Hast du es dir anders überlegt?«, fragte Bannert

schließlich. »Oder was verschafft mir die Ehre deines Besuches?«

»Red nicht so geschwollen daher.« Hagedorn deutete auf die Tafeln. »Nicht wirklich viel für eine Woche Arbeit, oder?«

»Wem sagst du das?« Bannert fuhr sich mit den Fingern durch die Haare. »Wir haben Spuren«, fuhr er fort. »Jede Menge Spuren. Tonnen von Spuren. Haare, Fasern, Fingerabdrücke, DNA. Die ganze Bandbreite. Aber keine Vergleichsproben. Keine einzige Datei spuckt einen Treffer aus. Der Drecksack wurde noch nie erkennungsdienstlich behandelt.«

»Hm«, summte Hagedorn nachdenklich. »Ein unbeschriebenes Blatt also. Islamismus?«

»Können wir ausschließen. Zumindest hat bislang keine islamistische Terrorgruppe den Anschlag für sich proklamiert.«

»Was habt ihr sonst noch?«

Bannert stöhnte. »Wo fange ich an? Der Van wurde in der Nacht vor der Tat in der Schweiz von einem Privatparkplatz entwendet. Die meisten Spuren haben wir im Fahrzeug gesichert. An der Windschutzscheibe war mit Saugfuß eine Handy- oder Navihalterung befestigt, die nicht den Eigentümern gehörte und mutmaßlich vom Täter zurückgelassen wurde.«

»Hm. Vielleicht eine Dash-Cam?«, dachte Hagedorn laut.

»Nicht schlecht. Das würde bedeuten, dass der Täter die Amokfahrt gefilmt hat.«

»Genau«, stimmte er Bannert zu. »Du solltest jemanden darauf ansetzen, ob das Video irgendwo gepostet wurde. In den gängigen sozialen Netzwerken oder im Darknet.«

Bannert zog einen Kugelschreiber aus der Brusttasche

seines Hemds und kritzelte Notizen auf ein leeres Blatt Papier.

»Die Kennzeichen, die am Van angebracht waren, wurden in derselben Nacht in einem Konstanzer Parkhaus entwendet. Offenbar war der Diebstahl bis zur Tatzeit unentdeckt geblieben.«

»Zeugenaussagen?«

»Ja. Aber allesamt unbrauchbar. Männlich, zwischen zwanzig und vierzig, etwa einen Meter achtzig groß. Plus minus. Soll eine FFP2-Maske und einen ins Gesicht gezogenen schwarzen Hoodie getragen haben. Nachdem er an der Ausfahrt der Marktstätte den Absperrpfosten gerammt hat, muss er den Wagen abgewürgt haben und flüchtete danach zu Fuß. Im Bereich der Hafenstraße ist er in der Menge untergetaucht.«

Hagedorn sah Leon vor sich. Und den Metallpfosten, der den Jungen gepfählt hatte. Für ihn war jede Hilfe zu spät gekommen.

»Alles in Ordnung, Falk?« Bannert schaute ihn mitfühlend an.

»Ja, alles okay.«

»Ist es der Junge?«

Hagedorn nickte stumm.

»Hast du dich schon entschieden?«, fragte Bannert und unterbrach die Stille.

»Bezüglich?«

Bannert hob bedeutungsvoll die Hände. »Die Gruppentherapie? Meine Einladung zum Weihnachtsessen? Deine eigene Therapie? Such dir was aus.«

»Oh. Ja. Wegen der Einladung zu Heiligabend? Lass mir noch ein paar Tage Zeit, okay?«

Bannert wartete darauf, dass er fortfuhr.

»Ich werde das Angebot des OBs annehmen«, sagte Hagedorn. »Obwohl ich kein gutes Gefühl dabei habe.«

»Wieso machst du es dann?«
Hagedorn zögerte bei der Antwort. »Für mich.«

Kapitel 4

Praxis Hagedorn & Szegeny
9. Dezember, früher Nachmittag

Nachdem Hagedorn eine Kupplung am Rollstuhl hatte anbringen lassen und einen Anhänger für die Einkäufe erstanden hatte, schaute er in der Praxis vorbei.

Darius' Büro war verwaist. Worüber er nicht unglücklich war. Der gebürtige Ungar war vor neun Monaten Teilhaber seiner Praxis geworden und erwies sich als ausgezeichnete Verstärkung. Wenn er bedachte, dass er die Entscheidung besoffen getroffen hatte, war das umso erfreulicher. Darius war fleißig und nahm ihm viel ab. Gerade die für Hagedorn unangenehmen Dinge wie die Erstellung schriftlicher Gutachten. Nichts hasste er mehr.

Mit einer frischen Tasse Kaffee, die er zwischen den Schenkeln eingeklemmt hatte, umrundete er den Schreibtisch, stellte sie darauf ab und wählte die Nummer, die er am Abend zuvor eilig auf einen Zettel gekritzelt hatte.

»Guten Tag, Herr Zimmermann! Hagedorn hier.«

»Ah. Herr Hagedorn. Schön, dass Sie zurückrufen. Haben Sie es sich anderes überlegt?« Der Oberbürgermeister kam gleich zur Sache.

»Unter gewissen Voraussetzungen wäre ich bereit, die Opferbetreuung zu übernehmen.«

»Und die wären?«, fragte Zimmermann lauernd.

»Zuallererst benötige ich einen Raum, in dem wir ungestört arbeiten können. Mit ungestört meine ich, dass außer mir und Ihnen niemand weiß, wo die Gruppensitzungen stattfinden. Na ja und die Betroffenen natürlich.«

»Ich verstehe nicht ganz …«

Hagedorn rollte mit den Augen. »Was ist denn daran nicht zu verstehen? Ich möchte ausschließen, dass mir oder den Gruppenteilnehmern die Medien vor oder nach den Sitzungen auflauern. Das meine ich damit.«

»Gut, das lässt sich einrichten. Was noch?«

»Am liebsten wäre mir natürlich, wenn wir uns einige Tage irgendwo zusammenfinden könnten, aber das wird sich vermutlich nicht machen lassen, oder?«

»Puh, schwer«, stöhnte Zimmermann.

»Okay. Sie sorgen dafür, dass für alle Getränke und eine Kaffeemaschine vorhanden sind.«

»Kein Problem.«

»Und ich benötige die Daten derer, die bereit sind, an der Gruppensitzung teilzunehmen.«

»Auch das!«, bestätigte der Oberbürgermeister.

»Das wäre alles. Ach, noch eine Sache. Ich hoffe nicht, dass Sie von mir erwarten, Ihnen zu berichten, was in der Gruppe besprochen wird.«

Zimmermann schwieg einige Sekunden. Hagedorn vermutete, dass er genau das von ihm erwartet hatte.

»Nein, ist mir schon klar, dass Sie der ärztlichen Schweigepflicht unterliegen«, beeilte sich Zimmermann zu betonen.

»So ist es«, stimmte er Zimmermann zu. »Ich sehe meine Aufgabe darin, der Gruppe die Möglichkeit zu bieten, sich über ihre Traumata, Ängste und Verluste auszutauschen. Zu beurteilen, ob und wer weiterer Therapie bedarf. Ich werde Empfehlungen aussprechen, aber ich kann nicht alle therapieren. Ich hoffe, Sie verstehen das?«

»Selbstverständlich, Herr Hagedorn. Ich freue mich, dass Sie die Aufgabe übernehmen, und bedanke mich schon jetzt dafür.«

»Warten Sie meine Honorarrechnung ab«, erwiderte Hagedorn.

Als er sich schon verabschieden und den Hörer zurück auf den Apparat legen wollte, hob er den Hörer wieder an sein Ohr.

»Ach, Herr Zimmermann. Wie sind Sie eigentlich auf mich gekommen?«

»Das Zentrum für Psychiatrie hat Sie mir empfohlen. Noch was?«

»Nein.«

Nachdem sie das Gespräch beendet hatten, nahm Hagedorn einen Schluck des mittlerweile lauen Kaffees und dachte über die Unterhaltung nach.

Er hätte nicht damit gerechnet, dass Zimmermann sich so widerstandslos auf seine Forderungen einlassen würde. Aber vielleicht tat er ihm unrecht, und es lag ihm wirklich in erster Linie daran, den Opfern zu helfen.

Kaum eine psychologische oder psychiatrische Praxis im Landkreis hatte freie Kapazitäten, und diejenigen Therapeuten, die auf die Behandlung schwerer psychischer Traumata spezialisiert waren, noch viel weniger. Nicht selten mussten Patienten sechs Monate auf die Vergabe eines Termins warten. Falls sie nicht auf einer Warteliste landeten und irgendwann in Vergessenheit gerieten. Im Falle der Betroffenen der erst eine Woche zurückliegenden Amokfahrt auf dem hiesigen Weihnachtsmarkt hätte dies fatale Folgen. Posttraumatische Belastungsstörungen würden auftreten, sich manifestieren und wären im Nachhinein ungleich schwieriger zu therapieren, als die Traumatisierten schnell zu entlasten.

Sollte sich Zimmermann jedoch dazu hinreißen lassen, ihn und die Gruppenarbeit für seine Wiederwahl zu instrumentalisieren würde er es bereuen. Und wer ihn kannte, wusste, dass es klüger war, sich ihn nicht zum Feind zu machen.

Das *Ping!* des Mailprogramms kündigte den Eingang einer neuen Nachricht an.

»Oh«, entfuhr es ihm. »Das ging ja schnell.«

Zimmermann nahm in seiner kurzen Nachricht noch einmal Bezug auf ihr geführtes Telefonat, bedankte sich überschwänglich und wies unnötigerweise darauf hin, dass die beigefügten Opferdaten vertraulich zu behandeln seien.

»Depp!«, schnaubte Hagedorn. »Als ob ich das nicht wüsste.«

Er öffnete die angehängten Dateien und überflog die Namen und Daten derer, die sich der Gruppensitzung anschließen wollten.

»Nur acht?«, murmelte er. In Anbetracht der Toten und Schwerverletzten hatte er mit mindestens fünfzehn gerechnet.

Nachdem er die Liste ausgedruckt und in eine Mappe gelegt hatte, widmete er sich dem lokalen Tagesgeschehen.

Er fuhr mit dem Mauszeiger in seinem Internet-Browser auf den Favoritenlink der Online-Ausgabe des Südkuriers, den er seit letzter Woche gespeichert hatte. Eine Schlagzeile erregte seine Aufmerksamkeit. Er begann zu lesen.

Weiteres Todesopfer zu beklagen!

Wie der Chefarzt der hiesigen Kinderklinik vor einer Stunde mitteilte, ist das jüngste Opfer der schrecklichen Amokfahrt vom ersten Dezember seinen schweren Verletzungen erlegen. Man habe

Tag und Nacht um das Leben des vier Monate alten Säuglings gekämpft. »Wir sind alle erschüttert und fassungslos. Unser Mitgefühl gilt allen Betroffenen, besonders den Eltern«, so der leitende Mediziner Doktor Luschenko.

Hagedorn würgte den Kloß im Hals hinunter und wischte sich über die feuchten Augen.

Die Zahl der Toten hatte sich damit auf siebzehn erhöht. Ein Wunder, dass es nicht noch mehr Tote gab, dachte er bitter. Wenngleich einige der Verletzten, die man mittlerweile, sofern sie transportfähig waren, auf umliegende Traumazentren verteilt hatte, immer noch um ihr Leben rangen.

Für jeden, der das schreckliche Attentat miterlebt, überlebt hatte, würde Weihnachten eine ganz andere Bedeutung gewinnen. Einige mochten vielleicht an eine weihnachtliche *Wunderrettung glauben.*

Für diejenigen aber, denen Körperteile, ein geliebter Mensch, das eigene Kind entrissen wurde, würde Weihnachten immer mit Schmerz und Trauer verbunden bleiben.

Weihnachten war scheiße. Religion ein geistiger Virus. Musste Gott nicht ein grenzenloser Zyniker sein, dass er seinen einzigen Sohn für die Menschheit geopfert hatte? Davon abgesehen, dass sie dieses Opfer gar nicht verdient hatte.

Sollte bis vor einer Woche noch ein Funken Religiosität in seiner verdorrten und ohnehin verlorenen Seele geflackert haben, dann war er in jenem Augenblick auf der Marktstätte unwiederbringlich erloschen.

Weihnachten, das Fest der Liebe? Dass er nicht lachte. Zu keiner anderen Zeit im Jahr, gingen sich die Leute derart an die Gurgel, als in der Weihnachtszeit. Es wurde gesoffen und gestritten, was das Zeug hält. Die Kneipen, die an Heiligabend geöffnet hatten, würden mit einsamen, desillusionierten notorischen Säufern überfüllt sein.

Im trauten Kreise der Familie mästete man sich mit fetttriefenden Weihnachtsgänsen, stopfte sich mit Weihnachtsgebäck voll, leerte Flasche um Flasche schweren Weins oder füllte sich mit Punsch ab. Völlig überteuerte Geschenke, die mehr oder weniger nützlich waren, wechselten vom Schenker zum Beschenkten, nur um sie in der ersten Januarwoche umzutauschen oder bei Ebay zu verhökern.

Verborgene Zwistigkeiten, unausgesprochener Groll oder einfach der Frust darüber, die Tage mit der verhassten Schwiegermutter zubringen zu müssen, brachen sich an den Weihnachtsfeiertagen Bahn. Warum ihm gerade jetzt solche Dinge durch den Kopf schossen, wusste er nicht.

Weihnachten war die gefährlichste Zeit des Jahres. Für brave Hausfrauen, devote Ehemänner und auch für Kinder. Er hasste Weihnachten.

Kapitel 5

Konstanz, Schloss Seeheim, erste Gruppensitzung
18. Dezember, 14 Uhr

Mit vorherrschend mulmigem Gefühl rollte Hagedorn in den kleinen Theatersaal des Schlosses Seeheim. Die Reifen des Rollstuhls verursachten leise Quietschgeräusche auf dem Holzparkett, wenn er die Richtung änderte.

Die Decke des rot gestrichenen Raums war hoch und an seinen Rändern mit schweren Stuckreliefs verziert. In der Deckenmitte baumelte ein gewaltiger Lüster. Wie versprochen, hatte Zimmermann dafür Sorge getragen, dass ein Stuhlkreis im Zentrum des Raums aufgestellt war.

Auf einem Beistelltisch standen ein brandneuer Saeco-Kaffeevollautomat mit einem Milchaufschäumer und mehrere Flaschen Wasser, Apfel- und Orangensaft. Sogar einige Schachteln mit Spritzgebäck lagen darauf.

Hagedorn war beeindruckt. Ebenso sehr wie von der Aussicht auf den See. Schon einige Male war er auf seinen Ausfahrten an dem Gebäude vorbeigekommen und hatte sich das Innere des schlossartigen Bauwerks vorzustellen versucht.

Für die Gruppentherapie hatten mehrere Objekte zur Verfügung gestanden, waren aber allesamt weiter außerhalb gelegen. Nur dem Umstand, dass die Hotelzimmer und das Restaurant des Schlosses zurzeit renoviert wurden, war es zu verdanken, dass sie hier zusammenkommen konnten.

Abseits gelegen und doch für alle gut zu erreichen. Er selbst legte die Strecke mit dem Rolli in weniger als fünfzehn Minuten zurück.

Für die kommenden Tage oder Wochen, ja nachdem wie die Gruppe mitarbeiten würde, wäre hier nun sein Arbeitsplatz.

Für den ersten Tag wollte er der Gruppe nicht zu viel zumuten. Er würde sich darauf beschränken, die Teilnehmer sich selbst vorstellen zu lassen.

Nachdem er den Kaffeeautomaten eingeschaltet und sich einen Cappuccino zubereitet hatte, zog er die Teilnehmerliste aus der Innentasche seines Sakkos.

1. AKAY, Cigdem, 28, Polizeibeamtin
2. KURATH, Fiona, 21, Sportstudentin
3. ROMANO, Franco, 57, Bauschlosser
4. MÜHLBRANDT, Esther, 81, pensionierte Lehrerin
5. STÜRMER, Udo, 40, Finanzbeamter
6. GLASER, Tim, 23, Verwaltungsangestellter
7. ZERR, Ivanka, 42, Hausfrau
8. ZERR, Viktor, 48, Straßenbauer

Laut dem Oberbürgermeister waren es deshalb nicht mehr Teilnehmer, weil einige aus anderen Landkreisen oder Bundesländern stammten und dort betreut wurden. Zwei Betroffene sahen für sich keinen Grund, therapiert zu werden, wie sie sich der Stadtverwaltung gegenüber geäußert hatten. Hagedorn war es recht. Mit einer kleinen Gruppe war effektiver zu arbeiten.

»Hallo?«, kam es vom Eingang her. »Ich weiß nicht, ob ich hier richtig bin …«

Die junge Frau hatte langes schwarzes Haar und sah zu ihm herüber. Sie stützte sich auf zwei Krücken.

»Kommen Sie herein«, forderte er sie freundlich auf. »Sie müssen Frau Akay sein?«

»Hm, und Sie sind Falk Hagedorn?«

Hagedorn konnte seine Überraschung nicht verhehlen. »Kennen wir uns?«

»Nein«, sagte sie kopfschüttelnd. »Nicht persönlich, aber auf dem Polizeipräsidium sind Sie eine Legende.«

»Ich mag es nicht, als Legende betitelt zu werden.« Hagedorn verzog angesäuert das Gesicht. »Schön, dass Sie schon wieder auf den Beinen sind«, fuhr er anerkennend fort. »Entschuldigen Sie bitte«, fügte er rasch hinzu, als er einen Blick auf das hochgesteckte rechte Hosenbein warf.

»Nicht schlimm. Aber ja. Ich bin wieder auf *dem* Bein.«

»Sie gehen erstaunlich gut damit um.«

»Soll ich Trübsal blasen? Ich bin Allah sei Dank noch am Leben.«

Hagedorn stimmte ihr nickend zu, wenngleich ihm der Glaube fehlte, ihr Überleben einer höheren Macht zuzuschreiben. »Dennoch bin ich überrascht, dass Sie nach dieser schweren Verletzung schon an der Gruppensitzung teilnehmen können.«

»Die Heilung verläuft gut, und ich bin in der Reha. Trotzdem …« Sie senkte den Kopf und zögerte, ehe sie weitersprach. »… gehen mir die Bilder nicht mehr aus dem Kopf.«

»Daran werden wir arbeiten«, versprach er und wandte sich einer weiteren eintreffenden Person zu.

Einen Rollator vor sich herschiebend, betrat eine alte Frau den Raum. Ihre Augen waren geschwollen und verweint. Die Haare hatte sie zu einem strengen Dutt hochgesteckt.

Als sie zu sprechen begann, klang ihre Stimme kräftiger und bestimmter, als ihr gebeugter Gang es hätte erwarten lassen.

»Mühlbrandt. Ist hier das Gruppentreffen?«, erkundigte sie sich.

Sogleich rollte Hagedorn ihr ein Stück entgegen und begrüßte die Frau. »Mein Name ist Hagedorn, Falk Hagedorn. Ja, Sie sind hier richtig. Herzlich willkommen, Frau Mühlbrandt!«

»Nennen Sie mich Esther«, sagte sie ausdruckslos, schob sich an ihm vorbei und hielt zielstrebig auf einen der Stühle zu.

Zwanzig Minuten später waren alle eingetroffen.

Kapitel 6

Irgendwo in Konstanz

Die Videosequenz war der Wahnsinn. Passwort-geschützt hatte er sie auf der Festplatte gespeichert und so tief in seinen Dateien vergraben, dass man sie nicht ohne Weiteres und schon gar nicht zufällig würde finden können.

Allein am heutigen Vormittag hatte er sich das Video zweimal angesehen und sich dabei einen runtergeholt. Zu oft wollte er sich das Video nicht anschauen, damit die Spannung erhalten blieb.

Dennoch hatte er das Gefühl, dass seine Hochstimmung allmählich abzuklingen begann. Egal, wie sehr er sich dagegen wehrte. Die Bilder fingen an zu verblassen, nebliger zu werden. So wie Zigarettenrauch, den man ausblies. Die Dampfwolke zerriss und verflüchtigte sich, bis sie nicht mehr zu sehen war.

Panik überkam ihn bei dem Gedanken. Was er getan, was er gesehen, gespürt und mit allen Sinnen genossen hatte, belebte ihn auf eine Art und Weise, wie er nie zu träumen gewagt hatte.

Vieles hatte er darüber gelesen, aber es nie für möglich gehalten. Er war davon überzeugt, dass in jedem Menschen ein unterdrückter Mordinstinkt schlummerte, der sich befreit von gesellschaftlichen Konventionen und Zwängen Bahn brechen konnte.

Wissenschaftliche Studien belegten und berichteten von Soldaten, die es als berauschend empfunden hatten zu töten. Die Wissenschaftler erklärten dies am Beispiel des *Runner's High.*

Eines Phänomens, das man bei Langstreckenläufern nachgewiesen hatte. Des Moments, wenn der Körper anfängt, Opiate auszuschütten. Eines berauschenden, high machenden Zustands, den der Läufer oder die Läuferin immer wieder aufs Neue erleben möchte.

Deswegen gierte er wie ein Fixer nach diesem Gefühl, war bereits nach dem ersten Konsum abhängig davon.

Er brauchte den nächsten Schuss. Bald!

Kapitel 7

Konstanz, Schloss Seeheim, erste Gruppensitzung
18. Dezember, 15 Uhr

Eine Stunde war verstrichen, um sich gegenseitig bekannt zu machen. Stockend hatte die Vorstellungsrunde begonnen, dann aber doch Fahrt aufgenommen. Es erleichterte den Einstieg, dass Hagedorn sich zuerst vorgestellt hatte.

Kaum dass er seinen Namen ausgesprochen hatte, entfuhr einer Frau, die sich später als Ivanka Zerr vorstellte, ein leiser Aufschrei. Unter Tränen war sie aufgesprungen und hatte sich ihm in die Arme geworfen. Schluchzend stammelte sie russische Worte gegen seine Brust. Als er sie etwas von sich geschoben und ihr in die Augen geblickt hatte, hatte er ein Déjà-vu. Er kannte diese Augen. Hatte sie schon einmal gesehen. Bis der Glanz darin erloschen war.

»Ich danke Ihnen«, schluchzte sie. »Sie waren bei meinem kleinen Leonid, als der Allmächtige ihn zu sich geholt hat.«

Leonid?, ging es Hagedorn durch den Kopf *Leon. Leonid?*

Hagedorns Blick wanderte zwischen Viktor und Ivanka Zerr hin und her. »Leonid war Ihr Sohn?«

Ivanka nickte und schnäuzte sich geräuschvoll in das Stofftaschentuch, mit dem sie zuvor ihre Tränen zu trocknen versucht hatte. »Ja. Aber Leonid fand er uncool. Deshalb hat er sich immer nur als Leon vorgestellt.«

Viktor Zerr erhob sich langsam und trat nun auf ihn zu.

So als verscheuchte er eine Fliege, wischte er ihre Hand beiseite, die ihn zurückhalten wollte.

Hagedorn schwante Übles.

Das fehlte noch, dass ein Gruppenteilnehmer ihn attackieren würde wegen irgendwelcher Schuldgefühle, die er auf ihn projizierte. Hagedorn sah dem Mann direkt in die Augen. Es fiel ihm schwer, Leons feine Züge in dessen Gesicht zu erkennen, das so kantig wie der gesamte Körperbau des Mannes war.

Als er ihn erreicht hatte, beugte sich Zerr etwas und streckte die Pranke aus. Sie sah aus, als könnte er mit ihr, zur Faust geballt, einen Holzpflock in einen gefrorenen Ackerboden treiben.

Zögernd griff Hagedorn danach. Die schrundige Handfläche des grobschlächtigen Mannes umschloss die seine mit einer Sanftheit, die ihn überraschte, als er sie schüttelte.

»Spasibo – Danke!«, sagte Zerr mit kratzig tiefer Stimme.

»Danke, dass Sie waren bei ihm.« Dabei sprach er die Vokale sehr gedehnt und rollte betont das r.

»Nichts zu danken, Herr Zerr.«

Hagedorn fühlte sich unbehaglich. *Er hatte doch nichts anderes getan, als dem sterbenden Leonid die Hand zu halten. Etwas, das jeder andere auch getan hätte. Worin sollte sein Verdienst liegen?*

Um dem Kloß im Hals entgegenzuwirken, räusperte er sich übertrieben, ehe er sich an die Gruppe wandte.

»Nun«, hob Hagedorn an. »Wir haben uns alle ein wenig kennengelernt. Uns alle, mich eingeschlossen, verbindet ein schreckliches Ereignis. Der Tag des ersten Dezembers. Ein Datum, das uns immer in Erinnerung bleiben wird. Jeder von uns hat Dinge erlebt, Erfahrungen gemacht, die ein Mensch niemals sehen oder machen sollte.«

Hagedorn machte eine Pause. Was er sagte, kam ihm plötzlich furchtbar pathetisch vor.

»Solche Erfahrungen sind … Nein …«, korrigierte er sich, »… *können* traumatisch sein. Unausgesprochen, unbehandelt, führen sie zu einer posttraumatischen Belastungsstörung. Krankhaft wird das Erlebte dann, wenn wir nicht mehr imstande sind, es loslassen. Wenn die Bilder uns in unseren Träumen verfolgen, wir Flashbacks bekommen, Angst und Panikattacken erleiden, uns auf keine Arbeit mehr konzentrieren können. Um nur einige Symptome zu benennen.«

Hagedorn sah in die Runde. Einige nickten zustimmend.

»Ich bin hier, um Ihnen zu helfen, das Erlebte aufzuarbeiten. Darüber zu sprechen. Lassen Sie mich noch zwei, drei Spielregeln festlegen. Erstens: Wir lassen uns ausreden, hören einander zu. Zweitens: Was hier im Gruppenkreis gesprochen wird, bleibt in der Gruppe. Drittens: Schalten Sie Ihr Handy aus. Wenn Sie es nicht ganz ausschalten mögen, dann versetzen Sie es wenigstens in den Flugmodus.«

Hagedorn sah zufrieden, wie die Teilnehmer seiner Bitte nachkamen.

»Nun möchte ich Sie dazu ermuntern, uns von Ihrem Tag zu berichten, so wie sie ihn erlebt haben. Wer macht den Anfang?«

Betretenes Schweigen. Auch das war ihm nicht fremd.

»Ich weiß, es bedarf ein wenig Mut. Nur zu. Also: Wer macht den Anfang?«

Aus dem Augenwinkel sah er, wie Esther Mühlbrandt, die älteste in der Runde, sich steif aufrichtete und zu erzählen begann.

»Wir sind erst zur Apotheke an diesem Nachmittag.

›Kommst du, Alfred? Der Bus wartet nicht auf uns.‹

›Jaaaa, Herrgott noch mal! Drängle doch nicht immer so. Ich muss noch einen Schuh zubinden. Ein alter Mann ist schließlich kein …, verflixt, wie ging der Spruch doch gleich?‹

Alfred konnte sich so schwer bücken. Tausendmal hab ich ihm schon vorgeschlagen, dass er sich Schuhe mit Reißverschluss zulegen soll. Sind leichter zu schließen.

›Hast du deinen Kittel, oder soll ich deinen grauen Parka aus dem Schrank holen?‹

›Herrgottsakrament! Ganz egal. Ja, ich nehme den Parka.‹

Alfred konnte fluchen wie ein Bauarbeiter. Das können Sie mir glauben.

›Also den Parka?‹

›Jahaaaaa. Sag ich doch.‹

Wir fahren immer Bus. Das Auto haben wir vor Jahren verkauft. Alfred hat grauen Star und sieht ja fast nix mehr.

Außerdem ist das Seniorenticket für die Verkehrsbetriebe eh viel billiger.

Es ist ja unfassbar, was so ein Auto alles kostet. Steuer, Versicherung, Reifen, Inspektionen.

Die letzten Jahre, bevor wir uns von dem Wagen getrennt haben, war mir immer mulmig. Alfred war kein guter Fahrer. Nein, war er nicht. Je älter er wurde, desto schlimmer fuhr er. Und sein Temperament. Was hat der beim Fahren immer geflucht. Glauben Sie mir, dass mir ein Stein vom Herzen fiel, als er sich dafür entschieden hat, das Auto herzugeben.

Ich hätte das nie vorschlagen dürfen. Geschimpft hätte er mit mir. Ich war froh, als er einsah, dass er nicht mehr fahren kann.

›Das ist doch kein Busfahrer. Wo hat der Kieskutscher denn seinen Führerschein gemacht? So bin ich nie gefahren.‹

›Nein bist du nicht mein Schatz. Du warst ein guter Fahrer.‹

›Willst du gleich auf den Weihnachtsmarkt, oder sollen wir erst zur Apotheke, mein Lieber?‹

›Erst zur Apotheke.‹

Alfred brauchte doch seine Blutdruck- und Insulintabletten. Ach, und Binden für seine offenen Beine. Alfred war in allem sehr bedacht. Nur nicht, wenn es um seine Gesundheit ging. Herrje, ständig musste ich ihn an seine Tabletten erinnern. Der blöde Altersdiabetes ... Der war es, der ihm offene Beine gemacht hat. Ich habe ja zeitlebens noch nie Medikamente nehmen müssen. Ich bin kerngesund. Na ja. Beinahe. Meine Beine wollen halt nicht mehr so gut. Deshalb brauch ich den Rollator. Letztes Jahr bin ich blöd gefallen.

›Hast du das Rezept, Schatzi?‹

›Das hast doch du, dachte ich?‹

›Ach, Alfred. Hast du es wieder vergessen?‹

›Nein, ich hab's nicht vergessen. Ich dachte, du hast es schon in der Handtasche.‹

Die Apothekerin, eine ganz liebe Frau, gibt meinem Alfred die Medikamente so mit. Er braucht sie doch so dringend. Wir sollen ihr das Rezept ein andermal vorbeibringen, sagt sie. Wirklich eine liebe Frau. So liebe Menschen findet man nur noch selten.

›Dann gehen wir jetzt auf den Weihnachtsmarkt?‹«

Hagedorn hörte geduldig zu, während sie weiterredete. Er wusste, dass sich die Frau dem schrecklichen Ereignis nur langsam gedanklich nähern konnte. Das war verständlich.

»Danach … danach sind wir zum Weihnachtsmarkt. Alfred geht so gern darauf. Er mag schon den Duft dort. Von Zimt, Anis, Nelkengewürz und dergleichen. Jedes Jahr muss ich ihm Weihnachtsplätzchen backen. Springerle sind seine Lieblingssorte. Die machen viel Arbeit. Kennen Sie, oder? Spritzgebäck oder Vanille-Kipferln, die mag ich gern.

›Trinkst du auch einen Glühwein, Esther?‹«

Hagedorn nickte, während Esther Mühlbrandt erneut eine Pause machte.

»›Wie oft denn noch, Alfred? Du sollst doch keinen Alkohol trinken. Das verträgt sich nicht mit deinen Tabletten.‹

›Ich mag jetzt aber Glühwein. Außerdem bin ich zweiundachtzig. Wie alt soll ich denn werden, Hä? Und gesund ist noch keiner gestorben.‹

Er lacht, und ich lasse ihm seinen Willen. Wie immer. Deshalb streiten wir uns so gut wie nie.

›Macht's dir was aus, wenn ich noch kurz in den Handarbeitsladen gehe?‹

›Nein, nein. Geh nur. Ich stell mich hier an den Stand und trinke so lange einen Glühwein. Oder zwei.‹

›Halte dich zurück, Alfred.‹

›Kommt darauf an, wie lange du brauchst.‹

Er schlägt den Kragen seiner Jacke hoch und bestellt. Ich husche durch die Tür in das Handarbeitsgeschäft.

Es ärgert mich, dass ich nicht finde, was ich will. Eine dicke Frau drückt sich im Eingang maulend an mir vorbei in den Laden. Eine unfreundliche Person. Als ich draußen bin, wende ich mich dem Glühweinstand zu, um nach Alfred Ausschau zu halten, der dort an der Hausecke ist. Bloß ein paar Meter ist er entfernt.

Ich denke noch, wer lässt denn da den Motor so jaulen? Klingt fast, als würde Alfred im ersten Gang anfahren. Plötzlich schießt ein weißer Lieferwagen um die Hausecke und … und …«

Sie versenkte das Gesicht in den Händen, als könnte sie die nachfolgenden schrecklichen Bilder damit ausblenden.

Als Hagedorn schon glaubte, sie würde nicht mehr weitersprechen, nahm sie die Hände wieder herunter und kam zum entscheidenden Ereignis. Dabei wirkte sie erstaunlich gefasst.

»›*Alfred, pass auf!*‹, will ich noch rufen, bringe aber kein Wort heraus. Plötzlich fliegt mein Alfred durch die Luft, wirbelt wild mit den Armen. Ich sehe sein Hörgerät, seine Dritten und einen Schuh davonfliegen. Und dann … dann fällt er auf die Umrandung des Kaiserbrunnens. Mit dem Rücken fällt er auf die Kante. Ich höre und sehe, wie er in der Mitte zerbricht. Oh Gott, ich werde dieses Geräusch nie wieder vergessen, als seine Wirbelsäule bricht.

Den Rollator lasse ich zurück, eile mit zitternden Beinen zu ihm, komme aber kaum durch. So viele Menschen. Alle rennen schreiend, kreischend durcheinander. Einige von ihnen haben Blut und anderes Zeug im Gesicht. Keine Ahnung. Gewebe, Hirnmasse. Ich will es nicht wissen. Als ich bei ihm ankomme und mich zu meinem Alfred niederknie, hustet er mich an. Blutspritzer besprenkeln mein Gesicht.

Ich presse mir die Hände auf den Mund. Ist das mein Alfred? Nichts passt mehr. Hinten ist vorne, und vorne ist hinten. Sein Unterleib ist von der Hüfte abwärts um hundertachtzig Grad verdreht und seltsam abgeknickt. Sein Kopf? Wie sieht nur sein Kopf aus? Sein Schädel, sein Gesicht ist so deformiert, dass ich ihn kaum erkenne. Aber er ist es. Ja, kein Zweifel. Sein Parka, seine beige Bundfaltenhose, sein Schuh. Der andere liegt irgendwo. Aus dem Mund, der Nase und den Ohren sickert Blut. Läuft mir heiß über die Hände, als ich seine Wangen tätschle. Er riecht nach … Stuhl.

Plötzlich öffnet er den Mund, gurgelt.

›Was? Was ist, Alfred?‹, frage ich ihn.

Zum letzten Mal sagt er meinen Namen …

Fünfundsechzig Jahre waren mein Alfred und ich ein Paar. Sechzig davon verheiratet. Nie wieder werde ich seine Worte hören. Oh, Alfred!«

Kapitel 8

Vergangenheit

Schon Wochen vor Beginn der großen Ferien hatte er gebettelt, ins Camp mitfahren zu dürfen. Der Tag des Anmeldeschlusses war immer näher gerückt.

Mutter war es, die Papa überreden konnte, ihn ins Ferienlager mitfahren zu lassen. Da er noch etwas Geld von seiner Erstkommunion auf dem Konto hatte, wollte er die Hälfte selbst bezahlen. Murrend hatte sein Vater schließlich zugestimmt.

Es war das erste Mal überhaupt, dass er länger als zwei Tage ohne seine Eltern von zu Hause weg war.

Als Oma noch gelebt hatte, verbrachte er alle paar Monate ein Wochenende bei ihr. Irgendwann wurde sie einfach zu alt und zu schwach, um sich um ihn zu kümmern, ihn zu bekochen oder sinnvoll zu beschäftigen. Ein mobiler Pflegedienst und Dorfhelferinnen hatten sich rührend um sie gekümmert, bis sie einfach gestorben war. Mutter sagte immer, dass es ein schöner Tod gewesen sei und sie eines Tages auch so gehen wolle. Oma war abends zu Bett gegangen und einfach nicht mehr aufgewacht. Seitdem vermisste er sie sehr.

Die erste Woche im Zeltlager war viel zu schnell vergangen. Heimweh hatte er nicht. Sie waren den ganzen Tag am See, der für diese Jahreszeit erschreckend wenig Wasser hatte.

Man musste schon ziemlich weit in den See hineinwaten, um zu schwimmen oder unterzutauchen. Wegen des allgemein niedrigen Pegels war der Uferbereich schlickig und matschig. Nach fauligen Algen stinkender Schlick, in den er bis zu den Knien einsank.

Er wusste nicht mehr, wer auf die blöde Idee gekommen war, sich mit dem Schlick zu bewerfen. Zu Beginn war es noch lustig, wie eine sommerliche Schneeballschlacht. Erst jeder gegen jeden, dann bildeten sich Kampfgruppen. Sie jagten einander, bewarfen sich mit stinkenden Schlickkugeln, die nur selten ihr Ziel trafen.

Wer stürzte, wurde *eingeseift*. Wer nicht stürzte, wurde einfach überrannt. So bekam jeder sein Fett weg. Er mehr als andere. Im Pulk lagen sie auf ihm, drückten sein Gesicht in den Matsch, stopften seine Badehose damit voll. Erst als er zu schreien begann, ließen sie von ihm ab.

»Ihr Arschlöcher!« Er hatte keine Lust mehr und ging zu der Kaltdusche, die in Ufernähe stand. Die mit Matsch gefüllte Badehose wippte wie eine vollgeschissene Windel auf und ab. Die anderen grölten und lachten und schickten ihm blöde Sprüche hinterher. »Hey, hast du die Hosen voll?«

»Sieht aus, als hättest du in die Badehose gedonnert.«

»Haha! Witzig.« Er schlug wütend mit der flachen Hand auf die Taste der Brause.

Kapitel 9

Irish-Pub Logan's
18. Dezember, 19 Uhr 45

Müde und abgeschlagen saß Hagedorn am Seeufer und fuhr sich durchs Gesicht. Obwohl er sich bemüht hatte, war es ihm nicht gelungen, sich emotional zu distanzieren. Vielleicht war er doch zu nah dran. Was er im Moment brauchte, war Abstand. Ein herzhafter, medium gebratener Burger und das ein oder andere Guinness bei seinem Lieblings-Iren würden ihn auf andere Gedanken bringen.

Die Inhaberin Grace und das Personal des Logan's kannten ihn und begrüßten ihn herzlich, als er hereinrollte. Den massigen Kopf schüttelnd, entledigte er sich der Schneeflocken, die sich in seiner Mähne eingenistet hatten und zu schmelzen begannen.

Zielstrebig steuerte er den kleinen Tisch im hinteren Bereich des Logan's an. Seinen Tisch.

Aden, ein Student, der schon seit Jahren im Logan's aushalf, zapfte gerade einige Biere, als er ihm mit erhobenem Zeigefinger signalisierte, dass er gleich für ihn da sein werde.

Nur selten verirrte sich jemand an diesen abseits stehenden Tisch.

Nicht einmal, wenn das Logan's brechend voll war.

Da er nichts und niemanden mehr im Rücken hatte, den Gastraum sowie den Eingang überblicken konnte, fühlte er sich hier am wohlsten. Eine der weitverbreitetsten Neurosen in Polizistenkreisen.

Aden trat an seinen Tisch und begrüßte ihn. »Dia duit Falk, cad ba mhaith leat?«

Bei seinem ersten Besuch damals hatte Aden ein T-Shirt mit dem Aufdruck »Not English – Gaeltacht« getragen. Hagedorn hatte versucht seine Bestellung auf Gälisch zu formulieren, nachdem er während eines beruflichen Trips nach Dublin ein paar Brocken aufgeschnappt hatte. Es war kläglich in die Hose gegangen. Seitdem schien es sich Aden zur Aufgabe gemacht zu haben, Hagedorn Gälisch beizubringen. Heute war ihm jedoch nicht danach.

»Hallo, Aden! Ja, was will ich?«, sinnierte er. »Den Burger und ein Guinness, bitte.«

»Bring ich dir.« Pfeifend kehrte Aden hinter den Tresen zurück und begann, das Guinness zu zapfen.

Hatte Aden vor zwei Jahren noch einen Goatee getragen, war das kupferrote Ziegenbärtchen mittlerweile einem stattlichen, gepflegten Vollbart gewichen. Das lange Deckhaar streng nach hinten gestylt. Hagedorn wusste nicht, wie sich der Style nannte. War das Hipster? Egal, aber Aden verlieh er etwas Wikingerhaftes.

»Was macht das Studium?«, erkundigte sich Hagedorn, als der irische Hipster-Wikinger mit dem bestellten Guinness zurückkehrte.

Aden verdrehte die Augen und brummte in seinen Bart. »Muss das letzte Semester wiederholen, weil ich eine Klausur versemmelt habe.«

»Das tut mir echt leid zu hören«

»Halb so schlimm«, wiegelte Aden mit einem schiefen Grinsen ab. »Wirft mich zwar um halbes Jahr zurück, aber ich bin ja gerne in Konstanz. Zum Wohl!«

Hagedorn sah ihm nach, als er sich neu eingetroffenen Gästen widmete. Er mochte Aden.

Eine Gruppe Frauen und Männer pellte sich aus Schals und Mützen an einem der größten Tische und bestellte gut gelaunt. Während die Männer allesamt Bier orderten, gelüstete es die Frauen nach Irish-Coffee.

Ein Typ aus der Gruppe nickte ihm höflich zu. Es dauerte einen Moment, bis er darin einen Feuerwehrmann erkannte, den er bis vor wenigen Wochen wegen eines Traumas nach einem Verkehrsunfall therapiert hatte.

Hagedorn erwiderte knapp den Gruß und wandte sich seinen Aufzeichnungen zu. Das Letzte, was er jetzt wollte, war von ihm in ein Gespräch verwickelt zu werden.

Esther Mühlbrandts Schilderung war ihm sehr nahegegangen. Nur ein einziges Mal drohte ihre Stimme zu versagen. Sie brauchte nur wenige Sekunden, um ihre Tränen abzuwischen und fortzufahren. Sie tat das sehr nüchtern, distanziert, aber mit starker Stimme. Was keine Seltenheit war. Hagedorn kannte das Phänomen von anderen Patienten.

Während Esther von den letzten Minuten ihres Mannes berichtet hatte, versuchte er die Emotionen der anderen Gruppenteilnehmer zu beobachten. Da er selbst das Bild des kleinen Leonid vor Augen hatte, war es ihm nicht gelungen. Würde er es nicht schaffen, seine eigenen Dämonen zu verdrängen, wäre er der Gruppe keine Hilfe. Vielleicht war es ein Fehler gewesen, ging es ihm durch den Kopf.

Hagedorn räumte seine Unterlagen und Gedanken beiseite, als Aden den Burger brachte.

Kapitel 10

Vergangenheit

Eine Betreuerin fand ihn zusammengekauert im Duschraum. Ein paar der Mädchen hatten sie geholt, als sie ihn weinen hörten.

Niemand schien ihm zu glauben. Weder die Betreuerin noch der Leiter des Camps.

»Warum glaubt mir denn keiner?«, schluchzte er. »Die haben mich gezwungen, mir den …« Er zögerte, zog den Rotz hoch, der ihm aus der Nase lief. »… Finger hinten reinzustecken.«

Der Campleiter sah ihn zweifelnd an.

»Und geschlagen haben sie mich. Mir Ohrfeigen verpasst.« Obwohl er die Namen derer preisgab, die dabei gewesen waren, glaubte er nicht, dass es für die drei Konsequenzen haben würde.

»Die Jungs behaupten aber, dass sie die ganze Zeit bei der Tischtennisplatte gewesen seien und dort gespielt hätten, nachdem sie vom Strandbad zurückgekommen waren.«

Klar, dass sie das sagen, dachte er.

Plötzlich schämte er sich. Schämte sich für seine Tränen und für das, was in der Dusche passiert war. Obwohl es nicht seine Schuld war, war es ihm peinlich. Mit dem feuchten Handtuch wischte er sich Tränen und Rotz aus dem Gesicht.

»Ich will jetzt ins Zelt gehen«, sagte er und stand auf.

Keiner hielt ihn zurück. Nur die Betreuerin lief ihm nach.

So viel älter als er war sie gar nicht. Vielleicht vier Jahre.

Sie legte den Arm um seine Schulter und begleitete ihn ein Stück. Hübsch war sie, und ihre Umarmung tat gut.

»Ich mag die drei auch nicht«, gestand sie im Gehen. »Die machen ständig Stress und fühlen sich mächtig stark, wenn sie zusammen sind. Vielleicht knöpfe ich mir die Jungs mal einzeln vor.«

Unschlüssig, ob er das überhaupt noch wollte, nickte er.

»Wenn sie es aber abstreiten, kann ich dir nicht helfen.«

»Schon klar. Danke«, nuschelte er schüchtern, schüttelte ihren Arm ab und verschwand im Zelt.

»Wenn sie dich wieder ärgern«, rief sie ihm nach, »sag mir Bescheid. Okay?«

»Ja. Okay.«

Sie würden ihn ärgern. Ganz bestimmt würden sie das. Spätestens heute Abend, wenn sie alle im Zelt wären und Schlafenszeit war.

Kapitel 11

Irish-Pub Logan's
18. Dezember, 20 Uhr 30

Hagedorn rülpste verhalten, wischte sich den Mund mit der Serviette ab und gab Aden zu verstehen, dass er ein weiteres Guinness wünschte.

Gesättigt und zufrieden lehnte er sich im Rollstuhl zurück und rief sich das erste Gruppentreffen ins Gedächtnis. Viktor und Invanka Zerr hatten ihn ziemlich aus dem Konzept gebracht, als sie sich gleich zu Beginn weinend bei ihm bedankt hatten.

Wenngleich ihm Zerr für einen Moment einen Schrecken versetzt hatte. Der kantige Mann hatte sich ihm so forsch genähert, dass er annahm, sich eine schallende Ohrfeige einzufangen. Vielleicht dafür, dass er dem kleinen Leonid nicht mehr helfen konnte. Niemand hätte ihm noch zu helfen vermocht. Aber die Menschen waren nun mal so. Vielen fiel es leichter, mit ihrer Trauer umzugehen, wenn sie jemandem die Schuld an ihrem Verlust geben konnten.

Nachdem Esther Mühlbrandt mit ihrer Schilderung geendet hatte, waren sie in eine kurze Pause gegangen. Tim Glaser, Fiona Kurath und Franco Romano hatten die Zeit genutzt, vor dem Gebäude zu rauchen. Was Viktor Zerr in der Zeit getan hatte, wusste er nicht. Jedoch hatte sich sein Verhalten danach merklich verändert. Äußerlich sprach einiges dafür, dass er ein schwerer Trinker war. Hagedorn nahm sich vor, in den kommenden Sitzungen darauf zu achten.

Während sich die meisten nach der Pause rege beteiligt und der alten Frau Trost und Zuspruch gespendet hatten, hielten sich der Finanzbeamte, Udo Stürmer, und die Studentin Fiona Kurath sehr im Hintergrund. Keiner von beiden hatte etwas gesagt oder auf direkte Fragen geantwortet. Stürmer wirkte, anders als die Studentin, extrem verschlossen auf ihn. Es war offensichtlich, dass er sich komplett in sich zurückgezogen hatte und im Stillen litt. Die Studentin hingegen hatte bei ihm einen eher extrovertierten, zornigen Eindruck hinterlassen.

Auch das war ihm nicht fremd. Nach Karinas Tod hatte er monatelang denselben glühenden Zorn verspürt. Verspürte ihn gelegentlich noch immer. Vermutlich wusste Fiona Kurath ebenso wenig wie er, wem ihre Wut eigentlich galt. Nein, das war nicht richtig. Er wusste es besser. Karinas Tod war seine Schuld. Seine ganz allein. Niemandes sonst.

Sofort fühlte er sich wieder an den Vorfall in der Bank erinnert, bei dem ein junger Mann, den er therapierte, ums Leben gekommen war. Mike Engler. Ein junger Kerl aus einer völlig zerrütteten Familie, der nie eine Chance hatte, sich normal zu entwickeln.

Der Filialleiter hatte ihm eine Bargeldauszahlung verweigert, weil dessen Konto überzogen war, was letztlich zur Eskalation geführt hatte. Die Polizei und das SEK waren aufmarschiert, nachdem sich Engler geweigert hatte, die Bank ohne Bargeld zu verlassen. Irrtümlich davon ausgehend, dass es sich um einen Banküberfall mit Geiselnahme handelte, hatten zwei SEK-Beamte eigenmächtig gehandelt und den Schalterraum gestürmt.

Ein Messer, das Engler bei sich trug, hatte ihm die Bauchschlagader durchstochen, nachdem sich die beiden SEK-Männer auf ihn gestürzt und ihn zu Boden gebracht hatten. Hagedorn hatte seinerzeit harte Konsequenzen gefordert, war sogar vor den Untersuchungsausschuss nach Stuttgart zitiert worden, den er initiiert hatte.

Einer der beiden entlassenen SEK-Beamten, der sich geschworen hatte, sich an ihm zu rächen, wollte ihn auf dem Flughafen Stuttgart erschießen. Stattdessen hatte Karina die tödlichen Treffer abbekommen. Hätte er damals nicht so vehement die Untersuchung des Vorfalls gefordert, wäre Karina noch am Leben.

»Willst du nicht rangehen?«

»Wie bitte?«, schrak Hagedorn auf. Vibrierend wanderte sein Smartphone über die Tischplatte.

»Dein Telefon.« Aden stand mit einem Glas Guinness neben ihm und deutete auf sein Handy. »Klingelt bestimmt schon eine Minute.«

Hagedorn bedankte sich und nahm den Anruf entgegen.

»Hallo, Falk! Ich bin's. Marius!«

Kapitel 12

Polizeipräsidium
18. Dezember, 20 Uhr 30

Egal, wie oft sich Bannert die Bilder ansah, die Zeugenaussagen und forensischen Berichte las. Er steckte in einer Sackgasse.

Brandl, sein Chef, verlangte eine Zusammenfassung für die am nächsten Morgen angesetzte Pressekonferenz. Bannert hatte noch keinen Schimmer, was er ihm berichten sollte. Außer einer Fülle an Spuren, die sich jedoch keinem Täter zuordnen ließen, konnte er nichts vorweisen. Keinen Tatverdacht. Nichts. Nicht mal eine heiße Fährte. Zu behaupten, man wäre dem Amokfahrer auf der Spur, wäre glatt gelogen.

Marius Bannert vergrub das Gesicht in den Händen und massierte Augen und Nasenwurzel. Wie sehr er sich in diesem Augenblick Nadine Adler zurückwünschte.

Er hatte sich nicht von ihr überreden lassen, aus der Verwaltung wieder zum Kommissariat zu wechseln, um die Leitung einer Sonderkommission aufgezwungen zu bekommen. Und er schwor sich, sobald dieser Fall abgeschlossen sein würde, nie wieder die Leitung einer Soko zu übernehmen. Nicht einmal mit Waffengewalt würde man ihn dazu zwingen können.

Bannert richtete sich auf und überflog die Aufzeichnungen. Sie wussten, dass der Lieferwagen in der Nacht vor der Amokfahrt in der Schweiz entwendet worden war. Nach Rücksprache mit der Schweizer Staatsanwaltschaft hatte er einige Kollegen auf die Befragung der Nachbarn angesetzt. Leider erwies sich das als Schuss in den Ofen. Niemand vermisste einen Lieferwagen.

All seine Hoffnung lag nun in der Auswertung der Videoaufzeichnungen, die Staatsanwalt Fechter im Rechtshilfeersuchen von den Schweizer Kollegen sichern ließ. Die Verkehrsüberwachung und die automatischen Kennzeichenlesesysteme zeichneten in der Schweiz permanent auf. Man hielt es dort mit dem Datenschutz nicht so restriktiv wie in Deutschland, was zuweilen von Vorteil war.

Theoretisch sollte der Van auf der Fahrt von Kreuzlingen nach Konstanz von einem der Überwachungssysteme erfasst worden sein. Ob sich darüber der Fahrer identifizieren ließ, stand in den Sternen.

Bannert verfluchte seine Ohnmacht. Hatten sie etwas übersehen? Nein, ausgeschlossen. Seine Kollegen und er mussten diesen Fall lösen. Das waren sie den Opfern und den Hinterbliebenen schuldig. Ganz gleich, ob die Medien sie gerade in der Luft zerrissen.

Verstohlen schielte er zum Smartphone, das vor ihm auf dem Tisch lag. Nach kurzem Zögern griff er danach.

»Ach, scheiß drauf!«, fluchte er leise und wählte die Nummer, die er unter Favoriten gespeichert hatte.

»Hallo, Falk! Ich bin's. Marius.«

Kapitel 13

Polizeipräsidium
19. Dezember, 9 Uhr 30

»Wann genau ist die Pressekonferenz?«, erkundigte sich Hagedorn kauend. Er hatte für Bannert und dessen Team Butterbrezeln spendiert.

»Halb elf.« Bannerts Blick wanderte nervös zu seiner Armbanduhr.

»Brandl wird das schon machen«, sagte Hagedorn. »Und überhaupt: Egal, was wir tun, die Presse schlachtet uns sowieso.«

»Wir? Uns?« Bannert sah ihn stirnrunzelnd an. »Mich! Mich werden sie schlachten, Falk. Drei Wochen Ermittlungsarbeit, und ich kann noch immer nichts vorweisen. Es sind ja nicht allein die Medien, die mir im Nacken sitzen. Der Präsident will Ergebnisse, Staatsanwalt Fechter, das LKA, der Innenminister. Die zu beruhigen und abzuwimmeln wird immer schwieriger.«

»Lass das doch Brandl machen«, schlug Hagedorn grinsend vor.

»Hör auf! Das ist nicht lustig.« Bannert pfefferte seine zur Hälfte gegessene Brezel in die Papiertüte zurück. »Anstatt dümmlich zu grinsen, könntest du uns helfen.«

»Marius«, schnaubte Hagedorn. »Das Thema hatten wir schon.«

»Ja, ich weiß.« Bannert war aufgesprungen und begann im Büro auf und ab zu tigern.

»Ich bin ja nicht der einzige Fallanalytiker im Ländle. Wende dich ans LKA, und man schickt dir jemanden.«

»Ich will aber nicht irgendwen. Ich brauch jemanden mit deiner Erfahrung, deinem Instinkt und keinen blutjungen Uni-Absolventen.«

»Was ist mit Abel?«

Bannert wandte sich ihm irritiert zu.

»Martin Abel? Du kennst ihn nicht?« Hagedorns Augenbrauen zuckten ungläubig nach oben. »Ein brillanter, herausragender Analytiker. Der beste, den ich kenne. Nach mir natürlich«, fügte er nach einer kurzen Pause feixend hinzu. »War maßgeblich an einigen der spektakulärsten Fälle in den letzten Jahren beteiligt. Ihn würde ich anfordern.«

Bannert schien über Hagedorns Vorschlag nachzudenken. »Und du glaubst, er würde uns helfen?«

Hagedorn hob überfragt die Arme. »Wenn du es nicht versuchst, wirst du es nie erfahren. Wenn du willst, kann ich dir seine Nummer geben.«

»Du hast seine Privatnummer?«

»Wieso überrascht dich das? Wir waren Kollegen, wenn auch nur ein Dreivierteljahr«, erklärte Hagedorn.

Hagedorn fingerte das Smartphone aus der Innentasche des Anoraks, entsperrte den Bildschirm und leitete Abels Kontaktdaten als Nachricht an Bannert weiter.

»Et voilà! Grüß ihn von mir, wenn du mit ihm sprichst.«

Bannert bedankte sich. »Das werde ich.«

Hagedorn nahm den Faden wieder auf: »Wie weit seid ihr mit den Videoauswertungen?«

»Zwei meiner Leute arbeiten daran.«

»Also noch nichts dabei gewesen?«

»Nein«, sagte Bannert und seufzte. Nach einem Blick

auf die Uhr entschuldigte er sich. »Ich muss zur Pressekonferenz. Sehen wir uns später?«

»Klar!«, murmelte Hagedorn abwesend.

So niedergeschlagen hatte er Bannert lange nicht gesehen. Er konnte ihm nicht helfen. Ihm fehlte dazu einfach die Kraft. Umso mehr hoffte er für Bannert, dass Martin Abel verfügbar sein würde.

Kapitel 14

Konstanz, Schloss Seeheim, zweites Gruppentreffen
20. Dezember, 13 Uhr 30

Cigdem Akay saß bereits auf ihrem Platz, als Hagedorn in den Theatersaal rollte. In den darauffolgenden zehn Minuten trafen auch die anderen Teilnehmer ein, was ihn zufrieden lächeln ließ.

»Darf ich heute anfangen?«, meldete sich Cigdem zu Wort. Es kam Hagedorn nicht ungelegen, dass sie beginnen wollte. Leicht schien es ihr nicht zu fallen. Nervös rieb sie über ihren Beinstumpf, als sie zu erzählen begann.

»Nikolausstreife. So nennen wir die Fußstreifen, die wir über den Weihnachtsmarkt machen. Natürlich nicht nur über den Weihnachtsmarkt. Wir bestreifen die gesamte Innenstadt, da gerade in der Vorweihnachtszeit viele Taschendiebstähle begangen werden. Manchmal auch ein Handtaschenraub.

Seit ich vor vier Jahren nach Konstanz versetzt wurde, melde ich mich gerne freiwillig dafür. Ich liebe die Nikolausstreife. Man sieht und wird gesehen.

Meine Mama war damals nicht so begeistert, als ich mich gleich nach dem Abi bei der Polizei beworben habe, da sie sich ständig Sorgen um mich macht. Na ja, dass mir so etwas einmal im Dienst passiert, konnte ja niemand ahnen. Mir war bewusst, dass der Polizeiberuf riskant ist. Dass man mich beleidigt, anspuckt, angreift, was weiß ich, daran hab ich mich schon gewöhnt. Aber was am ersten Dezember passiert ist, damit hätte ich nie gerechnet …«

Hagedorn und die Gruppe hörten Cigdem aufmerksam zu. Er wollte sie nicht drängen und war erleichtert, als sie fortfuhr. Die Hände in den Schoß gelegt, den Blick gesenkt, sprach sie leise weiter.

»Ich werde den Tag wohl nie wieder vergessen. Dieser Tag, der erste Dezember, war eigentlich mein freier Tag. Hätte ich mich nicht freiwillig für die Nikolausstreife gemeldet, wäre ich nicht auf der Marktstätte gewesen und hätte mein Bein nicht verloren. Tja, es ist, wie es ist.

Eingeteilt bin ich für den Nachmittag bis zweiundzwanzig Uhr. Im Dach des Polizeipräsidiums haben wir einen tollen Kraftraum.

Es bietet sich an, vor dem Dienst noch eine Stunde zu trainieren, weshalb ich früh dran bin. Auf dem Laufband wärme ich mich zuerst auf, danach gehe ich an die Seilzugmaschinen und an die Hanteln. Nach eineinhalb Stunden bin ich ausgepowert und gehe duschen.

Im Gang vor den Umkleidekabinen begegne ich Stefan, mit dem ich die Streife gehen werde.

Stefan ist ein alter Haudegen, ein Fossil auf dem Polizeirevier und Schutzmann mit Leib und Seele. Schon auf dem Weg in die Innenstadt unterhält er sich mit ein paar bettelnden Obdachlosen im Stadtpark und ermahnt sie freundlich, ihre Hunde nicht frei laufen zu lassen. Wegen des Leinenzwangs und so. Er wirft jedem einen Euro in die Pappbecher, die sie vor sich stehen haben, was die Jungs versöhnlich stimmt. Sie pfeifen ihre Hunde zu sich und leinen sie an.

Ich mag Stefans unkonventionelle Art und seine Dienstauffassung. Klar eckt er damit gelegentlich bei der Führung an, aber das scheint ihm herzlich egal zu sein. Ich habe viel von ihm gelernt.

Er zieht mich mit sich Richtung Marktstätte. ›Ich kenne da einen Stand, die machen die besten Crêpes, die du je gegessen hast‹, sagt er. ›Herzhaft mit Käse, Schinken oder Salami. Aber für dich bestimmt mit Zimt und Zucker?‹, fragt er augenzwinkernd.

Ich kann nicht widerstehen und bestelle einen Crêpe mit Nutella, als wir dort ankommen. Stefan nimmt einen mit Eierlikör.

Als ich ihn vorwurfsvoll anschaue, winkt er lächelnd ab und sagt: ›Ist alkoholfrei, Zückerle.‹ Er nennt mich gern Zückerle, weil er weiß, dass ich auf süße Sachen abfahre. Ist, glaub ich, so ein Wort aus dem Dialekt, das man Menschen gibt, die gerne Süßes essen. Keine Ahnung.

Wir schlendern weiter die Marktstätte hinauf. Stefan scheint echt alles und jeden zu kennen. Kauend grüßt er Passanten, Standbetreiber und Händlerinnen, wechselt hin und wieder ein Wort mit Leuten, die mir unbekannt sind.

Wir unterhalten uns. Über alles Mögliche. Den Dienst, die Familie und ob wir schon alle Weihnachtsgeschenke besorgt haben.

Da höre ich einen Motor aufheulen. Stefan schnallt gar nicht, woher das Geräusch kommt, stellt sich auf die Schuhspitzen und verdreht den Kopf in alle Richtungen. Er stopft sich den Rest seiner Crêpe in den Mund und nuschelt: ›Spinnt der?‹

Ich folge seinem Blick und erkenne einen weißen Lieferwagen, der die Kanzleistraße runter auf uns zufährt. Wer hinter dem Steuer sitzt, kann ich nicht erkennen. Die Weihnachtsbeleuchtung wird in der Windschutzscheibe reflektiert. Aufgrund der Größe und Statur gehe ich aber von einem männlichen Fahrer aus.

Der Typ gibt Gas und hält auf eine Gruppe Leute zu,

die an der Ecke Kanzleistraße/Rosgartenstraße an einem Glühweinstand beisammenstehen. Menschen springen zur Seite, dann knallt es furchtbar. Einen Mann und eine Frau erwischt er frontal. Blut spritzt. Die beiden prallen von der Windschutzscheibe ab und werden davonkatapultiert.

Eine Sekunde darauf sehe ich einen Mann durch die Luft segeln. Er wirbelt und rotiert grotesk mehrmals um die eigene Achse und knallt gegen die Mauer des Kaiserbrunnens.

Stefan und ich sind wie eingefroren. Glauben nicht, was wir da gerade sehen. Der Van beschleunigt weiter und hält direkt auf uns zu.

Stefan reagiert als Erster. Er stößt mich zur Seite und zieht seine Waffe. Ich strauchle ein wenig, kann mich aber schnell fangen. Keine Ahnung was mich reitet, aber ich laufe dem Lieferwagen entgegen. Um nicht mit dem Kaiserbrunnen zu kollidieren, muss der Typ kurz vom Gas und macht einen Schlenker nach links. In dem Moment sehe ich, dass das Seitenfenster auf der Fahrerseite unten ist.

Als mich der Wagen erreicht, hechte ich seitlich dagegen und greife mit der Linken ins Lenkrad. Ich versuche, das Steuer von mir wegzudrücken, sodass der Van nach rechts ziehen und mit dem Brunnen kollidieren müsste. Der Typ ist stark, hält dagegen, steuert vom Brunnen weg. Er brüllt etwas, an das ich mich nicht mehr erinnere, und holt mit dem linken Ellbogen aus. Der erste Schlag verfehlt mich. Mit der Achsel hänge ich halb in seinem Fenster und klammere mich mit der Linken ans Lenkrad, während ich rudernd versuche mit der Rechten nach meiner Pistole zu greifen.

Es gelingt mir nicht, weil ich die Bügelsicherung nicht aufbekomme. Der Typ würde sich nur stoppen lassen, wenn ich ihm in den Kopf schieße. Wenn ich nur an die scheiß Pistole käme!

Fast hab ich sie in der Hand, als mich sein Ellbogen hart an der Schläfe trifft. Und noch mal trifft sein Ellbogen. Dieses Mal meine Nase.

›Lass los, Bitch!‹, brüllt er mich an. Benommen lösen sich meine Finger vom Lenkrad, und ich gleite ab. Rutsche von der Fahrertür runter und schlage hart auf dem Pflaster auf.

Mein rechtes Bein verfängt sich im Radkasten, nachdem es vom Hinterrad überrollt wird. Wird darin herumgewirbelt. Meine Knochen brechen. Das Knirschen nimmt kein Ende …

Bis ich plötzlich frei bin und mich überschlagend hinter dem Lieferwagen zum Liegen komme. Irgendwas stimmt nicht. Fühlt sich komisch an. Erst auf den zweiten Blick erkenne ich, was nicht stimmt. Es hat mir das Bein am Kniegelenk abgerissen.

Stefan gelingt es, zur Seite zu hechten, als der Van ihn zu rammen versucht. Nur seiner schnellen Reaktion verdanke ich, dass ich nicht verblute. Er hastet zu mir, legt mir das Tourniquet aus seinem Erste Hilfe-Set an, das wir seit zwei Jahren als Mannausstattung mit uns tragen, und bindet am Oberschenkel die Blutung ab.

Benommen sehe ich, wie der Van weiter die Marktstätte runterrast und auf die Unterführung zuhält. Das Schwein fährt alles um, was nicht rechtzeitig zur Seite springen oder ausweichen kann. Ein Kinderwagen trudelt durch die Luft. Etwas wird herausgeschleudert. Ich verdränge den Gedanken und stelle mir stattdessen vor, dass es eine Puppe ist. Körper prallen rechts und links an der Karosserie ab, geraten unter die Räder. Es ist furchtbar.

Wir können nichts tun. Ich kann nichts tun. Ich kann

nicht verhindern, dass Menschen getötet werden. Würgend übergebe ich mich.

Stefan dreht meinen Kopf zur Seite und redet beruhigend auf mich ein, fragt mich, ob ich Schmerzen habe. Habe ich nicht. Ich habe keine Schmerzen. Ich habe sie dort nicht und auch später im Krankenwagen nicht.

Klingt verrückt, oder? Mir wird das Bein abgerissen, und ich spüre nichts. Aber glaubt mir, ich spüre jetzt die Schmerzen. Manchmal will ich nach meinem Bein greifen, es massieren, weil mir die Wade wehtut, oder mich kratzen, weil es an der Fußsohle juckt.

Aber wisst ihr, was noch viel mehr wehtut? Es ist das Wissen, dass ich den Drecksack hätte stoppen können und es nicht geschafft habe, die Pistole zu ziehen, ihm die Mündung an den Kopf zu setzen und einfach abzudrücken. Egal, was ihr sagt oder Sie, Herr Hagedorn, diesen Schmerz wird nie jemand lindern können. Mit dieser Schuld werde ich leben müssen.«

Sie schwieg und starrte ins Leere.

»Wäre echt besser gewesen, wenn du den Wichser abgeknallt hättest. Für uns alle«, brummte Romano, kaum dass Cigdem Akay geendet hatte und ihre Tränen von den Wangen wischte.

Hagedorn gebot dem Italiener mit einer harschen Geste zu schweigen, wenngleich es das erste Mal war, dass Romano das Wort ergriffen hatte.

»Solche Äußerungen sind wenig hilfreich, Herr Romano«, unterbrach er den Mann, der für einen weiteren Kommentar Luft zu holen schien. Wenngleich er solche Kommentare nicht dulden wollte, sprach Romano ihm doch aus der Seele. Hagedorn räusperte sich, um den Kloß loszuwerden, der in seinem Hals steckte wie ein zäher Pfropf.

Er wandte sich der Polizistin zu. »Ich danke Ihnen.

Ich kann die Vorwürfe, die sie sich unnötigerweise machen, gut nachvollziehen. Weil ich selbst schon in ähnlichen Situationen war«, fuhr Hagedorn leiser fort. »Dass Sie mit dem Schmerz leben müssten, ist Unsinn. Daran kann man arbeiten. Zwar nicht in diesem Rahmen, aber es ist möglich.«

Hagedorn wurde bewusst, dass das, was er da von sich gab, auch für ihn selbst galt. Zu lange schon plagten ihn Selbstvorwürfe. Er wurde sie nicht los, und er wusste, warum. Er hielt daran fest. Klammerte sich daran, weil er keinen anderen Schuldigen ausmachen konnte. Nach seinen Maßstäben hatte er als Vater versagt. Denn es war ihm nicht gelungen, seine Tochter zu beschützen. Er konnte nicht verhindern, dass sie erschossen wurde.

Obwohl er, rational betrachtet, keinerlei Einfluss darauf hätte nehmen können, gab er sich die Schuld dafür. Er und auch Cigdem Akay würden lernen müssen, irgendwann loszulassen. Aber genau davor fürchtete er sich am meisten. Loszulassen hieße, auch Karina loszulassen, was für ihn einem Verrat gleichkäme.

»Ist doch wahr!«, drang es leise von links an sein Ohr und riss ihn damit aus seiner Selbstanalyse.

Die mit Tränen unterlaufenen Augen Esther Mühlbrandts blickten ihn traurig an. »Meinen Mann hätte sie vielleicht nicht retten können, aber viele andere.«

»Hören Sie«, sagte Hagedorn. »Ich war selbst viele Jahre Polizeibeamter beim Landeskriminalamt. Niemand – und am allerletzten diese junge Beamtin hier – hätte verhindern können, was am ersten Dezember geschehen ist. Ich möchte Sie bitten, hier niemandem die Schuld zuzuweisen. Was Frau Akay getan hat, war äußerst mutig und tapfer. Beim Versuch, den Mann aufzuhalten, hat sie ihr Bein verloren.«

Hagedorns Blick schweifte durch die Runde. Betroffen schweigend nickten die Gruppenteilnehmer.

»Gut«, sagte er mit einem Blick auf seine Armbanduhr.

»Lassen Sie uns zwanzig Minuten Pause machen«, schlug Hagedorn vor und drückte den Joystick seines Rollstuhls. Er musste hier raus.

Kapitel 15

Konstanz, Büro des Oberbürgermeisters
20. Dezember

»Nein und nochmals nein, verdammt! Der Weihnachtsmarkt bleibt bis Heiligabend geöffnet«, bellte er ungehalten ins Telefon. »Noch bin ich der Oberbürgermeister. Wenn es Ihnen nicht passt, dann bringen Sie Ihr Anliegen in den Stadtrat«, schlug er dem Anrufer vor und knallte den Hörer auf den Apparat zurück.

Der Stadtrat würde vor Weihnachten ohnehin nicht mehr tagen, und danach hätte sich diese leidige Diskussion erledigt. Der Anrufer soeben gehörte zu der kleinen Schar Bürger, die gegen den weiteren Betrieb des Weihnachtsmarktes aufbegehrten. Unangemessen und pietätlos, wie sie es nannten. Man solle doch Rücksicht auf die Opfer und Hinterbliebenen nehmen.

Konstanz war und blieb eine Touristenstadt. Die meisten Hotels waren auch über die Weihnachtstage fast vollständig ausgebucht. Warum? Weil die Menschen nicht nur wegen des Bodensees, sondern gerade wegen der besonderen weihnachtlichen Stimmung hier die Feiertage verleben wollten.

Die Besucherzahlen waren seit dem ersten Dezember merklich zurückgegangen. Würde er dem Bürgerbegehren nachgeben, fiele nicht nur die Gewerbesteuer aus dem Weihnachtsmarkt, der Hotellerie und dem Weihnachtsgeschäft weg, sondern auch die beträchtlichen Einnahmen aus den Standgebühren der Händler.

Das konnte die Stadt nicht so ohne Weiteres wegstecken. Und selbst wenn, er wollte, dass der Weihnachtsmarkt weiterlief.

Er fuhr sich durch die zerzausten Haare, griff nach dem Hörer und tippte eine vierstellige Nummer ins Tastenfeld.

»Zimmermann hier. Kommen Sie unverzüglich in mein Büro«, wies er den Angerufenen knapp an und legte auf.

Er wandte sich dem Fenster zu und zupfte an der Unterlippe. Im kommenden Herbst standen die Bürgermeisterwahlen an. Das bedeutete, dass er gleich am Anfang des neuen Jahres mit dem Wahlkampf würde beginnen müssen.

Würde er die Wahl für sich entscheiden, wäre es seine zweite Amtsperiode. Die Prognosen waren nicht schlecht, und die Umfragewerte stimmten ihn zuversichtlich. Dennoch würde er nichts dem Zufall überlassen.

So tragisch die Amokfahrt auch gewesen sein mochte, hatte er das Desaster clever für sich zu nutzen gewusst. Die Stadt Konstanz wie auch seine Person waren fast zehn Tage lang medial auf allen Kanälen präsent gewesen. Auch weit über die deutschen Grenzen hinaus.

Man lobte sein umsichtiges Krisenmanagement, besonders seine emphatischen Auftritte vor der Kamera. Allein deswegen hatten sich die fünftausend Euro für den PR-Heini bezahlt gemacht.

Noch vor zwei Tagen hatte er sich nicht erlaubt, von Höherem zu träumen. Ein Parteifreund aus Stuttgart hatte ihn, gleich nachdem er ein Life-Interview im Fernsehen gegeben hatte, beglückwünscht und ihn nonchalant über seine politischen Pläne und Ziele ausgefragt. Geschieden, mit zwei erwachsenen Kindern, wäre er frei für ein Mandat im Landtag, hatte er ihn ebenso beiläufig wissen lassen. Aufgrund seiner gestiegenen Beliebtheit überlege man in der Parteizentrale, ihn auf die Landesliste für die nächsten Landtagswahlen zu bringen.

Realist genug, dämpfte er seine Euphorie und dachte in erster Linie daran, seine Wiederwahl zu sichern. Zugegeben, die Verlockung war groß.

Eines nach dem anderen, zügelte er sich in Gedanken. In erster Linie galt es, Schaden von der Stadt abzuwenden. Schlechte Publicity konnte sich die Stadt nicht leisten, und ausbleibende Touristen oder Investoren schon zweimal nicht. Nicht nur deswegen wollte er Hagedorn.

Bereits im Vorfeld hatte er Erkundigungen über ihn eingeholt. Viele Jahre Kriminalbeamter, zuletzt Fallanalytiker beim Landeskriminalamt, geschieden, Vater einer ermordeten Tochter. Letzteres konnte zum Problem werden.

Trotzdem erhoffte er sich, dass Hagedorn die Gruppe in seinem Sinne würde *beeinflussen* können. Schlimmer noch als ausbleibende Touristen oder Investoren waren nämlich Schadensersatzklagen in Millionenhöhe.

In einer Dringlichkeitssitzung konnte er die Mitglieder des Stadtrats und den Stadtkämmerer davon überzeugen, dass es nun wichtig sei, den Opfern unbürokratisch zu helfen. Was dazu geführt hatte, dass man jedem Betroffenen eine Soforthilfe in Höhe von fünftausend Euro gewährte und einen Hilfsfonds eingerichtet hatte, der mit Spenden aufgefüllt werden sollte. Die Spendenbereitschaft war gerade jetzt in der Vorweihnachtszeit besonders hoch. Die Betreuung des Fonds, hatte man dem Oberbürgermeister, ihm, übertragen. Was er nicht ungern tat, da die Spendeneingänge astronomische Regionen erklommen.

Noch nie hatte er etwas dem Zufall überlassen, und das würde er auch jetzt nicht.

»Herein«, rief er tonlos, als es an der Tür klopfte.

Ein Mann um die sechzig, mit lichtem Haarkranz, trat ein. Sein mächtiger Wanst drohte die Träger des blauen Anton, in dem er steckte, zu sprengen. Aus zusammengekniffenen Schweinchenaugen sah er ihn erwartungsvoll an.

»Ich sollte zu Ihnen kommen?«, fragte er mit kratziger Stimme.

»Wegen des kleinen Theatersaals im Schloss Seeheim«, hob der Oberbürgermeister an, und der Mann schien sich sogleich zu entspannen.

»Ach so«, stammelte der Haustechniker. »Ich habe das Gerät dort angebracht, wo sie es gesagt haben.«

»Gut! Das wollte ich wissen«, lobte ihn der Bürgermeister mit erhobenem Daumen.

»War das dann alles?«

»Das war alles, Helmut. Sie können gehen. Danke. Und ich verlasse mich auf Ihre Verschwiegenheit.«

Der Mann nickte und verließ eilig die Amtsstube seines Chefs.

Jetzt galt es zu hoffen, dass das Gerät im Lüster alles aufzeichnete.

Da Hagedorn so vehement auf die Schweigepflicht pochte, hatte er sich eben etwas anderes einfallen lassen müssen.

Am Sonntag würde er wissen, ob das Gerät funktionierte.

Kapitel 16

Konstanz, Schloss Seeheim, zweites Gruppentreffen
20. Dezember, 16 Uhr 30

Nachdem er sich einen Latte macchiato an der Maschine geholt und ein Fläschchen Apfelsaft zwischen die Schenkel geklemmt hatte, war Hagedorn nach draußen gerollt.

Eigentlich rauchte er nicht mehr. Trotzdem ließ er sich von Franco Romano zu einer Zigarette überreden, die er ihm freundlich anbot. Dann hielt er ihm die Flamme des Feuerzeugs an die Spitze.

Ein scheußlicher Geschmack begann sich im Mund auszubreiten, was ihn nicht daran hinderte, noch einmal daran zu ziehen und den Rauch tiefer zu inhalieren. Der auftretende Schwindel war wie ein Rausch und fühlte sich gut an.

»Mi dispiace! Tut mir leid, was ich vorhin gesagt habe«, entschuldigte sich Romano.

»Schon gut«, murmelte Hagedorn. »Bei mir müssen Sie sich nicht entschuldigen, Romano.« Hagedorn deutete mit dem Daumen hinter sich, in Richtung Theatersaal.

Romano nickte betreten, drückte seine aufgerauchte Zigarette im Aschenbecher aus und verschwand im Saal.

Hagedorn leerte den Apfelsaft in einem Zug. Er hoffte, dass dadurch seine hämmernden Kopfschmerzen verschwinden würden. Die Stimme seines Hausarztes echote in seinem Kopf: »Sie trinken zu wenig, Herr Hagedorn.«

Nun ja. Mit zwei, drei Guinness am Abend und drei Bechern Kaffee am Tag war es eben nicht getan.

Jetzt bekam er die Quittung dafür. Er nahm sich vor, ab morgen eine Flasche Wasser in den Getränkehalter seines Elektro-Rollis zu packen.

Rauchend beobachtete er Fiona Kurath, die an einer Stützmauer lehnend mit flinken Daumen ihr Smartphone malträtierte.

»Wie fühlen Sie sich?«, erkundigte er sich vorsichtig.

Sie zuckte mit den Achseln, ohne den Blick vom Display zu nehmen.

»Wie soll ich mich denn fühlen?« Offenbar hatte sie die Nachricht zu Ende getippt und ließ das Handy in einer ihrer Gesäßtaschen verschwinden.

Hagedorn lachte auf. »Ich kann Ihnen nicht sagen, wie Sie sich fühlen sollen.«

»Sorry! Ich wollte Sie nicht blöd anmachen.«

Ihr Blick huschte irritiert zwischen seinen Augen hin und her. Offenbar fielen ihr erst jetzt seine unterschiedlichen Irisfarben auf. Er war mit einer seltenen genetischen Eigenheit, der Heterochromie, geboren worden, die nur etwa ein Prozent der Weltbevölkerung betraf. Bis zu seinem sechsten Lebensmonat waren beide Augen blau gewesen. Danach hatte sich sein linkes grün eingefärbt. Es kam häufig vor, dass Menschen, die ihn zum ersten Mal trafen, nicht so recht wussten, auf welches Auge sie sich konzentrieren sollten. Er war daran gewöhnt.

»Ist ja abgefahren. Wie bei einem Husky«, sagte sie feixend.

»Sie haben mich nicht blöd angemacht.« Lächelnd nahm er den Faden wieder auf. »Mich interessiert wirklich, wie Sie sich fühlen.«

»Ehrlich gesagt, weiß ich das gar nicht.«

»Das ist nicht ungewöhnlich. Ich kenne das Gefühl. Man glaubt neben sich zu stehen. Fühlt sich selbst nicht mehr. Nimmt sich nicht mehr wahr. Und jeden Tag verliert man sich ein bisschen mehr. Stück für Stück. Kommt Ihnen das bekannt vor?«

Die junge Frau nickte abwesend. Hagedorn kannte ihr Alter. Sie wirkte jünger als die einundzwanzig, die sie war. Trotz der dunklen Augenringe war Fiona Kurath eine ausgesprochene Schönheit. Hochgewachsen mit langen Beinen, wobei eines nach der Verletzung am Knie versteift war.

Ihr Gang erinnerte an einen alten Piraten mit Holzbein. Eine treffendere Beschreibung fiel ihm nicht ein. Ihre Wangenknochen traten hervor, was ihre natürliche Schönheit unterstrich. Gleichwohl vermutete er, dass sie peinlichst darauf achtete, was sie ihrem Körper zuführte. Vor allem, wie viele Kalorien es enthielt. Für seinen Geschmack dürfte sie ein paar Pfunde mehr haben.

»Ja«, sagte sie leise. »Das kommt mir sehr bekannt vor. Trotzdem weiß ich nicht, was ich fühlen soll. Keine Ahnung, wie ich Ihnen das erklären kann. Es fühlt sich an wie ein Gefühlsbrei. Vorhin«, sie deutete mit dem Kinn ins Gebäudeinnere, »als Cigdem erzählt hat, war ich traurig. Eine Minute später packte mich rasende Wut, die so intensiv ist, dass ich töten könnte.«

»Und wen würden sie töten?«

»Alles und jeden«, antwortete Fiona lächelnd. »Nein. Das ist natürlich Quatsch.«

Fiona knibbelte am Daumennagel. »Cigdem zum Beispiel«, entfuhr es ihr fast flüsternd.

»Wieso sie?«, fragte Hagedorn vorsichtig.

»Weil sie es verkackt hat. Weil sie es nicht geschafft hat, dem Arschloch in den Kopf zu schießen. Sie hätte verhindern können, dass der Wichser mich zum Krüppel fährt.«

Hagedorn brummte verständnisvoll. »Nicht Cigdem hat Sie zum *Krüppel* gemacht, wie Sie so schön formuliert haben.«

»Sorry! Ich wollte nicht …« Fiona versuchte sich zu rechtfertigen und deutete auf seinen Rollstuhl.

»Hören Sie auf, sich ständig zu entschuldigen. Ihre Wut, ihr Hass, gilt dem Amokfahrer, nicht Cigdem. Ist es nicht so? Sie kann nichts dafür.«

»Was ist mit ihrem Kollegen? Hätte der nicht schießen können?« Fiona Kurath kämpfte mit den Tränen.

»Doch, sicher!«, pflichtete Hagedorn ihr bei. »Aber es ist gar nicht so leicht, auf ein fahrendes Ziel zu schießen, den Fahrer gezielt auszuschalten noch viel schwieriger. Selbst wenn er seine Waffe hätte abfeuern können, ist es fraglich, ob er ihn so erwischt hätte, dass er die Weiterfahrt hätte beenden können.«

»Ich weiß«, gestand Fiona. »Vor ein paar Jahren habe ich es mal mit Biathlon versucht und bin am Schießen gescheitert. Ich konnte meine Atmung nicht kontrollieren, sodass ich jedes Mal danebengeschossen habe.«

Dicke Tränen kullerten über ihre Wangen. »Das Arschloch hat mir alles versaut«, begann sie zu schluchzen. »Bis zu dieser Scheiße hier …« Fiona hieb mit der flachen Hand auf ihr linkes Knie. »… war ich eine ziemlich gute Siebenkämpferin. Mit der kommenden Leichtathletik-WM hätte ich mich für die Olympischen Spiele qualifizieren können. Das ganze Training, die ganze Plackerei der letzten Jahre sind jetzt fürn Arsch. Ich werde nie wieder Leichtathletik machen können.«

»Das tut mir sehr leid.« Hagedorn konnte nachfühlen, was in ihr vorging. Der Unfall vor mehr als acht Jahren hatte nicht nur seine Gewichtheberkarriere beendet.

Nach seiner Entlassung aus der Klinik und unzähligen Wochen medizinischer Rehabilitation hatte er heimlich sein Training wieder aufgenommen.

Der Rollstuhl, den die Heilfürsorge des Landes seinerzeit bezahlt hatte, war ihm förmlich unter dem Arsch zusammengebrochen.

Die Gewichte, die er riss, plus sein Eigengewicht waren dem Gestänge des Rollstuhls nicht zuträglich gewesen. Theoretisch wäre es möglich gewesen, sich einen Rollstuhl anfertigen zu lassen, der einer Belastung von einer halben Tonne standgehalten hätte.

Erst später hatte er erfahren, dass das paralympische Gewichtheben auf einer Drückerbank durchgeführt wird. Die Vorstellung, auf einer Bank liegend festgeschnallt eine Langhantel zu stemmen, war ihm zuwider. Er war deshalb dem Rat seiner Ärzte gefolgt, die ihm wegen seiner Rückenmarksverletzung dringend davon abrieten, weiter Kraftsport zu betreiben.

»Ich glaube, die anderen warten schon.« Fiona Kurath sah ihn an. »Ich weiß nicht, ob mir das Ganze hier etwas bringt.«

»Ich kann Sie nicht zwingen, daran teilzunehmen. Wenngleich ich es für einen Fehler hielte, wenn sie jetzt gehen.«

»Nee«, sagte sie und hob die Schultern. »Ich will nicht gehen. Außerdem hab ich eh nichts Besseres zu tun.«

Das Körpergewicht auf ihr gesundes Bein verlagernd, die Arme vor der Brust verschränkt, betrachtete sie ihn, als versuchte sie die Bedeutung eines abstrakten Gemäldes zu begreifen.

»Sie sind ein komischer Kauz, wissen Sie das?«

Hagedorn sah sie irritiert an.

»Abgesehen von den Augen und vielleicht zehn,

fünfzehn Jahren Unterschied, sehen sie Geralt von Riva verdammt ähnlich«, fuhr Fiona mit schwärmerischem Blick fort.

»Der Witcher«, kommentierte er lakonisch.

»Sie kennen die Serie mit Henry Cavill in der Hauptrolle? Ehrlich?«

»Nein«, knurrte er. Sowohl Jule als auch Marius hatten ihn gelegentlich mit diesem Charakter verglichen. Dabei kannte er weder die Bücher noch das Spiel oder die gleichnamige Netflix-Serie.

»Schade! Die ist gut. Sollten Sie sich echt mal reinziehen.«

Vielleicht sollte er das tatsächlich.

»Woll'n wir reingehen?« Hagedorn ließ ihr den Vortritt. Leise summte der Elektroantrieb, als er ihr folgte.

Kapitel 17

Polizeipräsidium
20. Dezember, 17 Uhr 10

»Wenn Sie mir noch einen einzigen Anruf irgendeines dämlichen Pressefritzen oder einer Medientante durchstellen, mache ich Sie kalt und lasse es wie einen Unfall aussehen«, raunte Bannert ins Telefon. Sein Zorn galt dem Zivilangestellten, der in der Vermittlung saß.

Trotz seiner Anweisung, alle Medienanfragen an den Pressesprecher weiterzuleiten, stand sein Telefon seit der Pressekonferenz nicht mehr still. Obwohl er den Apparat auf die minimalste Lautstärke gedrosselt hatte, nervte es nach dem zwanzigsten Läuten gewaltig. So konnte er sich nicht auf die Videoaufnahmen konzentrieren, denen er sich seit dem Mittag zu widmen versuchte.

»Arschloch!«, fluchte er, nachdem er den Hörer zurückgelegt hatte.

Bannert klickte mit der Maus die letzten fünf Minuten der Aufnahme zurück, die er zuletzt angesehen hatte.

»Alles okay bei dir?«

Karsten Kieferle steckte den rasierten Schädel zur Tür herein.

»Klar ist bei mir alles okay. Warum sollte denn nicht alles okay sein? Hm? Da draußen läuft so ein durchgeknallter Irrer rum, der Leute totfährt. Die Medien und Brandl rauben mir den letzten Nerv, die Vermittlung leitet alle eingehenden Anrufe auf meinen Apparat um.

Die Videoaufzeichnungen sind für den Arsch. Aber doch! Alles ist in bester Ordnung.« Bannert schnaubte.

»Hey, Marius. Ich bin's. Dein Lieblingskriminaltechniker.« Kieferle schien seine gute Laune nie zu verlieren.

»Sorry, Karsten. Tut mir leid. Ich wollte ... Ich bin bloß ...«, stammelte er.

»Schon gut, Marius.« Kieferle trat herein und um seinen Schreibtisch herum.

»Kommst du mit der Sichtung der Aufnahmen voran?«

»Nicht ein Stück.« Bannert stieß sich von der Schreibtischkante ab und raufte sich die Haare.

»Das sind so viele Stunden Material von zig Überwachungskameras aus ganz Kreuzlingen. Man beginnt zu glauben, dass die Schweizer in einer Stadt mehr Videokameras installiert haben als wir in ganz Deutschland.«

»Du schaust die aber nicht alle allein durch?«

»Natürlich nicht.« Bannert musste über Kieferles ungläubigen Gesichtsausdruck schmunzeln. »Wir sind zu dritt. Haben das Material aufgeteilt.«

Das Telefon klingelte erneut.

»Schon wieder.« Gereizt nahm Bannert den Hörer auf und war versucht, den Kollegen in der Vermittlung einen Einlauf zu verpassen, als er auf dem Display sah, dass es ein interner Anruf war.

»Ja, Bannert«, meldete er sich. Dann hörte er erst mal schweigend zu.

»Ich bin es, Marius. Ich habe das Tatfahrzeug. «

»Bist du dir ganz sicher, Alf? Super! Ich bin auf dem Weg.«

Kieferle sah Bannert fragend an, als das Gespräch beendet war.

»Muss ich dir erst mit Folter drohen, oder sagst du mir, was Sache ist?«

»Alfred hat was. Vielleicht den weißen Van. Komm mit!«

Bannert stürmte gefolgt von Kieferle den Gang hinunter.

Kapitel 18

Konstanz, Schloss Seeheim, zweites Gruppentreffen
20. Dezember, 18 Uhr

Hagedorn hatte gehofft, Fiona Kurath dazu bewegen zu können, ihre Unterhaltung vor dem Gebäude innerhalb der Gruppe weiterzuführen. Sie wäre noch nicht bereit, darüber zu reden, hatte sie gesagt. Hagedorn respektierte das. Fiona und er schienen sich darin ähnlich zu sein.

Romano hatte sich in der Pause bei Cigdem für seine unbedachte Äußerung entschuldigt. Die Stimmung in der Gruppe war gelöster, als sie es noch vor der Pause gewesen war.

»Herr Romano? Möchten Sie vielleicht weitermachen?«

Der kleine, stämmige Italiener zuckte mit den Schultern. »Ja. Warum nicht?«

Romano beugte sich vor, legte die kräftigen Unterarme auf die gespreizten Oberschenkel und faltete die Hände. Für einige Sekunden schloss er die Augen und sammelte sich.

»Maledetta merda, so habe ich mir den ersten Tag in Freiheit nicht vorgestellt. Ich war acht Jahre im Knast. Für einen Totschlag, den ich nicht begangen habe. Ob ihr mir glaubt oder nicht, ist mir scheißegal. Ich bin eigentlich nur hier, weil sich das laut meines Bewährungshelfers gut in meiner Führungsakte machen soll.

Um zehn kommt der Schließer und entriegelt meine Zellentür. Ich soll mich duschen und rasieren. Das erste

Mal in acht Jahren, dass ich die Dusche für mich allein habe. Ich frage den Schließer, warum ich duschen soll. ›Wahrscheinlich will der Richter dich noch sehen, bevor du entlassen wirst‹, sagt er.

Volle fünfzehn Minuten lasse ich mir das heiße Wasser über den Körper prasseln, bevor ich mir die Haare wasche und mich einseife. Ich ziehe die Klamotten an, die man mir vor acht Jahren abgenommen hat, und wundere mich, dass sie noch passen. Ich habe kaum zugenommen.

Die Bullen haben sie auf Spuren untersucht. Obwohl sie frisch gewaschen sind, riechen sie trotzdem komisch nach Lösungsmittel. Die wenigen Sachen, die ich besitzen darf, packe ich in eine Sporttasche und folge dem Schließer zur Asservatenkammer. Da unterschreibe ich gefühlt hundert Formulare, ehe der Schließer mir Sachen vor die Nase legt, von denen ich gar nicht weiß, dass sie mir gehören.

Ein silbernes Gasfeuerzeug, eine halbe Schachtel furztrockener Camel-Zigaretten, ein Schlüsselbund mit drei Schlüsseln. Mein Geldbeutel. Zumindest glaube ich, dass es meiner ist. Ich öffne ihn und finde darin eine abgelaufene EC-Karte und meinen EU-Führerschein. Muss mein Geldbeutel sein.

Der Schließer legt einen braunen Ledergürtel und ein Nokia-Tastenhandy dazu. Ich weiß, dass das Teil längst ausgedient hat. Was ich mit dem alten Ding anfangen soll, frag ich den Schließer. Der guckt nur doof und wirft es in einen Mülleimer unter dem Tresen. Schon für seinen gelangweilten Gesichtsausdruck möchte ich ihm eine reinhauen. Für den mag eine Haftentlassung ja nichts Aufregendes sein, aber für mich ist es wie Weihnachten, Ostern und Geburtstag an einem Tag. Also, denke ich mir, könnte der Kerl wenigstens ein bisschen mehr Enthusiasmus an den Tag legen. Ist doch nicht zu viel verlangt, oder?

Zehn Minuten später stehe ich vor einer Richterin. Warum es ein Gerichtssaal sein muss, kapier ich nicht. Zumindest ist die Frau hinter dem Richtertisch kaum älter als sechs- oder siebenundzwanzig. Vielleicht ein wenig älter. Aber nicht viel. Als ich eingefahren bin, muss sie noch zur Schule gegangen sein und hat sich Pickel ausgedrückt.

Ziemlich nervös tänzle ich von einem auf das andere Bein. Ich mag Gerichtssäle nicht. Bin froh, wenn ich nie wieder einen sehen muss. Ich will endlich hier raus, obwohl ich nicht weiß wohin. Das Richter-Hühnchen sabbelt irgendwas von früherer Entlassung wegen Weihnachtsamnestie, Wohlverhalten, Alkoholverzicht. Keine Ahnung, ich höre nicht mehr zu.

Irgendwann ist sie fertig, und der Bewährungshelfer steckt mir ein Kuvert mit vierhundert Euro, die Entlassungspapiere und einen Zettel zu, auf dem die Adresse eines Ex-Knacki-Heims in Konstanz steht. Wieso ich nur vierhundert Mäuse bekomme, will ich von ihm wissen. Ausgerechnet hatte ich, dass mir mit der Haftentlassung über zweitausend Euro zustehen. Was ich nicht wusste, dass die vom Bewährungshelfer treuhänderisch verwaltet werden. Fick dich doch, denke ich mir.

Weil ich keine Adresse angeben kann, haben die einfach die Adresse des Knacki-Heims genommen. Mir doch egal, denke ich. Hauptsache endlich raus.

Zwanzig Minuten später stehe ich auf der Straße vor dem Gerichtsgebäude. Vier Monate vor meinem regulären Haftende. Ich komme mir ziemlich verloren vor. *Fanculo!* Keine Wohnung, kein Job, obwohl ich mich redlich um eine Stelle bemüht habe, und niemand, zu dem ich hinkönnte. Ich entscheide erst mal, in das Knacki-Heim zu gehen und mir in den nächsten Tagen Gedanken zu machen. Vielleicht kehre ich nach Italien zurück. Ich weiß es noch nicht. Obwohl Mama sich sicher freuen würde, mich bei sich zu haben.

Es tut gut, die Lichter zu sehen – überall hängt Weihnachtsbeleuchtung – und die vielen Holzhütten auf dem Weihnachtsmarkt. Ich habe beinahe vergessen, wie schön es auf einem Weihnachtsmarkt ist. Früher war ich da regelmäßig. Mit meiner Frau. Bis sie …

Ich schlendere die Straße Richtung Marktstätte hinunter und bestelle mir an einem Stand einen Krug Bier. Ich schwör's. Ich habe noch nie was Besseres getrunken. Das zweite genieße ich und trinke langsamer. Dabei beobachte ich die Menschen um mich herum. Nach und nach wird mir bewusst, dass ich tatsächlich in Freiheit bin. Auch wenn ich mit meiner Freiheit noch nichts anfangen kann. Es scheißt mich an, dass ich keine eigene Wohnung habe, in die ich zurückkehren kann. Stattdessen muss ich mir ein Zimmer mit einem anderen Ex-Knacki teilen und auf einer ranzigen Matratze pennen.

Besser, als auf der Straße zu leben, denke ich mir und nehme einen weiteren Schluck aus dem Bierkrug.

Weil ich seit dem Frühstück nichts mehr zu beißen hatte, bestelle ich mir eine Currywurst mit Pommes.

Dann bricht die Hölle los. Anders kann ich es nicht sagen. Irgendwo röhrt der Motor eines Autos, und ich höre Menschen kreischen.

Als würde ein Räumfahrzeug über den Platz pflügen, spritzen Körper nach rechts und links zur Seite. Ein Mann segelt wie eine leblose Puppe durch die Luft. Ich stell mich auf die Zehenspitzen und sehe ihn. Ein weißer Lieferwagen. Er kommt direkt auf mich zu. Keine hundert Meter ist er von mir weg und hält im Zickzackkurs weiter auf die Unterführung zu.

Im ersten Moment checke ich nicht, was da gerade abläuft. Dass es kein normaler Unfall ist, leuchtet mir sofort ein, weil der Wagen nicht anhält. Er rast einfach weiter. Keine Ahnung, wie schnell. Sechzig, siebzig Klamotten hat er bestimmt drauf. Leute springen panisch zur Seite. Irgendjemand hängt an der Fahrerseite und strampelt mit den Beinen. Jetzt weiß ich, dass du das warst, Cigdem.

Der Fahrer macht einen Schlenker, du fällst. Dann sehe ich dich nicht mehr. Der Van ist jetzt noch zwanzig Meter, eher weniger, von mir entfernt. *Bastardo,* schreie ich und kann gerade noch zur Seite springen, als der Van haarscharf an mir vorbeischießt. Dabei reiße ich eine ältere Frau um, die mich verdutzt anschaut, als ich mich von ihr runterwälze.

Aus dem Augenwinkel sehe ich, dass der Wagen anhält. Ein Kerl springt heraus und rennt durch die Unterführung Richtung Uferpromenade. Ich rapple mich auf, will dem Typ nachrennen und stoße beinahe mit einem Rollstuhl zusammen. Mein Knie tut weh, und ich schaffe es nur bis in die Mitte der Unterführung. Der Bastard ist plötzlich verschwunden. In der Menschenmenge untergetaucht. Weg, als hätte er sich in Luft aufgelöst.

Ich humple zurück und sehe die Schneise, die er in die Menge geschlagen hat. Männer und Frauen laufen weinend wie von Sinnen über den Platz. Manche – wie sagt man? – ja, wie ferngesteuert, andere kreischen wie Verrückte. Überall liegen blutende, verletzte oder leblose Körper.

Als ich weiterhumple, sehe ich vor mir zwei Mädchen auf dem Pflaster liegen. Eines ist tot. Das erkenne ich gleich, da ich im Sanitätsdienst der italienischen Armee gedient habe.

Vor dem zweiten gehe ich in die Knie. Sie sagt mir

ihren Namen, als ich sie danach frage. Hab ihn leider wieder vergessen. Ich berühre sie an der Wange und versuche, sie zu trösten. Ihr Bein ist am Knie und Fußgelenk schlimm verdreht. Bei dem Aufprall muss ihr die Hose runtergerutscht sein. Als ich ihre Jacke ein wenig nach oben schiebe, ertaste ich den steinharten, blutunterlaufenen Bauch. Mir ist klar, dass sie schwere innere Verletzungen haben muss.

Panisch sehe ich mich um und lausche, ob ein Krankenwagen auf der Anfahrt ist. Ich höre nur die Schreie der Menschen, und ich weiß, dass das Mädchen innerlich verbluten würde, bevor Hilfe kommt.

Sie hat Angst. Mit aufgerissenen Augen sieht sie mich an, drückt meine Hand, bis … bis sie erschlafft und kraftlos aufs Pflaster sinkt.

Es fällt mir schwer, sie loszulassen, doch ich schaffe es irgendwie aufzustehen und sehe mich nach weiteren Verletzten um, die vielleicht meine Hilfe brauchen. Mir fällt eine Gruppe Menschen auf, die etwas anstarrt. Da liegt etwas auf dem Pflaster. Ich nähere mich der Gruppe und frage mich, wieso die alle eine Puppe anstarren. Bis mir klar wird, dass dort ein Baby liegt. Dick eingepackt in einen roten Schneeanzug.

Wütend schiebe ich die Gaffer zur Seite und gehe in die Hocke. Ich nehme das Bündel auf den Arm, das leise zu wimmern beginnt. Es schreit nicht. Es wimmert nur ganz leise. Vorsichtig taste ich den winzigen Körper ab, kann aber keine äußeren Verletzungen erkennen. Wahrscheinlich hat der dicke Baby-Schneeanzug den Aufprall gepolstert, denke ich bei mir.

Das Baby, keine Ahnung, ob Mädchen oder Junge, liegt in meiner Armbeuge, und ich wiege es sanft. Erst als dabei das Mützchen verrutscht, fällt mir die Platzwunde am Hinterkopf auf. Es blutet. Nicht sehr stark, aber das muss ja nichts heißen.

Ich drehe das Köpfchen ein wenig zu mir und untersuche Augen und Ohren. Aus dem linken Ohr läuft Blut. Mir bleibt fast das Herz stehen. Plötzlich reagiert das Baby nicht mehr. Obwohl ich mein Ohr direkt über das Gesichtchen halte, höre ich keine Atemgeräusche. So gut es geht, öffne ich den Reißverschluss des Anzugs bis zum Bauch und beginne mit zwei Fingern vorsichtig die Brust des Würmchens zu massieren.

Ich habe so etwas noch nie zuvor getan und hoffe, dass ich es richtig mache. Nach dreißig Kompressionen, beatme ich das Baby dreimal und beginne von vorn.

Oh dio, bete ich, lass mich das richtig machen. Keine Ahnung, wie lange ich die Herzdruckmassage ausgeführt habe. Mir kam es jedenfalls ewig vor, als ich plötzlich von einer jungen Frau angesprochen werde. Sie sagt, sie sei Notärztin. Sie sagt auch, dass ich das gut machen würde. Gott sei Dank!

Sie fordert mich auf, ihr zu folgen, will mir aber das Kind nicht abnehmen. Machen Sie weiter, fordert sie. Nicht aufhören! Bis wir nach ein paar Metern bei einem Krankenwagen ankommen. Ich klettere mit rein und lege das Bündel auf so eine orangene *Vakuummatratze.* Was dann passiert, kann ich kaum sehen, wegen der Leute, die um mich herum hektisch hantieren. Vage erinnere ich mich daran, dass sie das Kind intubieren.

Ich stürze aus dem Krankenwagen. Mir ist schlecht, und ich kotze mir die Seele aus dem Leib. Wie der Krankenwagen abfährt, bekomme ich gar nicht mehr mit.

Seitdem hab ich jeden Tag für das Baby gebetet.

Gott, hab ich gebetet, lass das kleine Baby bitte am Leben.

Leider ist es acht Tage danach an der Hirnblutung gestorben. Ich habe mir geschworen, wenn ich den *bastardo,* der das gemacht hat, in die Finger bekomme, hänge ich ihn an seinen Fersen an Fleischerhaken auf und lasse ihn langsam ausbluten wie ein Schwein. Sollen sie mich danach lebenslang einsperren. Ist mir egal. Aber das dreckige Schwein hat es nicht verdient zu leben.«

Kapitel 19

Konstanz, Musikerviertel
20. Dezember, 21 Uhr 10

Hagedorn fühlte sich ausgelaugt. Lang gestreckt lag er auf der Couch und starrte dumpf zur Zimmerdecke. Nur damit jemand quasselte, hatte er den Fernseher eingeschaltet. Gerade flimmerte eine blödsinnige Quizsendung über die Mattscheibe.

Romanos Schilderungen hatten die Gruppe, auch ihn, sehr aufgewühlt. Endlose Minuten, nachdem der Italiener geendet hatte, saßen alle schweigend in der Runde. Niemand hatte sich getraut, etwas zu sagen. Einige hatten sogar hemmungslos geweint.

Hagedorn hatte das Schweigen ebenso zugelassen wie das Weinen. Weil es eine ungeheure Entlastung für die Psyche sein konnte. Diesen emotionalen Luxus konnte er sich nicht leisten. Von ihm wurde erwartet, dass er die Fassung behielt, stützte und auffing, falls es erforderlich war.

Im Augenblick fühlte er sich wie Fiona Kurath am Nachmittag. Gefangen in einem Sumpf aus unterschiedlichen Emotionen, einem Gefühlsbrei, wie sie es ausgedrückt hatte. Es war nicht nur Trauer oder Fassungslosigkeit, die sich innerhalb der Gruppe entlud.

Wut und Zorn brachen sich ebenso Bahn. Niemand verstand das besser als Hagedorn. Würde er genauso mit dem Schwein verfahren wie Romano, wenn er es zu fassen bekäme?

Die Wahrscheinlichkeit war hoch.

Am Ende hatte er die Gruppe nach einer Entspannungsübung entlassen, die sie gemeinsam praktiziert hatten. Nichts, was er hätte sagen können, hätte der Gruppe in diesem Moment geholfen, weshalb er es vermieden hatte, auf Romanos Schilderung näher einzugehen.

Die richtige Entscheidung, wie er fand.

Nachdem er Sams Napf mit Trockenfutter gefüllt hatte, briet er sich ein paar Eier und aß sie mit Toastbrot im Wohnzimmer.

»Dass die Leute sich so einen Scheiß anschauen können«, sagte er kopfschüttelnd und zappte durch die Kanäle. Als er auf die Wiederholung eines Carl-Mørck-Krimis stieß, hielt er für einige Sekunden inne.

»Zu anstrengend.« Er zappte einige Kanäle weiter und entschied sich für *Krieg der Sterne*. »Auch schon hundertmal gesehen, aber dabei muss ich nicht denken. Richtig, Sam?«

Hagedorn strich mit Toastbrot die Reste des Eigelbs vom Teller, als sein Handy auf der Tischplatte zu summen begann.

»Marius«, begrüßte er seinen Freund.

»Hallo, Falk! Ich dachte, du kommst nach der Sitzung noch im Präsidium vorbei?« Bannert klang nicht gekränkt.

»Tut mir leid. Die Sitzung hat mich heute ziemlich angestrengt.«

»Was machst du gerade?«, wollte Marius wissen.

»Was ich mache? Ich liege auf der Couch, und die Glotze läuft.«

»Was dagegen, wenn ich noch vorbeikomme?«

»Nein, gerne. Bring was zu trinken mit«, verlangte er.

»Bis gleich!«

Bannert hatte aufgelegt, ehe sich Hagedorn verabschieden konnte.

Eine Viertelstunde später läutete die Big-Ben-Tonfolge seiner Türglocke. Das Einzige, was er aus seinem alten Haus in Stuttgart mitgenommen hatte.

»Seit wann nimmst du den Hauseingang?«, fragte er Bannert überrascht, als er die Tür öffnete. »Sonst kommst du doch immer über die Terrasse?«

»Und latsche dabei in einen von Sams Hundehaufen? Nein danke«, spöttelte Bannert.

»Das habe ich ihm schon lange abgewöhnt. Der Nachteil ist, dass ich morgens und abends eine große Runde mit ihm drehen muss. Zieh die Jacke aus und komm rein.«

Hagedorn rollte in die Küche, um Weingläser für sie zu holen. Wenn er sich nicht täuschte, hatte Bannert einen roten besorgt.

»Hoffentlich ist der Wein nicht zu kalt.«

»Was? Nein«, kam es aus dem Flur. »Den habe ich von der Tanke.«

Was zwar Hagedorns Frage nicht beantwortete, aber ihm sollte es recht sein. Egal, wo er ihn herhatte, er würde ihn auch kalt trinken.

»Komm, setz dich.«

Sie stießen an, nachdem Hagedorn die Flasche entkorkt und eingeschenkt hatte.

»Erzähl! Wie war die Sitzung? War es die zweite oder dritte?«

»Die zweite. Du weißt, dass ich nicht erzählen darf, was in der Therapiesitzung gesprochen wurde.«

»Schon klar. Machst du Fortschritte?«

»Du meinst die Gruppe?«

»Falk!«

Hagedorn lächelte beschwichtigend. »Das kann man nach der zweiten Sitzung noch nicht sagen. Aber ich spüre, dass es den Patienten guttut, darüber zu sprechen. Vor allem mit Menschen, die dieselben Erfahrungen gemacht haben.«

»Ich verstehe.« Bannert wusste nur allzu gut, wovon Hagedorn sprach. Polizisten erleben und sehen zuweilen Dinge, die einem Außenstehenden nur schwer zu vermitteln sind. Es war ja nicht so, dass man nach Hause kam und sagte: »Hallo, Schatz! Heute hatten wir eine widerlich zugerichtete Bahnleiche. Hat mich über eine Stunde gekostet, das Gesicht einigermaßen zu rekonstruieren, damit man sie identifizieren konnte.« So was war völlig undenkbar. Deshalb blieben derartige Erlebnisse im Dienst und unter den Kollegen. Meistens versuchte man, das mit sich selbst auszumachen.

»Da ist diese junge Kollegin«, dachte Hagedorn laut.

»Cigdem Akay? Was ist mit ihr?«, wollte Bannert wissen.

»Sie war so nah am Täter, und trotzdem kann sie ihn nicht beschreiben.«

»Ich weiß.« Bannert seufzte. »Ich habe sie zwei Tage nach dem Anschlag im Krankenhaus besucht und vernommen. Was geht dir durch den Kopf?«

»Nichts Bestimmtes. Ich frage mich nur … Sie hat die Amokfahrt gut und detailreich beschreiben können. Zumindest bis sie verletzt wurde.«

»Willst du damit sagen, dass die Erinnerungen an den Tag allmählich zurückkommen?«

»Hm«, bestätigte Hagedorn. »Könnte sein.«

Bannert legte die Hände wie zum frommen Gebet aneinander. »Falk. Ich bitte dich, wenn du etwas aus ihr herausbekommen könntest, wäre das großartig. Die kleinste Erinnerung könnte uns helfen, den Täter zu identifizieren und endlich zu fassen.«

Hagedorn nickte behäbig. »Aber versprechen kann ich nichts. Wie kommst du mit den Videoaufnahmen voran?«, erkundigte er sich, um auf ein anderes Thema zu lenken.

»Alf, Alfred, du kennst ihn noch? Er hat den weißen Vito auf einer der Tunnelüberwachungskameras der Schweizer entdeckt. Kurz nach drei ist er durch den Tunnel in Richtung Konstanz gefahren.«

»Das sind gute Nachrichten. Das ist toll!« Hagedorn freute sich aufrichtig. »Ist darauf auch der Fahrer zu sehen?«

»Eben nicht«, dämpfte Bannert Hagedorns Euphorie. »Das Material ist so verpixelt, dass man kaum etwas erkennt. Karsten hat Zugriff auf ein Programm des LKA, mit dem sich Bildmaterial hochrechnen und verbessern lässt. Damit probieren wir es jetzt. Wir haben das Bildmaterial auch an die Biometrie des LKA geschickt. Für eine Größenbestimmung. Ist nicht viel, aber danach wissen wir, wie groß oder klein der Kerl in etwa ist«

»Ich hoffe, dass du sehr bald Erfolg hast. Ganz ehrlich.«

»Danke, Falk.«

»Ach, da fällt mir ein: Hast du Martin Abel erreicht?«

Bannert blies die Backen auf. »Erreicht habe ich ihn. Aber er hat mir einen Korb gegeben. Abel ist in Köln und jagt dort einen Serienkiller, der seine Opfer mittels altertümlicher Hinrichtungs- oder Foltermethoden abmurkst. Kranker Scheiß eben!«

»Nicht weniger krank, als mit einem Lieferwagen über einen gut besuchten Weihnachtsmarkt zu rasen«

»Stimmt! Das ist nicht weniger krank.«

Kapitel 20

Irgendwo in Konstanz
20. Dezember, 22 Uhr 30

Die Stimme der Polizistin drang gedämpft aus den Muscheln seines Kopfhörers an sein Ohr. Die Aufnahme war zu leise, um sie über die Boxen seines MacBooks zu hören, weshalb er seinen Bluetooth-Kopfhörer mit dem Laptop verbunden und die Lautstärke hochgepegelt hatte.

Die Schilderungen der Gruppenteilnehmer waren nicht weniger geil als die Videoaufnahmen, die er von der Fahrt gemacht hatte.

Nun besaß er auch noch die Schilderungen der Opfer auf Band, die er sich immer, wenn ihm danach war, würde anhören können. Wenngleich die alte Frau kaum zu verstehen war, weil sie zeitweise mit tränenerstickter Stimme sprach. Er besaß ein Programm, mit dem er ihre Stimme extrapolieren konnte, damit sie lauter und verständlicher wurde. Überhaupt würde er die Tonaufnahmen verbessern müssen. Das Rauschen herausfiltern und gelegentliche Huster oder andere Nebengeräusche herausschneiden.

Eine Stunde lag er lächelnd mit geschlossenen Augen auf der Couch und lauschte den Erzählungen der einbeinigen Bulette und des Italieners. Er verspürte weder Hunger noch Durst. Das Einzige, was er brauchte, waren die Video- und Tonaufnahmen, die sich in seinem Besitz befanden. Er konnte sie immer und immer wieder anschauen und anhören, auch wenn die berauschende Wirkung nach und nach abzunehmen begann.

War er ein Teufel? Oder vom Teufel besessen? Nein! Gewiss war dem nicht so. Er gestattete lediglich, sich einem Gefühl hinzugeben, das in der Gesellschaft tabu war.

Und er schiss auf die Gesellschaft. Schiss auf sie und ihre engstirnigen, einfältigen Konventionen. Er hatte sich davon befreit. Es war eine Wiedergeburt.

Seit dem ersten Dezember war er ein freier Mensch.

Kapitel 21

Polizeipräsidium
23. Dezember, vormittags

Außer mit Sam lange Spaziergänge zu unternehmen, war Hagedorn in den vergangenen drei Tagen wenig aktiv gewesen. Die Auszeit tat ihm gut. In der Praxis lief alles wie gewohnt. Darius betreute seine Patienten, und Jasmin war mit den Quartalsabrechnungen vollauf beschäftigt. Ab morgen wäre die Praxis ohnehin bis zum 6. Januar geschlossen. Darius Szegeny würde seine Eltern zu Weihnachten in Ungarn besuchen, und Jasmin plante, nach dem zweiten Weihnachtsfeiertag ein paar Tage im österreichischen Vorarlberg zu snowboarden.

Er hatte beiden ein großzügiges Weihnachtsgeld überwiesen. Mittlerweile konnte er sich das erlauben. Musste er zu Beginn noch ständig seine privaten Reserven ankratzen, um die laufenden Kosten zu decken, hatte sich das in diesem Jahr schlagartig geändert. Die Einkünfte waren gut und vor allem konstant. Darius und er konnten einen ansehnlichen Patientenstamm verzeichnen. Die Liste der wartenden Patienten war lang und würde ihnen auch die nächsten Jahre ihr Auskommen sichern.

Da er sparsam lebte, konnte er Ende November eine ordentliche Sonderzahlung leisten und hoffte in fünf Jahren, die Schulden, die er für das Häuschen im Musikerviertel machen musste, vollständig zurückbezahlt zu haben.

Wie an jedem Morgen in den vergangenen acht Monaten war er eine Stunde auf der für ihn konzipierten Rudermaschine gewesen. Frisch geduscht und gut gelaunt fuhr er ins Polizeipräsidium und klopfte wenig später an Marius' Bürotür.

»Hey, Falk!« Bannert sprang freudig hinter seinem Schreibtisch hervor. »Schön, dich zu sehen. Gut schaust du aus. Wie geht's dir?«

»Bestens«, antwortete er knapp.

Bannert betrachtete ihn kritisch. »Wirklich?«

»Ja, wirklich, Marius. Mir geht's blendend.«

»Schön zu hören.« Bannert kehrte zu seinem Schreibtisch zurück und ließ sich knarzend in seinen Sessel fallen.

»Dafür siehst *du* ganz schön scheiße aus, mein Freund«, sagte Hagedorn.

»Na, herzlichen Dank. Das hat mir Jule auch schon gesagt.« Bannert sah auf, als Hagedorn an seinen Schreibtisch rollte. »Es geht den beiden gut, falls das deine nächste Frage ist.«

Bannert nahm ihm tatsächlich die Antwort vorweg.

»Hör mal, Marius. Wegen Heiligabend«, druckste Hagedorn. »Ich danke dir vielmals für die Einladung. Ich weiß das sehr zu schätzen. Aber ich würde den Abend lieber alleine verbringen, denke ich.«

»Hm«, schnaubte Bannert. »Das wird Jule und Karina nicht gefallen.«

Jule war kurz vor Karinas Tod schwanger geworden, und nach dem tragischen Tod seiner Tochter hatten die beiden beschlossen, ihr Mädchen auf den Namen Karina taufen zu lassen. Anfangs hatte sich Hagedorn daran gewöhnen müssen. Musste er immer noch. Aber es tröstete ihn. Irgendwie.

»Du bist mir hoffentlich nicht böse?«

»Ach, pfff! Ganz sicher bin ich dir deswegen nicht böse.«

Hagedorn kannte Banner zu gut, als dass er ihm seinen Gleichmut abkaufen würde.

»Gut. Wenn ich darf, würde ich morgen Vormittag ein Geschenk für Karina vorbeibringen, wenn das in Ordnung ist.«

»Na klar.«

»Prima.«

Das Besondere an ihrer Freundschaft war, dass sie hervorragend zusammen schweigen konnten, ohne dass es je peinlich geworden wäre. Doch zum ersten Mal war die Funkstille zwischen ihnen unangenehm.

»Ähm. Gibt es was Neues in dem Fall?«, fragte Hagedorn schließlich, um das Schweigen zu beenden.

»Nein. Leider. Das Bild aus der Videoüberwachung wurde zwar etwas schärfer nach der Bearbeitung, taugt aber nicht für ein biometrisches Gutachten. Sackgasse.«

In Bannerts Blick lag Verzweiflung. »Ehrlich, Falk. Ich weiß nicht mehr weiter. Alles, was wir ausgraben, endet in einer Sackgasse. Die Staatsanwaltschaft hat mit Rücksprache des Justizministeriums fünfzigtausend Euro für Hinweise ausgelobt, die zur Ergreifung des Täters führen.«

»Eine gewaltige Summe«, bemerkte Hagedorn mit geschürzten Lippen. »Ich hab in der Zeitung davon gelesen. Sind denn schon Hinweise eingegangen?«

»Ach! Hunderte. Du kennst den Scheiß ja selbst. Mein Nachbar war's, der Onkel vom Mars, oder der Anrufer selbst will den Wagen gefahren haben. Immer der gleiche Rotz, ohne dass was Brauchbares dabei wäre.«

Hagedorn nickte. Ihm war das Problem der Hinweis-Hotlines hinlänglich bekannt.

»Erschwerend kommt hinzu, dass mir das LKA im Moment kein Profiler-Team schicken kann oder will.«

»Oh Mann, sag bitte nicht Profiler«, echauffierte sich Hagedorn, der diese Bezeichnung auf den Tod nicht ausstehen konnte. »Und wieso nicht?«

»Wieso? Wieso? Weil sie keine Leute haben? Oder die anderweitig im Einsatz sind? Urlaub über die Feiertage? Was weiß ich denn! Frühestens in der ersten Januarwoche könnten sie zwei Analysten herschicken.«

»Immerhin etwas«, sagte Hagedorn und versuchte damit die Stimmung etwas aufzulockern. »Aber mal was anderes: Würdest du mir einen Gefallen tun, Marius?«

Bannert horchte auf. »Was denn für einen Gefallen?«

»Nichts, was dich in irgendeiner Weise kompromittieren könnte. In meiner Gruppe ist ein ehemaliger Strafgefangener. Franco Romano, siebenundfünfzig Jahre alt. Er sagt, er sei am ersten Dezember aus der JVA Konstanz entlassen worden. Er habe für einen Totschlag eingesessen, den er gar nicht begangen habe, behauptet er. Vor drei Tagen hat er kurz seine Frau erwähnt. Ob sie das Opfer war, weiß ich nicht.«

»Aha. Und du traust ihm nicht?«

»Ja und nein.«

»Was soll das denn heißen?«

»Ich wüsste einfach gerne, mit wem ich es zu tun habe und wie ich den Mann einschätzen muss.«

»Hast du Zweifel, dass er es war?«

»Keine Ahnung.« Hagedorn strich sich nachdenklich über die Wange. »Es ist nicht, was er darüber erzählt, sondern wie. Mag sein, dass er seine Frau erschlagen hat. Ist ja auch egal. Ich bitte dich lediglich darum, zu überprüfen, was ihr über ihn im System habt. Vielleicht findest du ja auch noch eine Ermittlungsakte oder kannst herausfinden, wer seinerzeit den Fall bearbeitet hat. Das muss acht oder neun Jahre her sein.«

»Kein Problem.« Bannert notierte sich den Namen auf einem Schmierzettel.

»Gibst du mir Bescheid, sobald du etwas gefunden hast?«

»Klar! Ich würde damit eine Anwärterin betrauen, falls es dir nichts ausmacht?«

»Nein. Passt schon.«

Hagedorn wendete den Rollstuhl und hielt auf die Tür zu.

»Falk!«

»Ja?«

»Falls du es dir anders überlegst. Wir würden uns wirklich freuen, wenn du den Heiligabend mit uns verbringst.«

»Ich denk drüber nach, okay?« Hagedorn rollte auf den Gang.

Kapitel 22

Konstanz, Schloss Seeheim, drittes Gruppentreffen
23. Dezember, 13 Uhr

»Mir geht's wirklich mies, wenn ich euch das erzähle. Eigentlich wollte ich mich nicht zu Wort melden. Ehrlich, ich bewundere Esthers, Cigdems und Francos Mut. Und wie ihr darüber sprecht. Ich entschuldige mich jetzt schon, falls ich anfange zu flennen.

Also, wo und wie fange ich am besten an?«

»Ganz am Anfang, Fiona«, schlug Hagedorn vor und lächelte der jungen Frau aufmunternd zu.

»Der erste Dezember ist ein abgefuckter Scheißtag. Von Anfang bis Ende, und er fängt schon scheiße an. Der Wecker nervt, bis ich ihn schließlich ausschalte und meinen Arsch aus dem Bett bewege. Mein iPhone klingelt, bevor ich es aufs Klo und unter die Dusche schaffe. Geschweige denn die Chance habe, einen Kaffeepad in die Maschine zu legen. Mein Vater. Wenn der so früh anruft, ist das nie ein gutes Zeichen.

Was er will, frag ich ihn. Nur wissen, ob und wie ich über die Feiertage nach Hannover komme, sagt er. War ja klar. Ich hab mir noch keine Gedanken darüber gemacht. Safe fahre ich über Weihnachten zu meinen Eltern. Schon meiner kleinen Schwester zuliebe.

Sorry, ich schweife ab.

Der erste Dezember. Wie schon gesagt, ein Scheißtag. Nicht nur, dass er mit dem Anruf meines Dads scheiße beginnt, wird er noch scheißiger.

Um kurz nach drei meine Schicht im Kaffee. Warum ich schon wieder zu spät bin, macht mich der Service-Chef blöd an. Ein Arschloch. Ich kann ihn nicht abhaben. So ein Lauch. Nix Gescheites gelernt, nix studiert, aber hängt den großen Babo raus. Na ja, jedenfalls binde ich mir die Schürze um, schnappe mir ein Tablett und beginne Tische abzuräumen. Ich trage gerade ein Tablett mit schmutzigem Geschirr in die Spülküche, als mir so ein Balg zwischen die Beine läuft. So ein Arschlochkind, dass sich nicht benehmen kann und anti erzogen wird. So eins, das die ganze Zeit dem Servicepersonal im Weg rumrennt, brüllt und sich auf dem Boden rollt, wenn es nicht bekommt, was es will. Fuck, ich will nie Kinder. Echt nich.

Ich stolpere, kann mich zwar abfangen, aber das Geschirr rutscht vom Tablett, und das Balg bekommt eine Tasse auf den Kopf. Wie eine Furie geht die Helikopter-Mom auf mich los und beschimpft mich. Sie schreit das ganze Café zusammen. Ob ich nicht aufpassen könne, ich dumme Kuh. Stößt mir mit ihrem Zeigefinger gegen die Brust, schiebt mich vor sich her und faselt etwas von Konsequenzen und Schmerzensgeld. Der Lauch-Chef versucht zu schlichten und gerät ins Kreuzfeuer.

Sie soll ihre Scheißgriffel von mir lassen, schreie ich sie an. Was kann ich dafür, dass sie ihren Sohn nicht im Griff hat? Wäre er mir nicht in den Weg gerannt, wäre das gar nicht passiert! Ein Wort gibt das andere, bis ich ihr eine knalle. Eine saftige, schallende Ohrfeige. Eine von der Sorte, wo man noch tagelang alle fünf Finger auf der Wange sieht. Echt, das ist so geil und tut so gut. Sie schnappt sich ihren Spross und rennt aus dem Café. Dass sie nicht bezahlt hat, fällt dem Lauch erst später auf.

Zum Glück will er das Geld nicht von mir haben,

aber seine Blicke den Nachmittag über sagen mir, dass er mich am liebsten häuten, pfählen und vierteilen möchte. Rausschmeißen kann er mich nicht. Dazu fehlt ihm die Kompetenz. Er schickt mich in die Pause, als ich ihm zu verstehen gebe, dass es um die Mamsell nicht schade sei. An Gästen mangelt es dem Café nämlich nicht. Meine Kollegin lässt mir mit anerkennendem ›Daumen hoch‹ einen Café au Lait aus dem Automaten, den ich mir schnappe. Ich gehe auf den Vorplatz.

Vor dem Lokal steht eine Holzbank an der Marktstätte, die ausnahmsweise mal nicht besetzt ist, obwohl unheimlich viele Leute über den Weihnachtsmarkt schlendern. Ich setze mich, trinke meinen Milchkaffee und überlege, ob ich krankmachen soll. Oder einfach gleich hinschmeißen. Jede Bar, jedes Restaurant in Konstanz sucht händeringend Service-Kräfte. Langsam verraucht meine Wut, als ich plötzlich Schreie höre. Irgendjemand brüllt: ›Achtung!‹ Dann bricht das Chaos los.

Gerade als ich mich auf die Bank stellen will, um besser sehen zu können, was da vor sich geht, rast ein weißer Lieferwagen auf mich zu. Er schleift einen Mann mit sich, begräbt ihn unter sich.

Ich höre Knochen knacken. So als würde jemand ein dickes Reisigbündel brechen. Vermutlich war es mein Glück, dass ich halb auf der Sitzfläche stehe. Der Van rammt den Laternenpfahl, schrammt die Bank und quetscht mein linkes Bein zwischen Karosserie und Sockel ein. Mich durchfährt ein Schmerz, wie ich ihn noch nie erlebt habe. Im selben Moment spüre ich die Bänder in meinem Knie zerreißen, fühle, wie meine Kniescheibe unter dem Druck nachgibt und bricht. Dann bin ich plötzlich frei.

Ich wirble um die eigene Achse, stolpere, falle über die Lehne und schlage hart mit dem Schädel auf dem

Pflaster auf. Ich hab das Gefühl, dass ich immer noch in Gefahr bin. Rapple mich irgendwie auf. Stürze erneut, weil ich benommen bin und mein linkes Bein nicht belasten kann. Kämpfe mich hoch und hüpfe an der Hauswand entlang. Ich will nur weg von hier.

Was ich dann sehe, wird mich mein Leben lang verfolgen.

Den Van sehe ich nur noch von hinten. Eine Gruppe Menschen kann wegen der Hütten rechts und links nicht schnell genug ausweichen. Der Fahrer hält darauf zu, rast in die Gruppe. Und dann, dann … Im nächsten Moment fliegt das Gestell eines Kinderwagens durch die Luft. Das Baby wird herausgeschleudert. Wo es hinfällt, sehe ich nicht. So gut es geht, hüpfe ich auf einem Bein in die Richtung, in der ich das Kind vermute. Dann höre ich wieder Schreie.

Keine Ahnung, wie oder warum? Plötzlich wird der Van langsamer. In meinem linken Gesichtsfeld sehe ich noch, wie ein Junge von dem Auto erfasst und gegen eine Hauswand geschleudert wird. Mir wird bewusst, dass ich es bin, die so schrill kreischt. Wie in Zeitlupe gleitet der Körper von der Hauswand. Das Gesicht. ›Mein Gott, das ist noch ein Kind!‹, schreie ich. Keine Ahnung, ob mich jemand hört. Aus der Brust des Jungen ragt etwas Rot-Weißes.

Immer wieder brülle ich auf vor Schmerzen, die mich ganz benommen machen.

Kurz danach stoße ich mit einem Mann zusammen, der vor mir auftaucht. Das warst du, Franco. Ich kann sehen, wie du dich der Gruppe näherst, auf die ich ebenfalls zuhalte.

Franco ist schneller dort, schiebt sich grob durch die Schaulustigen, bückt sich nach dem Bündel und hebt es behutsam auf.

Dann breche ich zusammen. Keine Ahnung, wie lange ich ohne Bewusstsein bin. Zehn Minuten? Eine halbe Stunde, eine Stunde? Jedenfalls werde ich wach gerüttelt. Ziemlich unsanft, wie ich finde. Ich sehe mich um und liege auf der Trage in einem Krankenwagen, der schaukelnd fährt. Gegen das Martinshorn schreie ich an: ›Das Kind, kümmert euch um das Kind! Verdammt, das Kind!‹«

Kapitel 23

Polizeipräsidium
23. Dezember, später Nachmittag

»Hallo, Falk«, begrüßte ihn der leitende Kriminaltechniker, als er aus dem Aufzug und fast in ihn hineinrollte.

»Grüß dich, Karsten. Ist Marius noch im Haus?«

Kieferle warf einen zweifelnden Blick auf seine Smart-Watch. »Hm, ist schon spät. Falls ja, wird er im Büro sein.«

Hagedorn murmelte einen Dank und fuhr den Gang hinab. Im Büro brannte kein Licht. Als er die Klinke runterdrückte, stellte er zu seiner Überraschung fest, dass die Tür unverschlossen war.

Bannert hing schief in seinem Sessel, mit übergeschlagenen Beinen auf dem Tisch, und schlief mit zur Seite geneigtem Kopf.

»Aufgewacht, Herr Hauptkommissar!«

Bannert fuhr auf und riss die Beine vom Tisch.

»Herrgott, hast du mich erschreckt!«, raunzte Bannert. »Was machst du denn hier? Ich dachte, du bist in der Gruppensitzung?«

»Da war ich bis vor fünfzehn Minuten auch. Raff dich auf, und lass uns etwas essen gehen. Ich habe Hunger.« Hagedorn nahm Bannerts Jacke vom Haken an der Tür und warf sie ihm über den Schreibtisch zu.

»Aber du bezahlst«, verlangte Bannert schlaftrunken.

»Auch das, mein Freund.«

Zehn Minuten später hatten sie an einem Ecktisch auf der Rheinterrasse Platz genommen. Das Lokal war für diese Uhrzeit ungewöhnlich gut besucht. Hagedorn bestellte einen Cappuccino und eine große Apfelschorle.

»Für mich einen Pfefferminztee.«

»Brütest du was aus?«, scherzte Hagedorn.

»Nein, wieso?«

»Na, wegen des Tees.«

»Ach so. Das ist es nicht. Ich muss wegen meines Blutdrucks meinen Kaffeekonsum reduzieren. Das ist alles.«

Hagedorn musterte Bannerts blasses Gesicht. Dunkle Ringe umrahmten seine hellblauen Augen.

»Wann hast du das letzte Mal geschlafen?«, fragte er besorgt.

Bannert hob die Schultern. »Ein Luxus, den ich mir gerade nicht leisten kann.«

Die Bedienung, die ihre Bestellung aufgenommen hatte, kehrte rasch mit den Getränken zurück.

»Warum bist du gekommen? Ist die Sitzung nicht gut gelaufen?« In Bannerts Tonfall lag Angriffslust.

»Doch, schon. Aber die Aufarbeitung des ersten Dezembers rührt an den Wunden und geht allen Teilnehmern extrem an die Substanz. Ich hätte gerne noch weitergemacht, hatte aber das Gefühl, dass alle am Ende ihrer Kräfte waren. Deshalb habe ich die Sitzung vorzeitig beendet.«

Bannert nickte lakonisch und schaufelte Zucker in seinen Tee.

»Eigentlich bin ich gekommen, weil mir Cigdem in der Pause etwas erzählt hat, das ich dir nicht vorenthalten will.«

Bannert horchte auf.

»Hat sie dir eine Personenbeschreibung gegeben?«

»Das auch. Aber die ist sehr vage. Obwohl er eine schwarze FFP-2 Maske getragen und einen Hoodie über dem Kopf hatte, schätzt sie ihn kaum älter als vier- oder fünfundzwanzig. Eher jünger meinte sie. Sie glaubt, sich an kurze blonde Haare zu erinnern.«

»Augenfarbe?«, unterbrach ihn Bannert.

»Konnte sie nicht sagen. Vorsichtig schätzte sie, dass er kaum größer als ein Meter achtzig war und schlank. Eher hager.«

»Was sich mit der Größenbestimmung des LKA decken würde.«

»Laut Cigdem sprach er Deutsch ohne Akzent oder Dialekt. Sie hat aber etwas gesagt, was ich bemerkenswert fand. Nur einen Satz soll er von sich gegeben haben. *Lass los, Bitch!*«

Bannert nippte an seinem Tee und hörte weiter aufmerksam zu.

»Irgendwie habe es komisch geklungen, wie er das Wort *Bitch* ausgesprochen hatte. Ich habe lange gebraucht, zu verstehen, was sie damit meinte. Dann ist es mir wie Schuppen von den Augen gefallen. Was sie meinte, war eine Sprachstörung.«

»Kapier ich nicht.«

»Ich erst auch nicht«, gestand Hagedorn. »Dann hab ich sie gebeten, es näher zu beschreiben. Gleich nachdem ich das Seeheim verlassen hatte, rief ich einen Logopäden an. Was Cigdem beschrieb, ist eine Sprach- oder Lautbildungsstörung, die sich Schetismus nennt. Kennst du den Komiker Paul Panzer?«

»Klar, wer kennt Paul Panzer nicht?«

»Keine Ahnung, ob Dieter Tappert alias Paul Panzer tatsächlich an Schetismus leidet oder ob das Teil der Show ist. Jedenfalls, so sagt Cigdem, habe sich das Wort *Bitch* so ähnlich angehört, wie eben Paul Panzer es aussprechen würde. Das *tch* nicht wie *sch* ausgesprochen, sondern, wie soll ich das erklären … Als wenn du eine zu breite Zunge hättest, die rechts und links an die obere Zahnreihe stößt und dann mit einem zischenden *ch* aus deinem Mund kommt.«

»Hm. Ich beginne zu verstehen, was du meinst, Falk.«

»Zumindest gibt es dir einen Anhaltspunkt und eröffnet einen neuen Ansatz«, merkte Hagedorn an.

»Der mit einem wahnsinnigen Aufwand verbunden sein wird«, gab Bannert zu bedenken.

»Ich behaupte auch nicht, dass es leicht wird. Keine Ahnung, ob der Täter von hier stammt. Ich stelle das nur hypothetisch in den Raum, weil ich vermute, dass er sich hier gut auskennt. In der Nacht vor der Amokfahrt schließt er in der Schweiz den Lieferwagen kurz, fährt damit zurück nach Konstanz und versteckt den Wagen bis zum Nachmittag, wo er damit zielgerichtet über den Weihnachtsmarkt donnert und danach unerkannt entkommt. Was mich zu meinem nächsten Punkt bringt.«

Hagedorn trank die Hälfte der Apfelschorle und wischte sich mit dem Handrücken über den Mund, ehe er weitersprach.

»Mag sein, dass das, was ich gleich erzähle, ein alter Zopf für dich ist. Dennoch.«

»Okay. Leg schon los!«, drängte Bannert. Er zog Kugelschreiber und Notizbuch aus der Innentasche seiner Jacke und legte beides vor sich auf den Tisch.

»Das wird kein Täterprofil. Damit das klar ist. Ich will dir lediglich weitere Impulse oder Ansatzpunkte liefern.«

»Schon kapiert.«

»Gut. Pass auf! Ich habe mich in den vergangenen Tagen mit verschiedenen Amoktaten befasst. Habe mich intensiv mit der Typologie, Morphologie und diversen psychologischen Studien zu Amokläufen auseinandergesetzt.

Ich bin über interessante Studien gestolpert. In fünfunddreißig Fällen wurden die Amokläufe der letzten zwanzig Jahre untersucht. Zum Teil auch mit Interviews der Täter selbst. Ich erspare dir, was alles in den Studien stand, und will es so gut wie möglich auf unseren Täter fokussieren.

Amoktäter sind keine klassischen Mobbingopfer. Selten bis nie waren *broken home-Verhältnisse,* Gewalterfahrungen oder soziale Verwahrlosung zu erkennen. Menschen, die zu Amoktätern werden, sind jedoch extrem kränkbar, weisen narzisstisch-paranoide Persönlichkeitsstörungen, oft auch paranoide Schizophrenie auf.«

»Und auf unseren Täter bezogen, bedeutet das was?«, bohrte Bannert nach.

»Dass du deine Suche auf einen jungen Mann zwischen zwanzig und fünfundzwanzig, circa ein Meter achtzig groß, mit hellen, kurzen Haaren und Lautbildungsstörung konzentrieren solltest. Einen unauffälligen, schüchternen Kerl mit mangelndem Selbstwertgefühl. Vermutlich ist er noch nie straffällig geworden. Obwohl er extrem empfindlich auf Kritik reagiert, ist er latent gewalttätig.

Durch seine Paranoia entwickelte er ein ausgeprägtes Misstrauen und Überempfindlichkeit den Menschen, der ganzen Welt gegenüber. Unser Täter hat nicht aus einem Impuls heraus gehandelt oder einem Affekt. Er hat die Tat sorgfältig geplant und ist getrieben von Wut, Hass und Rachegedanken.«

»Genau das macht den typischen Amokläufer aus, ich weiß.«

»Stimmt, Marius. Unser Täter empfindet die Welt

und alle Menschen als feindselig ihm gegenüber. Sein Ziel war es, größtmöglichen Schaden anzurichten und so viele Menschen wie möglich zu töten. Er demonstriert damit Macht und seinen Hass auf die Gesellschaft.«

»Wobei die meisten Attentäter nachher Suizid begehen. Die allerwenigsten können lebend festgenommen werden.«

»Und genau das unterscheidet unseren Täter von den meisten anderen. Also, was will er? Was wollen all die anderen Amokläufer?«

»Genau das, wonach auch all die anderen streben: Aufmerksamkeit, Ruhm …«

»Genau! Allen gemein ist, dass sie größtmögliches Medienecho erzielen wollten, um sich den Menschen, der Gesellschaft ins Gedächtnis zu brennen. Unvergesslich zu machen. Bei zahlreichen Amoktaten trugen die Täter zudem *Head-Cams*, mit denen sie einen Live-Stream im Netz machen konnten.«

»Stimmt. Oder sie warteten so lange, bis die Medien vor Ort waren.«

»Es gibt noch eine dritte Variante, Marius: Sie stellten die Video-Clips ihrer Taten erst später ins Netz. Dass ihr in den öffentlichen Kanälen und im Darknet bis jetzt nichts finden konntet, lässt mich vermuten, dass er sich an den Aufnahmen aufgeilt. Er hält sie vor der Öffentlichkeit verborgen. Vorerst.«

»Er hört nicht auf«, sagte Banner leise.

»Nein«, bestätigte Hagedorn. »Er wird nicht damit aufhören. Er hat Gefallen daran gefunden. Wahrscheinlich plant er schon die nächste Irrsinnstat.«

»Was schlägst du also vor?«

»Nun …« Hagedorn knetete grübelnd sein Kinn. »Ich würde zunächst alle hiesigen Logopäden, am besten im ganzen Landkreis, abklappern. Anfragen, ob und wie viele Patienten, sagen wir in den letzten zehn bis fünfzehn Jahren, wegen Schetismus behandelt wurden. Das könnt ihr relativ gut auf männliche Patienten mit den entsprechenden Geburtsjahrgängen eingrenzen. Falls er – und darauf würde ich wetten – deswegen behandelt wurde, dann bereits im Alter zwischen acht und zehn. Jedenfalls nicht viel später.

Als Nächstes würde ich psychiatrische Kliniken, Einrichtungen und Praxen mit den gleichen Parametern abfragen. Beschränkt euch auf juvenile Formen der Schizophrenie und Frühphasen von Psychosen. Das schränkt die Suche etwas ein.«

Bannert nickte, während er eifrig notierte, was Hagedorn vorschlug.

»Für all das brauche ich einen richterlichen Beschluss.« Bannert stöhnte.

»Na, dann leg los!«, forderte Hagedorn Bannert grinsend auf. »Glaub mir, Fechter steht genauso unter Druck wie du. Wenn du es ihm plausibel erklärst, wird er alles daransetzen, die erforderlichen Beschlüsse zu bekommen.«

»Damit könntest du recht haben. Noch was?«

»Ja. Und mir ist bewusst, dass das noch aufwendiger wird. Da wir beide wissen, dass der Mistkerl nicht aufhört, muss dein Team auf alles ein Auge haben, was auch nur im Ansatz verdächtig erscheint. Die kleinste Auffälligkeit könnte eine Vorbereitungshandlung sein. Pkw- oder Lkw-Diebstähle, Einbrüche in besondere Geschäfte, Waffenläden, Schützenvereine, solche Sachen eben.«

»Das ist gar nicht so kompliziert«, merkte Banner an. »Ich kann zwei Leute darauf ansetzen, die die täglichen Lagebilder nach entsprechenden Ereignissen filtern und durchsehen.«

»Sehr gut.«

Hagedorn lehnte sich zufrieden in seinem Rollstuhl zurück.

»Lass uns bestellen. Mein Magen knurrt.«

Kapitel 24

Konstanz, Musikerviertel
Heiligabend

Es hatte zu schneien begonnen, als Sam und Hagedorn ihre Runde durch den Lorettowald drehten. Der Schnee, der nass und schwer auf Ästen und Sträuchern lastete, verlieh der Vegetation etwas Betrübliches. Für eine weiße Weihnacht war es zu warm, und lange würde die Pracht, die die Landschaft wie Emaille überzog, nicht halten. Was er sehr bedauerlich fand.

Sie hatten die heutige Gassirunde um einige Kilometer ausgedehnt. Hagedorn fuhr nach dem Einkaufen bei einem seiner Patienten vorbei. Ein älterer, gut situierter Herr, dessen Hobby die Jagd war, hatte ihm ein Stück Reh versprochen und ihn gebeten, es am vierundzwanzigsten bei ihm abzuholen. Sein Patient hatte nicht zu viel versprochen. Ein zarter, nur wenige Stunden alter, sorgfältig ausgelöster Rehrücken.

Nach einem kurzen Plausch und einem Schnaps, den er ihm aufgedrängt hatte, war Hagedorn bei Jule vorbeigefahren, um das Weihnachtsgeschenk für Karina abzugeben. Marius sei noch auf der Dienststelle, hatte Jule gesagt. So hatte er nach einem schnellen, gemeinsamen Kaffee den Heimweg angetreten, um den Rehrücken vorzubereiten. Er freute sich darauf.

Sam lag faul in seinem Hundebett. Nur ab und zu hob er

gelangweilt den Kopf, als Hagedorn klappernd in der Küche zu werkeln begann.

»Ein schönes Filetstück hat er mir da gegeben«, sagte Hagedorn in Sams Richtung. »Das wird ein Festmahl, Sam.«

Surrend brachten die Elektromotoren seines biometrischen Rollstuhls ihn in eine stehende Position, in der er leichter würde arbeiten können.

»Rehrücken mit Zwiebelconfit und Vanille-Steckrüben. Klingt das nicht verführerisch? Wenn du brav bist, bekommst du auch was ab.«

Der Golden Retriever leckte sich erwartungsvoll über die Lefzen.

Zunächst wusch Hagedorn das Filetstück gründlich ab und tupfte es mit Küchentüchern trocken, ehe er es zur Seite legte und abdeckte. Nachdem er die Steckrübe geschält und geviertelt hatte, begann er sie routiniert in fünf Millimeter dünne Scheiben zu schneiden. Dann widmete er sich den Zwiebeln, die er schälte und fein würfelte. Dasselbe tat er mit zwei Chilischoten.

Um den guten Roten, von dem er vier Flaschen gekauft hatte, atmen zu lassen, entkorkte er eine von ihnen.

»Warum auch nicht?«, dachte er. »Der Kochwein gehört in den Koch rein«, sagte er lachend und goss sich ein Glas ein. »Hm, ist der gut.«

In einer Pfanne ließ er drei Esslöffel Zucker goldgelb karamellisieren, bevor er die Zwiebeln und die gehackten Chilischoten hinzugab. Das Ganze löschte er mit weißem Balsamico ab und ließ es auf kleiner Flamme vor sich hin köcheln. Erst zum Schluss würde er es mit Salz und Pfeffer abschmecken.

»Findest du, es war falsch, Marius' und Jules Einladung auszuschlagen?«

Hagedorn warf Sam zwei Scheiben Salami zu, die er aus dem Kühlschrank nahm. Sam verschlang sie schmatzend.

»Hast du überhaupt zu irgendwas eine Meinung?«

Der Hundekehle entfuhr ein vieldeutiges Grummeln, bevor er den Kopf wieder auf die überschlagenen Vorderpfoten bettete.

Vor dem Auskratzen der Vanilleschote gönnte er sich einen weiteren großen Schluck des Rotweins und schenkte nach.

Geduldig beobachtete er, wie das Butterschmalz im Topf zu zerfließen begann. Als er es für heiß genug befand, gab er die Steckrüben hinein, würzte mit Salz, Pfeffer und einer Prise Zucker und ließ es vor sich hin dünsten.

Gedankenverloren rührte er in den Töpfen.

Das zweite Weihnachten, das er ohne seine Tochter verbrachte. Sie fehlte ihm an jedem einzelnen Tag. Aber an Weihnachten war es besonders schlimm. Karina war als Schauspielerin viel unterwegs gewesen. Wenngleich sie sich unter dem Jahr nicht häufig gesehen hatten, war es ihr immer wichtig gewesen, die Weihnachtsfeiertage mit ihm zu verbringen, egal an welchen Drehorten sie auf der Welt gerade unterwegs war.

Er mochte sich gar nicht mehr an die Zeit vor Karinas Geburt erinnern. Natürlich erinnerte er sich an die Weihnachten, die er als Kind mit seinen Eltern und Großeltern verbrachte. Dazwischen klaffte eine große Lücke.

Nachdem er zur Polizei gegangen war, hatte er viele Jahre an den Weihnachtsfeiertagen gearbeitet.

Dann hatte er seine Frau kennengelernt. Ein Jahr später war Karina auf die Welt gekommen. Ab da begann für ihn eine neue Zeitrechnung. Bis, na ja, bis zu dem Zeitpunkt als seine Frau sie verlassen hatte. Karina war noch keine acht Jahre alt gewesen, als sie ihre Tochter zurückgelassen hatte. Selbst wenn die Hölle zugefröre, das würde er seiner Ex nie verzeihen.

Als Karina noch ein kleines Mädchen war, hatte er sich sehr darum bemüht, ihr ein schönes Weihnachtsfest zu bescheren. Später, als sie erwachsen war, und ihn über die Weihnachtstage besuchen kam, war es schön gewesen, aber der weihnachtliche Zauber aus Kindertagen war verflogen.

Am Heiligen Abend oder über die Festtage Dienst schieben zu müssen, hatte etwas beängstigend Ernüchterndes. Trunkenbolde, die ihre Frauen oder Kinder am Festabend vermöbelten, Körperverletzungen, Tötungsdelikte, Familienstreitigkeiten, Brände – all das hatte ihm sämtliche Weihnachtsfreuden ausgetrieben. Eigentlich war er nie ein Weihnachtsmensch gewesen, doch seit dieser Zeit war er zum Grinch mutiert. Lediglich Karinas Besuche hatten Weihnachten zu etwas Besonderem werden lassen.

Die Sinnlosigkeit in Karinas Tod, aber auch des kleinen Leons und all der anderen Menschen, die dem Irrsinnigen zum Opfer gefallen waren, ließen ihn aufs Neue an einem Gott zweifeln. Ein Gott, der in seiner Güte seinen Sohn als Heilsbringer auf diese Erde sandte, nur um zuzulassen, dass er später gefoltert, misshandelt und jämmerlich am Kreuz verrecken musste? Was für ein Gott lässt so etwas zu?

Weihnachten mochte für viele Menschen etwas Besinnliches, etwas Tröstendes beinhalten. Er fand darin keinen Trost. Nicht mehr.

Das Blubbern des Nudelwassers riss ihn in die Gegenwart zurück.

Er schüttete eine Packung Spätzle hinein und reduzierte die Hitze. Wenn Karina noch leben würde, hätte sie darauf bestanden, dass er die Spätzle selbst vom Brett schabte. Alles andere war ihrer Ansicht nach ein Spätzle-Frevel. Wenn er für sich allein kochte, war ihm das zu viel Aufwand.

Er stürzte einen Becher Crème fraîche über die Steckrüben, verrührte das Gemisch sorgfältig und kostete. »Perfekt!«, lobte er sich.

Der Rehrücken würde auf den Punkt mit den Spätzle fertig sein.

»Wer soll das alles essen?«, sinnierte er laut. »Sam, ich glaube, ich habe viel zu viel gekocht. Davon können wir die nächsten Tage noch zehren. – Alexa? Spiele Dude von Aerosmith.«

Alexa gehorchte, und die ersten Riffs von *Dude Looks Like A Lady* hämmerten aus den Boxen.

»Zum Wohl, alter Junge!« Hagedorn prostete Sam zu und leerte das Glas in einem Zug.

Kapitel 25

Irgendwo in Konstanz
24. Dezember

Es war schwieriger, als er angenommen hatte. In Filmen und Büchern schien das immer einfacher zu laufen. Stunde um Stunde hatte er im Darknet die entsprechenden Foren und Kanäle durchforstet, bis er schließlich fündig wurde. Der Chat, den er mit dem potenziellen Verkäufer führte, gestaltete sich zunehmend frustrierender, da der Typ kein Deutsch sprach und Englisch nur rudimentär konnte.

Es behagte ihm überhaupt nicht, dass er eine Anzahlung leisten sollte.

»Hast du das Zeug, das ich haben möchte, überhaupt?«, fragte er auf Englisch.

»Of course«, erschien im Chatfenster. *»But I need some cash in advance.«*

»How much do you need?«

»5000!«

»What?«, tippte er ein. Da er sich im Vorfeld schlaugemacht hatte, was das Zeug auf legalem Wege kostete, erschien ihm das gewaltig überteuert.

»2000?«, schlug er vor.

Da sein Gegenüber lange nicht reagierte, glaubte er schon, zu hoch gepokert zu haben. Plötzlich begann sich der Cursor zu bewegen.

»Give me half and we have a deal.«

»2500 then?«

»Yes.«

»Ok. I will transfer the money with western union.«

»Deal. I'll let you know when the money has been received.«

Nur wenig später hatte er den verlangten Vorschuss online transferiert. Jetzt hieß es warten.

Er loggte sich aus dem Darknet aus und rief das Programm zur Tonbearbeitung auf. Nachdem er das File in das Programm kopiert hatte, stülpte er sich die Kopfhörer über und begann mit der Überarbeitung der Aufnahmen aus dem Theatersaal.

Bereits die ersten Minuten der Aufnahme ließen ihn verträumt lächeln.

Kapitel 26

Konstanz, Musikerviertel
Heiligabend

»Hm, schau mal, Sam. Der Rehrücken ist butterzart und rosig. Genau, wie er sein soll.«

Hagedorn schnitt eine daumendicke Scheibe ab und warf sie ihm zu.

Als Sam plötzlich auffuhr und zu bellen begann, zuckte Hagedorn erschrocken zusammen. Eine Sekunde später ertönte die Big-Ben-Tonfolge.

»Aus!«, befahl Hagedorn scharf. Sam verstummte augenblicklich und wandte sich dem Bratenstück zu.

Hagedorn hatte keine Ahnung, wer an Heiligabend um diese Uhrzeit etwas von ihm wollte. Er wischte sich die Hände an einem Geschirrtuch ab, ließ die Mechanik zurückgleiten, sodass er saß, und rollte zur Tür.

Durch den Milchglaseinsatz der Haustür zeichneten sich die Schemen zweier Personen ab. Alarmiert glitt seine Hand zu der Halterung an seinem Rollstuhl, in der er einen Teleskopschlagstock verbarg.

Verblüfft erblickte er Jule und Marius, als er die Tür einen Spaltbreit geöffnet hatte. Karina baumelte zufrieden nuckelnd und dick eingepackt in einem Schneeanzug in der Babyschale, die Marius in der Armbeuge trug.

»Wenn du schon nicht zu uns kommen magst, statten wir dir eben einen Besuch ab«, ergriff Jule das Wort.

Marius wirkte peinlich berührt. Vermutlich hatte er bei dieser Entscheidung den Kürzeren gezogen.

»Habt ihr schon gegessen?«

Jule knuffte Marius in die Seite, als er im Begriff war, seine Frage zu beantworten.

»Nur eine Kleinigkeit«, log Jule.

»Kommt rein«, forderte er sie mit einladender Geste auf. »Ich habe einen wunderbaren Rehrücken.«

Jule half, den Tisch einzudecken. Mit wenigem dekorierte sie eine zauberhaft weihnachtliche Tafel.

»Ich wusste gar nicht, dass ich Kerzen im Haus habe.«

»Hattest du auch nicht.« Jule lächelte verschwörerisch. »Ich hab ein paar Sachen von zu Hause mitgebracht. Ich weiß doch, wie spartanisch du lebst. Und dein Sinn für Weihnachten und Dekoration im Allgemeinen ist mir auch bekannt. Ich hoffe, du nimmst es mir nicht übel?«

Als er den dekorierten Tisch betrachtete, überkam ihn ein Gefühl von Vertrautheit.

»Nein, überhaupt nicht«, entgegnete er. »Im Gegenteil …«

Im Nu war der Tisch gedeckt und eine weitere Flasche Rotwein entkorkt.

»Ähm«, ergriff Marius das Wort, nachdem alle Platz genommen hatten. »Ich entschuldige mich in aller Form für den Überfall, Falk«. Jule warf Marius einen warnenden Seitenblick zu.

»Jule, also, wir beide waren der Ansicht, dass du heute Abend nicht allein sein solltest. Dass es besser ist, wenn du Gesellschaft hast und –«

»Marius«, unterbrach Hagedorn ihn. »Ist okay. Auch

wenn mir die angemessene Besinnlichkeit fehlen mag, freue ich mich sehr, dass ihr da seid.«

Offenbar erleichtert blies Bannert die Luft aus, die er für seinen nächsten Satz eingesogen hatte.

»Vielleicht war es kein Zufall, dass ich zu viel gekocht habe.« Er schmunzelte. »Und Rehrücken ist dir doch lieber als Raclette, gib es zu.«

»Hey«, rief Jule entrüstet. »Marius mag Raclette.« Sie boxte Marius gegen den Oberarm.

»Natürlich mag ich Raclette. Ich liebe es. Aber so ein Rehrücken, hmmmm. Schau mal, Schatz, wie der aussieht.« Marius schaufelte Jule zwei Scheiben des Bratens auf den Teller und gab das Besteck an Hagedorn weiter.

Hagedorn erhob sein Glas. »Trotzdem, frohe Weihnachten! Lasst es euch schmecken.«

Kapitel 27

Konstanz, Musikerviertel
25. Dezember, 7 Uhr

Hagedorn schreckte hoch. Es dauerte einige Sekunden, bis er begriffen hatte, wo er war. Schon wieder war er auf der Couch eingeschlafen. Der Wildgeruch des Bratens, der Duft von Zwiebelconfit und Alkohol hing noch in der Luft.

Umständlich streckte er sich nach dem Handy, das auf dem Couchtisch lag und wischte über das Display. Kurz nach sieben. Er konnte sich nicht erinnern, wann er zuletzt in den vergangenen drei Jahren eine Nacht durchgeschlafen hatte.

Jule und Marius waren gegen elf gegangen. Die kleine Karina war nur ein einziges Mal wach geworden. Jule hatte sie frisch gewickelt und gestillt. Danach war sie wieder eingeschlafen und döste im Babysafe.

Er hievte sich in seinen Rollstuhl und fuhr surrend in die Küche. Zu seiner Überraschung war die Küche ordentlich aufgeräumt. Nichts deutete mehr auf sein geschäftiges Treiben von gestern Abend hin. Er kochte gerne, auch wenn es danach aussah wie auf dem Schlachtfeld.

Jule hatte vehement darauf bestanden, nachdem sie ihr Mahl beendet hatten, den Tisch abzuräumen. Weder er noch Marius durften ihr zur Hand gehen. Sie waren derart in ein Gespräch vertieft gewesen, dass er gar nicht mitbekommen hatte, wie Jule die Küche aufgeräumt, die

Spülmaschine bestückt und Herd und Spüle blitzblank poliert hatte.

Sams Krallen klackerten auf dem Parkett und den Fliesen, als er zu ihm in die Küche getrottet kam.

»Du hast Hunger, was?«

Er schob eine Tasse unter den Auslass des Kaffeeautomaten und drückte den Knopf für eine große Tasse, bevor er sich nach dem Fressnapf bückte, etwas Dosen- und Trockenfutter darin vermischte und Sam vor die Nase stellte.

»Lass es dir schmecken.«

Mit der Tasse in der Hand saß er vor dem großen Terrassenfenster und sah versonnen nach draußen. Wie er vorausgeahnt hatte, war der gefallene Schnee bis auf ein paar karge Flecken unter den Bäumen und Sträuchern weggetaut. Nebel lag über dem See, und es wirkte nicht, als ob das Wetter heute aufklaren würde.

Es war ein schöner Abend gestern, dachte Hagedorn dankbar zurück. Ohne die Gesellschaft der drei wäre er wie letztes Weihnachten in depressiv-lethargisches Brüten verfallen, hätte zu viel getrunken, um am ersten Weihnachtsfeiertag verkatert den Heiligen Abend zu verfluchen.

Etwas brummte. Erst bei näherem Hinhören begriff er, dass sein Handy noch auf dem Couchtisch lag.

Er stieß zurück, griff danach und betrachtete stirnrunzelnd die im Display angezeigte Nummer.

»Hagedorn?«

»Hallo! Da ist Peter.«

»Peter wer?«

»Meine Mama ist im Krankenhaus.«

Hagedorn verstand gar nichts. Erlaubten sich ein paar Kinder einen Telefonstreich?

Die Stimme klang tief und dennoch kindlich. Die Aussprache verwaschen und nasal.

»Peter«, sprach er leise ins Telefon. »Wer ist denn deine Mama?«

»Meine Mama halt. Ihr geht's nicht gut.«

»Willst du mir deinen Namen sagen? Und den Namen deiner Mama?«

»Ich bin Peter. Peter-Raphael.«

Diese Information brachte Hagedorn nicht weiter.

»Meine Mama heißt Esther.«

Langsam dämmerte es Hagedorn. »Deine Mama heißt Esther? Esther Mühlbrandt?«

»Jaaa, genau«, rief Peter freudig gluckernd.

Hagedorn glaubte aus der Sprechweise herauszuhören, dass Peter Mühlbrandt ein Mensch mit Down-Syndrom zu sein schien. Allein aus dessen Stimme konnte er keine Rückschlüsse auf sein Alter ziehen. Wenn er jedoch Esther Mühlbrandts hohes Alter bedachte, musste Peter die vierzig schon weit überschritten haben.

»Was ist deiner Mama denn geschehen?«

»Das weiß ich nicht. Sie ist jetzt im Krankenhaus oder bei den Engeln wie mein Papa.«

»In welches Krankenhaus hat man deine Mama gebracht?«

»Hmmmm. Ich weiß nicht. Drei Ärzte haben sie mitgenommen.«

»Weißt du was, Peter? Ich rufe jetzt im Krankenhaus an und frage, wie es deiner Mama geht. Danach rufe ich dich wieder an. Was hältst du davon?«

»Das klingt toll.« Peter gluckste.

»Bis gleich!«, verabschiedete sich Hagedorn.

»Bis gleich!«

Er rollte in den Flur und kramte hastig in der Innentasche seiner Jacke, bis er die Liste der Teilnehmer fand. Dann wählte er die Notfallnummer.

»Rettungsleitstelle!«

»Hagedorn hier. Ich muss wissen, ob Sie heute Nacht oder in den frühen Morgenstunden einen Notfalleinsatz in der Wollmatinger Straße hatten.«

»Und wer sind Sie?«, fragte die Stimme tonlos.

»Was spielt das für eine Rolle?«

»Wenn es um den Datenschutz geht, eine große.«

Hagedorn hatte keine Lust, dem Mann am anderen Ende der Leitung lang und breit zu erklären, worin sein Interesse bestand.

»Hören Sie«, knurrte Hagedorn bedrohlich, »Frau Mühlbrandt ist eine Patientin von mir, und ich muss wissen, ob und warum sie heute Nacht mit dem Rettungswagen abgeholt wurde.«

Er hoffte, dass der Sprecher in der Leitstelle nicht nachbohren würde, was für ein Arzt er sei.

Einige Sekunden herrschte Stille in der Leitung.

»Ah, hier habe ich was«, drang es an sein Ohr. »Esther Mühlbrandt. RTW und Notarzteinsatz um 22 Uhr 43. Überdosis Insulin.«

»Ernsthaft?« Hagedorn war fassungslos. Hatte Esther Mühlbrandt nicht gesagt, dass sie kerngesund sei?

»Wenn ich es Ihnen doch sage.«

»Wer hat den Notarzt verständigt?«

»Moment! So wie es im Protokoll hinterlegt ist, eine Nachbarin.«

Hagedorn murmelte seinen Dank und beendete die Verbindung.

Die Nummer der Klinik war ihm nicht mehr geläufig, weshalb er sie googelte und auf die Direktwahl tippte.

Nach endlosen Minuten in der Warteschleife wurde er mit der Inneren Medizin verbunden.

Der Arzt, an den er schließlich weitergeleitet wurde, hatte sich anfangs als genauso stur und bockig erwiesen wie der Typ in der Rettungsleitstelle.

Letztlich hatte er nur erfahren, dass Esther Mühlbrandt mit einer letalen Überdosis Insulin, vermutlich in Suizidabsicht, eingeliefert worden war, nun aber stabil und ansprechbar sei. Mehr war von dem Arzt nicht zu erfahren gewesen.

»Verdammt!«, fluchte er ungehalten. »Wieso habe ich das nicht bemerkt?«

Gab es Anzeichen einer Suizidalität, die ihm entgangen war? Natürlich hatte sie der Tod ihres Mannes mitgenommen. Sie war in tiefer Trauer. Dennoch machte sie auf ihn einen gefassten und stabilen Eindruck. Da gab es andere in seiner Gruppe, die ihm mehr Sorge bereiteten als die alte Frau Mühlbrandt. Cigdem Akay oder Leonids Mutter zum Beispiel.

Bisher hatte sie völlig teilnahmslos auf ihrem Stuhl gesessen und auf einen imaginären Punkt vor ihren Füßen gestarrt. Während ihr Mann nie mehr nüchtern zu werden schien. Cigdems demonstrativer Gelassenheit im Umgang mit der Situation traute er ebenso wenig.

»Fuck!« Er suchte in der Anrufliste nach der Nummer, mit der ihn Peter angerufen hatte.

»Hallo, Peter! Hagedorn hier.«

»Hallo, Herr Hagedorn!« Peter schien sich über seinen Anruf zu freuen.

»Ich hatte doch versprochen, dich wieder anzurufen. Du erinnerst dich?«

»Na klar. Aber die Leute sagen oft Dinge, die sie dann nicht machen.«

»Ich schon, Peter. Deine Mama ist, wie du gesagt hast, im Krankenhaus. Es geht ihr gut.«

»Kommt sie bald wieder nach Hause?«

»Bestimmt.« Er hoffte, sich mit seiner Aussage nicht zu weit aus dem Fenster zu lehnen. »Peter?«

»Ja, Herr Hagedorn?«

»Warum hast du gerade mich angerufen?«, fragte er behutsam.

»Ihr Name und Ihre Nummer stehen auf einem Zettel, den Mama auf den Spiegel im Flur geklebt hat. Das ist ein Zettel, der von alleine pappt. Kennen Sie die?«

Hagedorn schmunzelte. »Ja, ich kenne diese Zettel. Hast du eine Tante oder einen Onkel, wo du bleiben könntest, bis deine Mama aus dem Krankenhaus entlassen wird?«

»Nööö. Ich und Mama sind jetzt ganz alleine.«

»Hörst du mich noch, Peter?«

»Klar, höre ich Sie.«

»Arbeitest du?«

»Na klar!«, sagte er stolz. »Ich bin Beikoch im Seehörnle.«

Hagedorn musste einen Moment nachdenken. Dann fiel es ihm wieder ein. »Das wird von der Caritas betrieben?«

»Ja«, kam es prompt von Peter. »Diese Woche muss ich aber nicht arbeiten.«

»Hast du einen Betreuer oder eine Wohngruppe dort? Jemanden, den ich anrufen könnte? Jemanden, der sich um dich kümmert?«

Peter nannte ihm einen Namen und die Nummer eines Festnetzanschlusses.

Eine halbe Stunde später hatte er seine Inobhutnahme und Betreuung für die nächsten Tage organisiert. Danach schlüpfte er in seine Jacke und verließ das Haus.

Es drängte ihn, nach Esther Mühlbrandt zu schauen.

Kapitel 28

Polizeipräsidium
26. Dezember, 2. Weihnachtsfeiertag

Bannert fühlte sich beschissen. Jule brachte zwar viel Verständnis für seinen Dienst auf, aber heute war ihr der Kragen geplatzt, als der Anruf kam. Nachdem sie den gestrigen Tag bei seiner Mutter verbracht hatten, hätte heute der Pflichtbesuch bei ihren Eltern angestanden. Wutentbrannt hatte sie Karina, die Wickeltasche und die Geschenke ins Auto gepackt und war ohne ein weiteres Wort zu ihren Eltern aufgebrochen.

»Ich komme nach, sobald ich kann«, rief er ihr hinterher, während sie aus dem Hof fuhr. Vermutlich hatte sie ihn eh nicht mehr gehört, als sie den Motor ihres Minis zornig aufheulen ließ.

Zehn Minuten später stand er unentschlossen vor dem Polizeipräsidium.

Da er sich nicht traute, sie anzurufen, tippte er stattdessen eine Nachricht, in der er sie um Verzeihung und darum bat, vorsichtig zu fahren und sich zu melden, wenn sie angekommen sei. Garniert mit drei dicken roten Herzen, schickte er ein *Ich liebe dich* hinterher, ehe er zwei Stufen auf einmal nehmend das Treppenhaus hinaufsprintete.

Was immer es war, weswegen man ihn am zweiten Weihnachtsfeiertag zur Dienststelle zitierte, er wollte es so schnell wie möglich hinter sich bringen.

Hagedorns Anregungen folgend hatte er bei Staatsanwalt Fechter ein Auskunftsersuchen beantragt. Außerdem hatte er das Führungs- und Lagezentrum gebeten, über die Feiertage auffällige oder besondere Vorkommnisse zu filtern und ihm Bescheid zu geben, falls etwas dabei wäre.

Eine Leichtfertigkeit, zu der er sich hinreißen ließ, ohne dabei an Jule oder Karina gedacht zu haben. Jules Zorn war allzu verständlich. Das hatte er nun davon.

Obwohl er nur zwei Tage nicht im Dienst war, türmten sich die Mitteilungen in seinem Postfach, als wäre er sechs Wochen im Urlaub gewesen.

Etwas Rotes lugte daraus hervor.

»Hervorragend! Die Beschlüsse sind da.« Er hätte nicht damit gerechnet, dass Fechter die Anträge noch vor den Weihnachtstagen auf den Weg brächte. Und doch! Die richterlichen Beschlüsse lagen vor.

Nur nutzten sie ihm nichts. Er würde vermutlich bis nach Dreikönig kaum eine logopädische oder psychologische Praxis erreichen. Psychologische Einrichtungen oder Kliniken mochten auch über die Feiertage besetzt sein. Der Rest musste einfach warten.

»Scheiß Feiertage«, fluchte er leise und wandte sich den Ausdrucken des FLZ zu. Jemand hatte sich die Mühe gemacht, mit Textmarkern auffällige Vorkommnisse zu markieren.

Rasch überflog er die dreißig Seiten und blieb bei einer Meldung der SIRENE hängen. Um die Sicherheit in Europa zu gewährleisten, wurde auf Beschluss der europäischen Mitgliedsstaaten 1990 das Schengener Informationssystem ins Leben gerufen.

Jeder Mitgliedstaat betrieb eine nationale Zentralstelle, die SIRENE, die in Deutschland beim BKA angesiedelt war.

Über SIRENE Prag war dem BKA ein vertraulicher Hinweis zugeleitet worden.

Ein in der Pilsener Region ansässiger mutmaßlicher Waffenhändler habe laut des Hinweisgebers ein Geschäft in Süddeutschland eingefädelt.

Um was genau es dabei ging, wusste der Hinweisgeber offenbar nicht. Die tschechischen Kollegen hielten sich verständlicherweise bedeckt, um wen es sich bei dem Waffenhändler handelte, wie sie an die Information gekommen und wie zuverlässig sie war.

»Mist, das ist nicht viel«, murmelte Bannert und erinnerte sich an Hagedorns Worte. *»Die kleinste Auffälligkeit könnte eine Vorbereitungshandlung sein. Pkw- oder Lkw-Diebstähle, Einbrüche in besondere Geschäfte, solche Sachen eben.«*

War es möglich, dass sich ihr Amokfahrer in Tschechien mit Waffen einzudecken versuchte, um einen noch spektakuläreren Amoklauf durchzuziehen?

Bannert startete das Arbeitsprogramm und begann eine Nachricht an SIRENE Deutschland zu verfassen, in der er noch einmal auf den bislang unbekannten Täter der Amokfahrt vom ersten Dezember verwies und darauf, dass die begründete Annahme bestehe, der Täter könne erneut zuschlagen. Er ersuchte die tschechischen Behörden darin, sofern möglich die Grenzübergänge nach Deutschland verstärkt zu überwachen und hierbei besonderes Augenmerk auf verdächtig wirkende Fahrzeuge und Kennzeichen aus dem Landkreis Konstanz zu legen.

Nachdem er den Text noch einmal überflogen hatte, sendete er die Mail ab.

Eine Stunde später, nachdem er diverse psychologische Kliniken und eine stattliche Anzahl von Logopäden und Psychologen angemailt hatte, chippte er sich am Zeiterfassungsterminal aus.

Wenn er den Tag und, was noch wichtiger war, seine Beziehung wieder ins Reine bringen wollte, musste er sich sputen.

Er hastete über den Parkplatz, sprang hinter das Steuer seines alten Golfs und fuhr mit durchdrehenden Reifen davon.

Verbotenerweise tippte er während des Fahrens Jule die Nachricht: *Bin in einer Stunde da. Liebe dich!*

Kapitel 29

Autobahn A93, kurz nach München
26. Dezember, 14 Uhr

»Mann oder Memme?«, zogen sie ihn auf. Eigentlich machte er sich nichts aus Geisterbahnen. Nicht dass er darin Angst bekam, eher Beklemmungen. Um vor den anderen nicht als Feigling dazustehen, war ihm nichts anderes übrig geblieben, als die Gondel zu besteigen und die Runde zu fahren.

Die zweite Klassenfahrt, die sie in diesem, ihrem vorletzten Schuljahr unternahmen, ging in den Europark Rust. Die erste war Anfang des Schuljahres in die Stuttgarter Wilhelma gegangen. Zoos fand er langweilig, deshalb war er froh, dass sich die Mehrheit für den Europark entschieden hatte. Um einiges teurer zwar, aber mit viel mehr Action.

Kaum hatten sie den Bus verlassen, strebten die Ersten dem italienischen Viertel zu, in dem die Geisterbahn stand und sich eine der Hauptattraktionen im französischen Viertel anschloss. Der Silver Star.

Eine Hochgeschwindigkeitsachterbahn, die auf schwindelerregende dreiundsiebzig Meter anstieg. Danach ging es donnernd mit 130 km/h abwärts. Ganz sein Ding. Aber erst musste er die doofe Fahrt durch die Geisterbahn überstehen.

Ruckelnd startete die Tour, als sich die Gondel zuerst nach links zu drehen begann und an einer Illumination entlangglitt, die einem vorspiegelte, dass sich Gespenster zu ihm in die Gondel gesellt hatten. Wie langweilig.

Gemächlich ging die Fahrt weiter. Nur selten passierte etwas Aufregendes oder halbwegs Gruseliges. Die Gondel beschrieb eine sanfte Kurve. Ein drei Meter hohes Ungetüm, das an einen überdimensionalen Quasimodo erinnerte, beugte sich ihm mechanisch wackelnd und kreischend entgegen. In dessen Hand baumelte ein abgetrennter Pappmaschee-Kopf. Er erschrak nur kurz. Wieder drehte sich die Gondel um hundertachtzig Grad, und er glaubte schon das Licht des Ausgangs zu erspähen, als ihm fast das Herz stehen blieb.

Zwei vermummte Gestalten sprangen aus einer Nische hervor und fielen brüllend und johlend über ihn her, stülpten ihm die Kapuze seines Nickis über den Kopf, zogen die Ärmel lang, verknoteten die Enden vor seinem Körper und rissen ihm die Hose bis zu den Knöcheln herunter.

»Ihr blöden Wichser«, schimpfte er. Nachdem er den ersten Schrecken überwunden hatte, glaubte er, die Stimmen der drei Klassenchaoten zu erkennen, die sich lachend von ihm entfernten und offenbar wieder in eine Gondel des Fahrgeschäfts gestiegen waren.

Verzweifelt riss er an den Ärmeln und zog damit den Knoten nur noch fester. Schließlich schlüpfte er aus dem Kapuzenpulli, entknotete die Ärmel und stülpte ihn sich immer noch fluchend wieder über den Kopf. Mit der Hose und Unterhose an den Knöcheln endete die Fahrt.

Die Arschgeigen hatten das von Anfang an geplant. Von wegen »Mann oder Memme«.

Er zog an der E-Zigarette, die er sich vor einem halben Jahr besorgt hatte, wechselte den Fahrstreifen und blies den mit Vanille aromatisierten Dampf aus dem einen Spaltbreit geöffneten Seitenfenster.

Musste denn Hinz und Kunz über die Weihnachtsfeiertage verreisen oder den Skiurlaub antreten?

Der Verkehr floss bis Friedrichshafen so zäh, dass er über vier Stunden bis nach München benötigt hatte. Langsam schien der Verkehr ein wenig lichter zu werden. Trotz allem würde es noch etwa drei Stunden dauern, bis er sein Ziel erreichte. Antenne Bayern spielte Hits der Achtziger. Er hatte noch genügend Zeit. Also keine Eile, ermahnte er sich.

Wieso er gerade jetzt an die Klassenfahrt zurückdachte, wusste er nicht. Im Grunde hätte er über die Sache in der Geisterbahn gelacht, wenn sie nicht so fatale Folgen gehabt hätte.

Einer der Angestellten, die am Ein- und Ausgang jeder Bahn das Be- und Entsteigen der Gondeln zu überwachen hatten, war völlig ausgetickt. Schrie nach der Security. Dass er mit heruntergelassenen Hosen in der Gondel der Geisterbahn saß, hatte dieser anscheinend hypersensibilisierte Idiot völlig falsch interpretiert.

Zwei bullig aussehende Kerle in dunklen Uniformen hatten ihn, rechts und links untergehakt, ins Verwaltungsgebäude begleitet, nachdem er unter dem Gelächter einiger Parkbesucher seine Hose hochgezogen hatte.

Nicht weniger peinlich war die darauffolgende Lautsprecherdurchsage gewesen. Die Lehrerin, Frau Schuhmann, solle sich umgehend zum Parkverwaltungsgebäude am Haupteingang begeben.

Natürlich hatte Frau Schuhmann kein Wort von dem geglaubt, was er ihr über die Geschehnisse in der Geisterbahn berichtet hatte.

Die Schuhmann war völlig außer sich gewesen. »Das hat Konsequenzen«, hatte sie mit hochrotem Kopf gefaucht. Wäre es nur das Nachsitzen bis zum Beginn der Sommerferien gewesen – das hätte er müde lächelnd weggesteckt. Er hatte jedoch nie erfahren, was genau Frau Schuhmann seinen Eltern aufgetischt hatte.

Sein Vater behandelte ihn nach dem Elterngespräch wie einen früh pubertierenden Perversling, der höchstwahrscheinlich absichtlich in der schummrigen Geisterbahn die Hose heruntergelassen und sich einen runtergeholt hatte.

Bereits am letzten Schultag vor den Sommerferien brachten ihn seine Eltern in eine psychiatrische Jugendeinrichtung. Egal, wie sehr er zu erklären versuchte, was wirklich passiert war in der Geisterbahn, sein Vater schenkte ihm keinen Glauben. Mutter hatte Tränen in den Augen, als sie vom Anstaltsgelände fuhren und ihn hinter vergitterten Fenstern zurückließen.

»Ach, Mama.« Er seufzte und sog an der E-Zigarette. »Hättest du nur einmal an mich geglaubt und zu mir gehalten.«

»Folgen Sie der Route die nächsten zweihundertzwanzig Kilometer«, forderte ihn die weibliche Stimme aus dem Navi auf.

In zweieinhalb Stunden würde er das Ziel erreicht haben. Zeit genug, den Aufnahmen zu lauschen, die er sich auf einen USB-Stick gezogen hatte. Er hatte ihn mit dem Port des Autoradios verbunden.

Ein Lächeln umspielte seine Lippen, als er das Gaspedal ein wenig fester trat.

Kapitel 30

Konstanz
26. Dezember, 14 Uhr 10

Hagedorns Besuch bei Esther Mühlbrandt wurde durch einen unschönen Anruf des Bürgermeisters unterbrochen. Noch während er vor ihr am Krankenbett saß, hatte sein Handy angeschlagen. Als er auf dem Display den Absender las, entschuldigte er sich bei Frau Mühlbrandt und rollte auf den Gang hinaus.

»Was treiben Sie da im Seeheim eigentlich?«, brüllte Zimmermann wutschnaubend. »Um genau das zu vermeiden, habe ich Sie engagiert, Hagedorn.«

Oberbürgermeister Zimmermann schien seine Ohren überall in dieser Stadt zu haben. Hagedorn verkniff sich die Frage, woher er von Esther Mühlbrandts Selbstmordversuch erfahren habe. »Sofern es denn einer gewesen war«, sagte er mehr zu sich selbst.

Unschlüssig, ob Esther Mühlbrandt noch unter dem Einfluss von Medikamenten stand, hatte sie bei ihm einen verwirrten Eindruck hinterlassen. Was, wenn sie das Insulin versehentlich überdosiert hatte? Sie wäre bei Weitem kein Einzelfall. Sollte sie an einer beginnenden Demenz leiden, mochte sie schlichtweg vergessen haben, dass sie ihren Bedarf an Insulin bereits gespritzt hatte.

Doch viel mehr hatte ihn die Frage beschäftigt, wieso sie ihren Sohn nicht erwähnt hatte. Als er sie darauf ansprach, war ihm die alte Frau zuerst ausgewichen und hatte versucht, mit Bemerkungen über das Wetter abzulenken. Ganz so, als wäre es ihr peinlich, über ihren behinderten Jungen zu sprechen.

Schließlich hatte sie ihm erzählt, dass Peter auf eigenen Wunsch von zu Hause ausgezogen war. Aus eigenem Antrieb habe er sich bei der Caritas um eine Anstellung beworben.

Kurz darauf hatte man ihm eine Stelle als Beikoch in dem von der Caritas betriebenen Hotel in der Höri angeboten. Mit Tränen in den Augen hatte ihm Esther geschildert, wie glücklich er dort sei.

Hagedorn war nicht entgangen, wie zwiespältig Esther zu sein schien. Sicherlich vermisste sie ihren Sohn, den sie jahrzehntelang betreut hatte. Auf der anderen Seite war ihr eine Sorge genommen. »Ich lebe ja nicht ewig«, hatte sie gesagt. »Peter steht jetzt auf eigenen Beinen. Hat eine Arbeit, die ihn glücklich macht, und wohnt betreut.« Er sorge sogar für sich selbst. Stolz schwang in ihrer Stimme mit, als sie davon erzählt hatte.

»… geneigt, das Projekt abzubrechen«, schwadronierte Zimmermann immer noch lautstark.

Hagedorn hatte seinen Tiraden nicht mehr zugehört. Warum hatte er den Anruf überhaupt angenommen?

»Tun Sie, was Sie für richtig halten«, würgte Hagedorn ihn in einem Tonfall ab, mit dem er wenig subtil *Lecken Sie mich am Arsch* ausdrückte. Er beendete das Gespräch und ließ das Smartphone in seine Brusttasche gleiten. »Idiot!«

Unentschlossen blickte er den tristen Krankenhausgang auf und ab, entschied, dass es nichts brächte, wieder zu Esther ins Zimmer zu rollen. Sie wirkte müde und erschöpft.

Mit einem Mal hatte sie gebrechlich und alt ausgesehen. Ganz anders als noch zu Beginn ihres ersten Treffens. Der Tod ihres Mannes grämte sie sichtlich. Was, wenn sie doch ihren Lebensmut verloren hatte? Schließlich wusste sie Peter gut versorgt. Wäre es dann nicht verständlich, wenn sie ihrem Mann nachfolgen wollte? Trotzdem schien sie sich nicht daran zu erinnern, dass sie sich zu viel Insulin injiziert hatte. Oder wollte sie sich nicht daran erinnern?

Hagedorn begann sich zu fragen: Was, wenn es weder ein Unfall noch von ihr beabsichtigt gewesen war?

»Du bist ja paranoid«, schalt er sich in Gedanken, wendete den Rollstuhl und verließ kurz darauf das Klinikgebäude.

Kapitel 31

Irgendwo in Tschechien
27. Dezember, 21 Uhr

»Das Zeug sieht komisch aus. Irgendwie überlagert.«

Der Tscheche warf ihm einen geringschätzigen Blick zu. »Du hast ja keine Ahnung, Bürschchen.« Die Stimme klang so versoffen, wie der Kerl aussah. Sein schwammiger Körper, der in abgewetzten Camouflage-Armeeklamotten ohne Rangabzeichen steckte, dünstete eine widerliche Mischung aus Knoblauch und billigem Fusel aus, dem er reichlich zu frönen schien.

»Was hast du denn damit vor?«, erkundigte sich der Tscheche und rieb sich seinen mit Bartstoppeln überwucherten wulstigen Hals, was ein schmirgelpapierähnliches Schaben erzeugte.

»Das geht dich einen Scheiß an«, konterte er cooler, als er sich fühlte.

»Deine Sache.« Der Tscheche zuckte betont desinteressiert mit den Schultern. »Hauptsache, du hast meine Kohle.«

»Woher weiß ich, dass das Zeug auch funktioniert?«

Der Typ begann in der Tasche seiner speckigen Armeehose zu kramen und förderte einen Klumpen zutage, der kaum größer als ein Tischtennisball war.

Eine Minute später wurden seine Zweifel, ob die terrakottafarbene Pampe tatsächlich funktionierte, von der Druckwelle hinweggefegt, als der Typ die rot-braune Masse auf dem Feld zur Detonation brachte.

Schmierig lächelnd entblößte der Fettsack eine Reihe fauliger Zähne und beugte sich schwerfällig in den Kofferraum seines verbeulten Lada Niva. Dann zog er eine zur Hälfte geleerte Flasche Becherovka unter einer Plane hervor.

»Was ist jetzt? Willst du das Zeug oder nicht?«, fragte er zwischen zwei großen Schlucken und beobachtete dabei die letzten Rauchschwaden, die im Nachthimmel über ihnen zerstoben.

Er entspannte sich und löste zunächst wieder den Griff von der Pistole, die er im Hosenbund unter der Jacke trug. »Klar will ich das Zeug«, bestätigte er.

»Gut!«, brummte der Tscheche. »Gib mir den Rest der Kohle, und ich bin weg.«

Wieder beugte sich der Tscheche stöhnend in den Kofferraum und förderte die Plastikdose mit dem teigigen Barren darin zutage. Als er sich aufrichtete, erstarrte er mitten in der Bewegung. »Du verdammter …«

Die Rückfahrt war anstrengend. Einige Kilometer nach Friedrichshafen fuhr er rechts raus und genehmigte sich eine Mütze voll Schlaf. Das war um kurz nach eins. Mit ungesund überstrecktem Hals döste er zwanzig Minuten unruhig auf dem zurückgeklappten Fahrersitz.

Gemächlich nahm er danach die restliche Strecke bis nach Konstanz in Angriff. Er hatte jetzt fast alles, was er benötigte.

Kapitel 32

Konstanz, Hauptfriedhof
1. Januar

Selbst der Kies unter seinen Reifen knirschte schwermütig, als sich Hagedorn langsam den Urnengräbern näherte. Seit seinem letzten Besuch waren erschreckend viele Gräber hinzugekommen. An den provisorischen Holzkreuzen, die man ins feuchte Erdreich getrieben hatte, erkannte er, dass auch einige der Opfer vom ersten Dezember hier beigesetzt worden waren.

Ihre Grabstätte hätte er blind gefunden. Eine Platte aus weißem Carrara-Marmor lag darüber. Mit der Hand wischte er feuchtes Laub zur Seite und legte die Inschrift darunter frei, die seltsam klein, verloren, anmutete.

Karina Hagedorn
*1. Jan. 1994
+21. Mai 2020

Der Steinmetz, bei dem er die Grabeinfassung mit der Platte in Auftrag gegeben hatte, hatte seinerzeit verständnislos den Kopf geschüttelt, als er sich vorbehielt, sie später um eine würdige Inschrift oder einen Sinnspruch zu erweitern. Alles in ihm hatte sich gegen dessen Vorschläge seichter Sprichworte oder pathetischer Bibelzitate gesträubt.

Nur wie sollte er in Worte fassen, was er empfand? Was der Verlust für ihn bedeutete?

»Alles Liebe zum Geburtstag, Prinzessin«, flüsterte er. »Wie gerne hätte ich dir einen Strauß deiner Lieblingsblumen mitgebracht. Tja, keine Chance, Kleines. Nicht einmal online bekommt man derzeit Sonnenblumen. Ist das zu fassen? Sonnenblumensamen oder künstliche. Die gab es, aber keine echten. Ich hoffe, du bist mir nicht böse?«

Wie lange genau er mit geschlossenen Augen dort an ihrem Grab gesessen hatte und in einen imaginären Dialog mit ihr versunken war, wusste er nicht mehr. Hagedorn hatte sich vorzustellen versucht, wie sie ihm von den *Traumschiff*-Dreharbeiten berichtete, an denen sie nicht mehr hatte teilnehmen können.

Wie sehr sie sich, nachdem ein Thriller-Mehrteiler in Finnland abgedreht worden war, auf die wärmeren Gefilde der Karibik gefreut hatte. Völlig euphorisch hatte sie ihn aus Tampere angerufen und ihm erzählt, dass sie für mindestens vier *Traumschiff*-Episoden vor der Kamera stehen würde. Das war nur wenige Stunden vor ihrem Tod gewesen.

Gedankenverloren wischte er sich den Schneeregen aus der Stirn und rollte über den gekiesten Weg dem Ausgang entgegen, als das Smartphone an seiner Brust zu vibrieren begann.

»Verdammt noch mal!«, fluchte er. »Was?«, blaffte er, als er über das Display wischte und den Anruf entgegennahm.

»Warum so unfreundlich, du alter Brummbär?«

»Nadine?« Ungläubig nahm er das Gerät vom Ohr und starrte auf das Display.

»Nicht wundern: neue Nummer.« Nadine Adler nahm die Beantwortung seiner Frage vorweg. »Mit Vodafone bist du in Myanmar aufgeschmissen.«

»Wo bist du?« Hagedorn sah sich suchend um, als

könnte sie jeden Augenblick hinter einem der Gräber auftauchen.

»Na, wo soll ich schon sein?«, sagte sie hörbar lächelnd. »Ich liege im weißen Sand von Ngapali Beach mit einem leckeren Cocktail in der Hand und lasse mir die Sonne auf den Bauch scheinen. Wäre das nicht etwas für dich?«

»Ich mag keine Cocktails. Und Sand in meiner Po-Ritze noch viel weniger.«

»Unverbesserlich«, schnaubte Nadine.

»Wie läuft's bei dir? Schön, dass du anrufst.«

»Ich wollte nur mal hören, wie es meinem Papabären so geht.«

»Gut.«

»Lügner. Gut sieht anders aus.«

Hagedorns Kopf fuhr herum.

An den Kotflügel eines schwarzen VW-Polos gelehnt stand sie in der Zufahrt zum Krematorium.

»Was zum …? Nadine?«

Lächelnd beschleunigte er den Rollstuhl.

Kapitel 33

Irgendwo in Konstanz
1. Januar, 11 Uhr

Mit der Fahrt nach Tschechien war er seinem Ziel ein Stück nähergekommen. Nachdem er ein paar Stunden vergeblich zu schlafen versucht hatte, war er mehr aus Langeweile durch die Innenstadt geschlendert. Unweigerlich landete er auf der Marktstätte und der dortigen Unterführung, die zu der Wallfahrtsstätte Tausender geworden war. Kaum ein Quadratzentimeter auf den Stufen der Treppenanlage war ungenutzt. Kerzen, Kuscheltiere, Bilder mit trostspendenden Sinnsprüchen. Dazwischen entdeckte er Kreuze, Halbmonde und auch Davidsterne.

Ertappt blickte er sich nach allen Seiten um, als ihm bewusst wurde, dass er versonnen lächelte. Es würde verstörend und unangemessen wirken, falls ihn jemand beobachtete.

Jeder Gedanke an den Tag versetzte ihn in freudige Entzückung, die sich bis in die Lenden fortsetzte, das Glied anschwellen und die Hose schmerzhaft darüber spannen ließ.

Eigentlich war es keine Langeweile, die ihn in die Stadt getrieben hatte. Langeweile kannte er nicht. Schon als Kind wusste er sich immer zu beschäftigen. Wenn er nicht mit Lego oder seiner Carrera-Bahn spielte, dann las er.

Es war die Unruhe, die ihn aus dem Haus getrieben

hatte. Ohne zu wissen, was die Rastlosigkeit auslöste, hatte er sich die Jacke übergeworfen und war mit dem Bus bis zum Bahnhof gefahren.

Nein. Das Ziel war nicht gut gewählt, ging es ihm durch den Kopf.

Eine Zeit lang hatte er vor dem Gebäude gestanden und es unschlüssig betrachtet.

Aufsehenerregend vielleicht, aber untauglich, um für alle Zeiten in die Annalen einzugehen.

Solange ihm nichts Besseres einfiel, würde er vorerst am ursprünglichen Plan festhalten.

An seiner E-Zigarette saugend, spazierte er mit gesenktem Kopf über den Münsterplatz und bog in die Theatergasse ab.

»Sorry«, entfuhr es einer jungen Frau, die stolpernd in seine Arme lief. Überladen mit mittelalterlich aussehenden Kleidungsstücken, die nicht minder danach müffelten, verschwand sie in einem Nebengebäude.

Sein gemurmeltes »Schon okay« verhallte ungehört in der Gasse.

Neugierig, wo sie so plötzlich hergekommen war, entdeckte er eine massive Holztür. Bevor sie der automatische Schließer darüber ins Schloss fallen ließ, schlüpfte er hindurch und bestieg die hölzerne Treppe, die sich unmittelbar an einen engen Korridor anschloss.

Als er das erste Podest erreichte, beschlich ihn die Ahnung, dass er den Bühneneingang für die Techniker und Requisiteure entdeckt hatte. Der weiterführende schmale Gang war staubig, unansehnlich. Überall standen Scheinwerfer, Kabeltrommeln und anderes Zeug herum, das er nicht zuordnen konnte.

Er wollte wissen, wohin die Treppe ihn führen würde.

Knarzend erklomm er die Holzstiege und fand sich über der Bühne wieder.

Nebst einem metallenen Steg überspannte ein undurchdringliches Gewirr aus eloxierten Aluminiumtraversen den Bühnenhimmel, an denen mehrere Dutzend größerer und kleinerer Scheinwerfer befestigt waren. Nicht nur die Bühne konnte er von hier oben überblicken. Der gesamte Zuschauersaal mit den mit rotem Samt überzogenen Sitzreihen lag unter ihm. Schnell überschlug er die Anzahl der Reihen und der Sitzplätze darin. Die Ränge waren von seinem Standpunkt aus nur schwer einsehbar, aber er vermutete dort vier oder fünf weitere Reihen mit ebenso vielen Sitzen.

»Vierhundert. Mindestens«, flüsterte er, und ein Gedanke, eine Idee, saugte sich wie ein Blutegel in seinem Gehirn fest.

Irgendwo schlug eine Tür. Er sollte verschwinden, bevor ihn jemand sah und anfing, blöde Fragen zu stellen. Wer er sei und was er hier verloren habe.

Keine Minute später stand er wieder in der Gasse, in der seine Erkundungstour seinen Anfang genommen hatte. Der jungen Frau, er vermutete, dass sie eine Auszubildende war, begegnete er nicht mehr. Jedoch brannte Licht in dem dem Theater gegenüberliegenden Gebäude. Er meinte, einmal gelesen oder gehört zu haben, dass dort die Schneiderei und Maskenbildnerei ihren Sitz hatte.

Er hatte nicht erwartet, dass die Theaterkasse an Neujahr geöffnet hatte. Dennoch fand er in einem Kästchen neben dem Eingang den Spielplan für das kommende Quartal. Besonders ein Stück erregte seine Aufmerksamkeit.

Er stopfte den Prospekt in seine Gesäßtasche und trat gut gelaunt den Heimweg an.

Kapitel 34

Konstanz, Friedhof
1. Januar, nachmittags

»Was für eine schöne Überraschung!« Hagedorn konnte nicht verhindern, dass sich Tränen in seinen Augenwinkeln sammelten, als er Nadine Adler herzlich in die Arme schloss.

»Ein glückliches neues Jahr, Papabär«, nuschelte Nadine an Hagedorns Schulter.

»Dir auch, Nadine.« Unauffällig wischte er sich die Augen trocken, ehe sie sich aus der Umarmung löste und aufrichtete. »Was machst du in Konstanz? Und woher wusstest du, wo du mich findest?«

»Da ich dich zu Hause nicht angetroffen habe, war mir klar, wo ich dich heute am ehesten antreffen würde. Ich bin auf der Durchreise. Mein Flieger ist erst vor zwei Stunden in Zürich gelandet.«

»Du besuchst deine Mutter?«, erkundigte sich Hagedorn vorsichtig. Nadines Mutter war seit dem Tod ihres Vaters ein Reizthema, das sie zu meiden suchte wie der Teufel das Weihwasser.

Ein ergebenes Seufzen entströmte ihrer Lunge. »Ja. Nicht gern, aber ab und an muss ich nach ihr sehen.«

Hagedorn war klar, dass sie nicht nur auf der Durchreise war, wie Nadine behauptete. Sonst wäre Stuttgart der nächstgelegene Flughafen gewesen.

»Wie geht es ihr denn?«

Nadine zuckte lakonisch mit den Achseln. »Wie immer, nehme ich an. Achtet zu wenig auf ihren Blutzucker und trinkt zu viel.«

»Klingt nicht gut. Hast du eigentlich Hunger?«

»Oh ja. Und wie!«, erwiderte sie. »Außerdem ist mir schweinekalt. Ich bin diese Kälte nicht mehr gewohnt.«

»Warum bist du wirklich in Konstanz, Nadine?«, fragte er sie geradeheraus, als er die Reste seines Auflaufs beiseiteschob.

»Ist das Moussaka etwa nicht gut?«, fragte sie, um Zeit zu schinden.

Hagedorn, der ihre Taktik durchschaute, lehnte sich mit verschränkten Armen zurück und sah sie herausfordernd an.

»Dir kann man nichts vormachen.« Resigniert schob sie den Teller mit den Souvlaki beiseite, die sie kaum angerührt hatte.

Mit dem Kinn auf das Massaker auf ihrem Teller deutend, sagte er: »Dazu bedarf es nun wirklich keines Psychologiestudiums.«

»Es läuft nicht gut mit Jess«, fing Nadine zu erzählen an. »Als ich den Dienst quittiert habe und ihr nach Myanmar gefolgt bin, hatte ich mir das anders vorgestellt.«

Hagedorn legte interessiert den Kopf schief.

»Nun ja. Seit dem Putsch vor zwei Jahren ist das öffentliche Leben fast vollständig zum Erliegen gekommen. Sprengstoffanschläge und bewaffnete Auseinandersetzungen sind an der Tagesordnung. Obwohl ich mich im Vorfeld erkundigt hatte, konnte ich mir die Zustände nicht wirklich vorstellen. De facto bin ich jeden Tag eingesperrt in unserer Residenz, die militärisch bewacht wird. Reisen durchs Land? Sehenswürdigkeiten besichtigten? Menschen und Kultur kennenlernen? Pustekuchen!«

Energisch schnippte sie einen Brotkrümel von der Tischdecke. »Gott, war ich naiv!« Nadine Adler lehnte sich zurück und strich sich eine Haarsträhne aus der Stirn.

»Worauf beziehst du das?«, wollte Hagedorn wissen.

»Dass ich angenommen hatte, es würde bei einem Jahr bleiben.«

Hagedorn blickte sie irritiert an.

»Jessicas Abordnung nach Myanmar wurde auf unbestimmte Zeit verlängert.«

Hagedorn hob gleichmütig die Schultern. »So ist das eben, wenn man für den Geheimdienst arbeitet.«

»Was?«

»Schau nicht so überrascht. Dachtest du ernsthaft, Jess wäre nur eine einfache Militärattachée? Sie arbeitet für die CIA. Wahrscheinlich ist sie sogar Sektionsleiterin für den gesamten ostasiatischen Raum. Wundern würde es mich nicht.«

Nadine erwiderte nichts, starrte ihn mit offenem Mund an.

»In der Beziehung warst du wirklich naiv«, sagte er grinsend. »Hat sie nie etwas angedeutet?«

»Nicht ein Wort«, flüsterte sie. »Jetzt wird mir vieles klarer. Die ständige Geheimniskrämerei. Ihre oft tagelange Abwesenheit, ohne dass sie mir sagt, wohin sie verreist ist. Die ausweichenden Antworten nach ihrem Arbeitstag. Weißt du«, fuhr sie mit tränenerstickter Stimme fort. »Ich habe wirklich daran geglaubt, dass wir nur ein knappes Jahr in Myanmar verbringen würden. Die Pläne, mit ihr in die USA zurückzukehren, ein gemeinsames Kind zu bekommen, kommen mir wie eine Farce vor.«

Hagedorn ergriff tröstend ihre Hand.

»Wir haben uns nicht im Guten getrennt«, schluchzte

sie. »Wir hatten einen furchtbaren Streit. In einer Nacht-und-Nebel-Aktion habe ich die Residenz verlassen und mich von einem Soldaten zum Flughafen bringen lassen.« Flehentlich sah sie ihn an. »Falk, was soll ich tun?«

»Oh, ich bin sicher, dass du das ganz genau weißt. Sonst wärst du nicht nach Konstanz gekommen.«

Kapitel 35

Konstanz, Polizeipräsidium
2. Januar, vormittags

Marius Bannert war in Hochstimmung, als er an diesem Morgen ins Büro kam. Jule am zweiten Weihnachtsfeiertag nachzureisen, hatte sich als die beste Entscheidung der letzten Wochen erwiesen.

Nachdem er bei ihren Eltern angekommen war, hatte sie geschmollt und ihm nur die Wange hingehalten, als er sie zur Begrüßung und Wiedergutmachung küssen wollte. Ihr Zorn war jedoch schnell verraucht.

»Ich kann dem blöden Kerl einfach nicht lange böse sein«, hörte er sie sagen, als sie ihrer Mutter in der Küche zur Hand ging. Er konnte sich eines Schmunzelns nicht erwehren, während er sich im Wohnzimmer mit Karina beschäftigte.

Sie waren über Nacht geblieben und erst am nächsten Tag nach Konstanz zurückgefahren. Es waren zwei harmonische Tage gewesen, die ihm lange in Erinnerung bleiben würden.

Da die psychologischen Praxen, die er am zweiten Weihnachtsfeiertag angemailt hatte, immer noch geschlossen hatten und das LKA ihm erst in den nächsten Tagen einen Fallanalytiker schicken wollte, waren ihm und seinem Team vorerst die Hände gebunden. Banner bemühte sich, die Arbeit so gut wie möglich aufzuteilen, was sich auf die Auswertung und Katalogisierung der

Spuren und Bewertung der Hinweise beschränkte, die zu Hunderten eingegangen waren.

»Herein«, sagte er geistesabwesend, als es an der Tür klopfte.

»Guten Morgen, Herr Bannert! Auf ein Wort.«

Bannert richtete sich überrascht auf und bot seinem Chef den Stuhl vor seinem Schreibtisch an.

Brandl lehnte dankend ab. »Nur ganz kurz. Ich hatte Sie ja gebeten, vorübergehend die Leitung der Soko zu übernehmen«, begann der Kriminaldirektor.

Bannert fühlte sich zunehmend unbehaglicher. Hatte er etwas verbockt? Bekam er nun die Quittung für die zäh laufenden Ermittlungen?

»Nun, ich bitte Sie, mich nicht falsch zu verstehen. Ich bin mehr als zufrieden damit, wie Sie die Soko und die Ermittlungen leiten.«

Es klang aufrichtig. Dennoch vermutete Bannert einen Haken.

»Lange Rede, kurzer Sinn. Ab Morgen wird die Leitung jemand anders übernehmen.«

»Gott sei Dank!«, entfuhr es Bannert leise.

»Bitte? Was sagen Sie?«

»Nichts!« Bannert spürte das Blut in die Wangen schießen. »Ich befürworte Ihre Entscheidung. Nichts weiter.«

»Sie sind mir also nicht böse?«

»Wieso sollte ich? Keineswegs!«, versicherte er, froh, die Verantwortung endlich abgeben zu können. Sein Metier war das Wühlen im Dreck. Er war Ermittler und kein Chef. Unbestritten ein guter Ermittler, aber mehr wollte er auch gar nicht sein.

»Und wer wird die Leitung übernehmen?« Bannert nahm nicht an, dass Brandl vor morgen früh die Katze aus dem Sack ließ.

»Oh, Sie kennen sie.« Brandls geheimnisvolles Lächeln hätte Mona Lisa vor Neid erblassen lassen.

Bannerts Herz stolperte und setzte einige Schläge aus.

»Sie?«, fragte er ungläubig. Nadine Adler hatte vor acht Monaten gekündigt und weilte Tausende Kilometer entfernt in Myanmar. Sie schied folglich aus, was er sehr bedauerte. Also wer sollte die ihm bekannte Kollegin sein, die die Leitung der Soko übernehmen würde?

Inständig hoffte er, dass Brandl ihm und dem Team keine frischgebackene Hochschul-Absolventin vorsetzen würde. Er zweifelte nicht daran, dass dort fähige Leute ausgebildet wurden, aber ihm fehlte in der augenblicklichen Lage die Zeit und schlicht die Lust, einen Frischling an die Hand zu nehmen.

Bannert ertappte sich bei dem Gedanken, wie wohl das Wort *Frischling* korrekt zu gendern sei. Eines der Steckenpferde Brandls, der in mantrahaften Mails an die Belegschaft offenbar nicht müde zu werden schien, genderkonforme Schreibweise beim Verfassen von Berichten und Anzeigen einzufordern. Als hätte die Polizei keine anderen Sorgen.

Brandl schnalzte jovial mit der Zunge. »Warten Sie's ab. Ich werde Sie morgen in der Frühbesprechung bekannt geben.«

Was soll die Geheimniskrämerei?, dachte Bannert verärgert und starrte seinem Vorgesetzten stumm hinterher, als der im Flur verschwand. Nun würde er sich den halben Tag den Kopf darüber zerbrechen, wer ihn ablösen würde.

Depp!, schalt er sich. *Kann dir doch völlig egal sein.*

Da er zumindest heute noch die Leitung innehatte, würde er von seinem Privileg Gebrauch machen und sich den Rest des Tages freigeben.

Bannert fuhr den Rechner runter, schnappte sich Handy und Anorak und verließ wenig später das Gebäude.

Kapitel 36

Konstanz
2. Januar, später Vormittag

Obwohl es zu seiner täglichen Routine gehörte, empfand er die Rudermaschine heute eher als Folterinstrument denn als Sportgerät, das seiner Ertüchtigung, vor allem der Gewichtskontrolle dienen sollte. Was die Missachtung seines Trainingsplans betraf, verstand Dr. Charalambos keinen Spaß. Und er schien es sich zur Lebensaufgabe gemacht zu haben, dafür zu sorgen, dass Hagedorn hundert wurde.

Er musste ein Trainingstagebuch führen, das sein Hausarzt akribisch überwachte. Blut- und Leberwerte waren bei jeder Untersuchung im Normbereich, weshalb er ihm den gelegentlichen Konsum von Alkohol durchgehen ließ. Dass er bei seinem Lieblings-Iren häufig gerne das ein oder andere Pint Guinness genoss, gedachte Hagedorn ihm nicht auf die Nase zu binden.

»Mir reicht's«, keuchte er und wischte sich mit dem Handtuch den Schweiß aus dem Gesicht. Sam, der während seiner Trainingseinheiten wachsam neben dem Rudergerät zu sitzen pflegte, legte den Kopf schief.

»Schau mich nicht so vorwurfsvoll an. Oder willst du mich bei Charalambos verpfeifen?«

Ratschend löste er die Klettbänder an Beinen und Hüfte und stemmte sich in den Rollstuhl. »Außerdem muss ich mich auf die Gruppensitzung vorbereiten.«

In der Tat hatte er die letzten Tage sehr wenig getan.

Wie nach jeder Sitzung fertigte er für sich Gedächtnisprotokolle an, die er vor dem heutigen vierten Treffen durchlesen wollte.

Bewusst hatte er es über die Feiertage vermieden, sich gedanklich mit den Gruppenteilnehmern auseinanderzusetzen. Es gelang ihm jedoch, nicht an den kleinen Leon zu denken, der in seinen Armen gestorben war. Schlimm genug, dass er in jedem seiner Träume vorkam.

Nachdem er so heiß geduscht hatte, wie es sein Schmerzempfinden gerade noch zuließ, fuhr er mit dem Lift ins Erdgeschoss und bereitete sich einen Snack zu. Beim Essen blätterte er durch seine handschriftlichen Notizen.

Esther Mühlbrandt befand sich immer noch in der Klinik.

»Fuck, verdammt!« Eigentlich hatte er beabsichtigt, sie noch einmal zu besuchen, zumal er gern mehr über die Umstände ihrer Insulinüberdosierung erfahren hätte.

Über jeden und jede aus der Gruppe hatte er sich Notizen gemacht und rief sich deren Schilderungen und Zustände in Erinnerung.

Cigdem Akay, Fiona Kurath und Franco Romano bereiteten ihm keine Sorgen mehr. Wen er kaum einschätzen konnte, waren der Finanzbeamte Udo Stürmer und Tim Glaser, der junge Mann, der sich noch kein einziges Mal zu Wort gemeldet hatte. Überhaupt kam ihm Glaser seltsam distanziert vor.

Wenn er mehr über deren psychische Verfassung erfahren wollte, würde er die beiden aus der Reserve locken müssen.

Umständlich raffte er die Unterlagen zusammen und stopfte sie in die Aktentasche zurück.

»Du kannst mich nicht begleiten«, sagte er an Sam gewandt, der seine Aufbruchstimmung offensichtlich falsch interpretierte und erwartungsvoll mit der Rute wedelte. »Wir drehen heute Abend wieder eine Runde. Versprochen!«

Missmutig brummend ließ sich Sam auf seinem Kissen nieder.

»Braver Junge. Und pass mir schön auf alles auf.«

Kapitel 37

Irgendwo in Konstanz

Rückblickend war der Klinikaufenthalt damals in den Sommerferien gar nicht so schlimm gewesen. Wenngleich die Wut auf seine Eltern, besonders auf seine Mutter, nie ganz abgeklungen war. Die Tage waren erfüllt gewesen mit Sport und therapeutischem Werken, in denen sie irgendeinen Firlefanz wie Vogelhäuschen oder Obstschalen zimmerten oder töpferten.

Gar nichts anfangen konnte er mit den täglichen Gruppen- oder auch Einzelsitzungen, da er einfach nicht verstand, weswegen seine Eltern ihn eigentlich hierher verfrachtet hatten. Was hatte er denn Falsches getan? Schließlich hatten die anderen ihm die Hose heruntergezogen. Er konnte sich auch nicht daran erinnern, dass die Eltern seiner Kumpels ein derartiges Drama draus gemacht hatten, als sie letztes Jahr beim Spannen in die Mädchenumkleide erwischt wurden.

Sein Vater wollte davon nichts mehr hören, egal, wie sehr er sich zu erklären versuchte. Was das betraf, war er immer sehr einfältig gewesen. Hatte er sich über etwas oder jemanden eine Meinung gebildet, war sie unumstößlich. Egal, wie falsch sie war.

Als wäre es gestern gewesen, erinnerte er sich, mit welch widerstrebenden Gefühlen er damals in Papas alten Passat gestiegen war, als sie ihn aus der Klinik abholten. Mutters Begrüßung war herzlich ausgefallen. Vater war kalt und distanziert wie eh und je, und er hatte ihn auf eine Art gemustert, als müsste er sich erst vergewissern, dass man ihm die frühpubertären Anwandlungen ausgetrieben hatte.

In diesem Moment wäre er am liebsten in das Zimmer zurück geflüchtet, das er sich sechs Wochen mit einem anderen Jungen geteilt hatte. Auf eine schwer zu beschreibende Art hatte er sich dort verstanden gefühlt.

Doktor Peters, der Psychiater, der ihn über die Zeit behandelte, hatte sich nach dem Abschlussgespräch höflich von seinen Eltern verabschiedet und ihnen ein dickes Couvert übergeben.

Erst Tage danach fiel ihm der braune Umschlag, nachdem er heimlich Vaters Nachttisch durchsucht hatte, in die Hände. Medizinisches Kauderwelsch, mit dem er nichts anzufangen wusste. Ebenso wenig verstand er, warum er die Tabletten einnehmen sollte, die seine Mutter jeden Morgen mit einem Glas Wasser bereithielt.

Anfangs hatten ihn die Tabletten lethargisch und schläfrig gemacht. Sogar die ständigen Gängeleien zweier Klassenkameraden waren ihm gleichgültig geworden.

Irgendwann hatte er sich an den Zustand gewöhnt und ihn nicht weiter hinterfragt. Bis zu einem Skiausflug ins österreichische Montafon. Als sie abends im Massenlager der Jungs zusammengelegen hatten, ließ einer ein Pornoheft herumgehen. Sie hatten die Köpfe zusammengesteckt und das Magazin durchgeblättert. Einige bekamen sofort einen Ständer, rieben sich den Schritt und grölten, dass sie es der Schlampe genauso hart besorgen könnten wie der Typ in dem Pornomagazin.

Obwohl er die Darstellungen als überaus anregend empfunden hatte, regte sich bei ihm nichts. Nicht das Geringste. Damals nicht und auch zwei Jahre später bei seinem Besuch im Bordell nicht.

Erst viel später hatte er begriffen, was seine Eltern

und die Tabletten angerichtet hatten. Und dafür hasste er sie noch mehr.

Kapitel 38

Konstanz, Schloss Seeheim, viertes Gruppentreffen
2. Januar

Hagedorn hatte es geahnt. Der Abstand zur letzten Sitzung war einfach zu groß gewesen.

Es herrschte Fahrstuhlatmosphäre. Man begegnete sich höflich distanziert. Vermied Blickkontakt, und die wenigen Worte, die gewechselt wurden, beschränkten sich auf plattitüdenhafte Neujahrswünsche. Keine Berührungen, keine Umarmungen. Hatte man nach der letzten Sitzung noch den Eindruck, dass sich die Teilnehmer als Gruppe Leidgeplagter, die denselben Schicksalsschlag teilten, zu empfinden schienen, hatte sich über die Feiertage jeder wieder in sein Schneckenhaus verkrochen.

Bis auf Esther Mühlbrandt und den kantigen Russen waren zu Hagedorns Freude alle erschienen, wenngleich er ihr Unbehagen spürte. Trotz des guten Starts war es ihm bisher nicht gelungen, Udo Stürmer oder den Jüngsten in der Gruppe, Tim Glaser, zu einem Statement zu bewegen. Die Weihnachtsfeiertage und Silvester waren für alle Beteiligten hart gewesen. Das wusste er aus eigener Erfahrung. Und das wolkenverhangene, neblige und düstere Wetter trug seinen Teil zur allgemeinen Niedergeschlagenheit bei.

»Lassen Sie mich Ihnen meine Geschichte erzählen«, begann Hagedorn, wissend, dass er damit gegen die in

Therapeutenkreisen immer noch verbreitete Ansicht verstieß, nichts Persönliches von sich preiszugeben.

Wenn es sich vermeiden ließ, tat er es auch nicht. In diesem Fall erhoffte er sich durch seine Selbstoffenbarung einen positiven Effekt. Seine eigene Verletzlichkeit brächte die Verbliebenen vielleicht dazu, sich ebenfalls zu öffnen.

»Es geschah vor etwas mehr als dreieinhalb Jahren«, begann er leise zu erzählen. »Ein junger Mann, den ich therapiert hatte, verlor damals in einer Bank sein Leben. Nun, was war geschehen?« Hagedorn rieb sich die Hände und befeuchtete sich mit der Zungenspitze die Lippen, ehe er fortfuhr.

»Der junge Mann, nennen wir ihn Mike, will in seiner Bank Geld abheben. Obwohl sein Disporahmen noch nicht ausgeschöpft ist, lehnt der Filialleiter die Auszahlung ab. Mike tickt aus und weigert sich, die Bank zu verlassen, falls er kein Geld bekommt.

Der Filialleiter löst daraufhin den stillen Alarm aus, was die Kavallerie auf den Plan ruft.

Der Einsatzleiter der Polizei, der die Situation als Bankraub mit Geiselnahme völlig falsch interpretiert, fordert ein Spezialeinsatzkommando an.

Man zieht mich für die Verhandlungen mit ihm hinzu. Ich begehe einen dummen Fehler, und meine Eigenmächtigkeit trägt zur Eskalation bei. Ist auch nicht mehr wichtig heute. Jedenfalls verschaffe ich mir Zutritt zur Bank, da ich Mike zur Aufgabe bewegen will.

Noch ehe ich mit Mike richtig ins Gespräch komme und ihn zur Aufgabe überreden kann, stürmen zwei übermotivierte Beamte des SEK ohne Einsatzbefehl den Schalterraum. Mike verliert bei dem Zugriff sein Leben. In den Tagen danach bin ich derart wütend, dass ich im Ministerium die Untersuchung des Vorfalls fordere, was letztlich zur Suspendierung und Entlassung der beiden Beamten führt.

Wenig später bin ich als Berater für das LKA tätig, das eine Reihe von Morden untersucht. Den geplanten Zugriff der Mordverdächtigen am Stuttgarter Flughafen soll das SEK durchführen. Einer der SEK-Beamten, für dessen Entfernung aus dem Dienst ich verantwortlich war, will sich an mir rächen und schmuggelt sich mit der Absicht, mich zu erschießen, unter die Einsatzkräfte. Das SEK operiert vermummt, weshalb er nicht auffällt. Als er das Feuer auf mich eröffnet, stirbt meine Tochter, die ebenfalls in dem Flugzeug ist, im Kugelhagel seiner Maschinenpistole. Sie stirbt in meinen Armen.«

Hagedorn sah in die betroffenen Gesichter der Gruppenteilnehmer. Hastig wischte er sich die Tränen von den Wangen. »Seitdem vergeht kein Tag ohne quälende Selbstvorwürfe.«

Hagedorn räusperte sich, als ihm die Stimme zu versagen drohte. »Lassen Sie uns eine kurze Pause machen«, bat er, rollte aus dem Saal und steuerte die Toiletten an.

Kapitel 39

Konstanz, Schloss Seeheim, viertes Gruppentreffen
2. Januar

Er hatte einige Minuten gebraucht, sich zu sammeln, seine Gedanken und Gefühle zu sortieren. Noch nie hatte er mit jemandem über Karinas Tod gesprochen. Marius und Nadine kannten die Einzelheiten, dennoch wurde nie mehr ein Wort darüber verloren. Das lag nicht daran, dass sie es nicht versucht hätten, sondern weil er jeden Ansatz sofort im Keim erstickte. Die Taktik des Verdrängens funktionierte im seltensten Fall. Und doch fühlte er sich gerade auf eine nicht zu beschreibende Art erleichtert.

Ivanka Zerr, Leons Mutter, hatte sicherlich erwartet, dass er vom Tod ihres Sohnes berichtete. Wie er es erlebt hatte. Aber das war etwas, was er mit ihr unter vier Augen besprechen würde.

Bevor er sich wieder zur Gruppe gesellte, fuhr er sich durch die Haare und atmete tief durch.

Etwas hatte sich verändert. Die Art, wie sie ihn ansahen, als er seinen Platz im Stuhlkreis wieder einnahm. Es schien beinahe so, dass er nicht mehr nur ein Therapeut war, sondern als Leidensgenosse ein Teil der Gruppe.

Offenbar hatte seine Offenheit etwas bewirkt, denn als er Udo Stürmer, dem Finanzbeamten, einen fragenden Blick zuwarf, nickte der ergeben und begann stockend zu erzählen.

»Schuld am Tod meiner beiden Mädchen ist allein

meine Frau. Hört sich das herzlos an für euch? Bin ich herzlos? Mag sein. Ich fühle nichts mehr. An dem Tag sind nicht nur meine Töchter gestorben. Ich ebenso. Und meiner Frau wünsche ich ebenfalls den Tod. Verdient hätte sie ihn. Ich bin so voller Hass, Zorn und Wut, dass ich an manchen Tagen nicht weiß, wie ich sie zügeln soll. So bin ich sonst nicht.

Es ist trüb und wolkenverhangen an dem Morgen. Meine Frau liegt noch im Bett, während ich den Mädchen wie jeden Tag in der Früh ein Vesperbrot einpacke und sie für die Schule fertig mache.

Sie trödeln, und ich muss sie antreiben, damit ich pünktlich im Büro bin, nachdem ich sie an der Schule abgesetzt habe. Lea und Nele zanken sich, wer die rosafarbene Mütze tragen darf.

Obwohl Lea nur acht Minuten älter ist, appelliere ich an die große Schwester in ihr, Nele die Wollmütze für heute zu überlassen. ›Aber, Papa, Nele hat sie gestern schon angehabt‹, quengelt sie. Schließlich gibt sie klein bei und stülpt sich trotzig die weiße Mütze mit dem großen Bommel über.

Doch, meistens sind sich die beiden einig. Wirklich. Zwillinge eben. Untypisch ist, dass sie sich nie gleich kleiden. Sie finden das doof oder uncool. Deshalb gibt es öfter Zickenterror, wer was anziehen darf und was nicht.

Bevor wir das Haus verlassen, bereite ich für meine Frau ihren morgendlichen Kaffee vor und hinterlasse eine Nachricht, in der ich sie daran erinnere, dass die Mädchen für den Kindergeburtstag, zu dem sie für den Nachmittag eingeladen sind, noch ein Geschenk brauchen.

Eine Viertelstunde später springen die Kinder aus dem Auto und verschwinden winkend im Schulgebäude. Na prima, denke ich. Wieder zehn Minuten zu spät.

Der vorwurfsvolle Blick meines Abteilungsleiters spricht Bände, er sagt aber nichts. Keine Ahnung, was sein verficktes Problem ist. Offiziell haben wir eine Gleitzeitregelung. So gesehen bin ich nicht zu spät. Er scheint das anders zu beurteilen. Wie ich befürchte, lässt er es nicht auf sich beruhen und zitiert mich kurze Zeit später zu sich ins Büro.

Warum ich ständig zu spät komme, will er wissen. Meinen Einwand, dass wir doch Gleitzeit hätten, lässt er nicht zu.

Wenn ich Sie als meinen Nachfolger vorschlagen soll, erwarte ich Pünktlichkeit und Zuverlässigkeit, sagt er.

Ein Wort gibt das andere, und mit dem Hinweis, dass er sich den Abteilungsleiterposten sonst wo hinstecken soll, stürme ich aus dem Büro.

Ich fühle mich plötzlich schlecht und entscheide, mich krank zu melden. Meinen Chef übergehe ich und entschuldige mich stattdessen bei der Personalleiterin.

Unschlüssig, was ich nun mit dem Rest des Tages anfangen soll, entschließe ich mich, nach Hause zu fahren. Mit der Jahreskarte, die wir uns gönnen, könnte ich die Saunalandschaft der Bodenseetherme besuchen oder mit dem Fahrrad eine kleine Tour machen, denke ich mir.

Meine Frau kann ich dafür nicht begeistern, obwohl ich ihr diesen Sommer ein modernes E-Bike gekauft habe. Eigentlich kann ich sie für gar nichts begeistern, kommt mir gerade in den Sinn. Die scheiß Karte kostet ein Vermögen, und trotzdem hat sie davon nicht ein einziges Mal Gebrauch gemacht im letzten Jahr.

Wahrscheinlich liegt sie noch im Bett. Zumindest lässt der immer noch geschlossene Rollladen den Schluss zu. Leise schleiche ich ins Haus, um sie nicht zu wecken, falls sie noch schläft.

Warum eigentlich?, denke ich bei mir und entschließe

mich, sie zu wecken. Nicht sanft, sondern mit aller gebotenen Entschlossenheit würde ich den Rollladen hochziehen und sie auffordern, endlich aufzustehen und ihren Pflichten nachzukommen. Ich kann mich schließlich nicht um alles kümmern. Oder wie seht ihr das?

Also stürme ich die Treppe ins Obergeschoss hinauf, stoße die Tür zum Schlafzimmer auf und erstarre mitten in der Bewegung. Nur langsam sickert das, was ich sehe, in meinen Verstand.

›Du mieses Dreckstück!‹, entfährt es mir. Hastig rollt sie sich von dem Typ, den sie eben noch inbrünstig stöhnend geritten hat. Ich kenne ihn nicht. Habe ihn noch nie gesehen. Völlig paralysiert sehe ich zu, wie meine Frau, immer noch mit harten Nippeln, wortlos im Bad verschwindet, der Typ in seine Klamotten und geduckt an mir vorbeischlüpft. Sekunden später fällt die Haustür ins Schloss.

Ich muss hier raus!, denke ich. Und zwar schnell. Bevor ich ihr mit dem Fünfhundert-Euro-Brausekopf, den sie sich in den Kopf gesetzt hat und unter dem sie gerade steht, den Schädel einschlage.

Keine Ahnung, wie lange ich danach durch die Gegend fahre, nicht in der Lage, auch nur einen klaren Gedanken zu fassen. Stunden. Bestimmt!

Meine Ehe ist am Ende, das akzeptiere ich. Daran ist nichts zu ändern.

In Gedanken spiele ich ein Scheidungsszenario durch.

Die Unterhaltszahlungen für die Mädchen, die Schulden vom Haus, Renten- und Vermögensausgleich für dieses Dreckstück würden mir endgültig das Genick brechen. Und mit meinem Ausraster von heute Morgen war auch die Beförderung und die damit verbundene Gehaltserhöhung in weite Ferne gerückt.

Keinen Schimmer, wann oder wie ich auf den Parkplatz gekommen bin, aber nachdem ich mich im Baumarkt mit einem langen Flexischlauch und Panzertape eingedeckt habe, hole ich die Kinder von der Schule ab, und wir fahren in die Stadt.

Papa, guck mal, ruft Nele begeistert. Der Weihnachtsmarkt!

Die Zwillinge sind nicht mehr zu halten und kreischen unisono, dass sie heiße Maronen wollen. Sie lieben die Dinger.

Ich gebe mich geschlagen und parke verbotswidrig auf dem Taxistreifen vor dem Bahnhof. Zusammen schlendern wir zum Weihnachtsmarkt. Sollen sie ihre Maronen bekommen. In der Zwischenzeit könnte ich in der Apotheke besorgen, weswegen ich ursprünglich in die Innenstadt gefahren bin. Ich habe da immer noch dieses Zolpidem-Rezept, dass ich schon seit vier Wochen mit mir herumtrage. Sie sollen es leicht haben, nicht unnötig leiden müssen.

Dick eingemummelt stehen die beiden vor der Apotheke, schälen begeistert die Kastanien, die ich ihnen gekauft habe und stopfen sie sich in den Mund. Die Schlange vor dem Tresen in der Apotheke ist lang, und es geht nur schleppend voran.

Immer wieder werfe ich einen kontrollierenden Blick nach draußen. Pausbackig, wie Streifenhörnchen, winken sie mir zu.

Dann rumms! Etwas Weißes schießt an der Schaufensterscheibe der Apotheke vorbei, entreißt Lea und Nele meinem Blickfeld.

Ich höre Schreie, mehrere dumpfe Schläge, will nach draußen stürmen und remple fast einen hinter mir stehenden Rentner um. Das reinste Chaos. Menschen rennen schreiend durcheinander. Manche schlurfen wie die

Zombies aus *The Walking Dead* über den Platz. Obwohl ich mich auf die Zehenspitzen stelle und den Hals recke, kann ich die Mädchen nirgendwo entdecken.

›Was ist denn da los?‹, murmelt der Alte, den ich grob zur Seite gestoßen hatte, hinter mir.

›Keine Ahnung‹, sag ich.

Langsam trete ich aus dem Apothekeneingang auf den Platz, wende mich in die Richtung, in die das weiße Ding verschwunden ist. Dann sehe ich ihn. Den weißen Van. Vor der Unterführung steht er. Wie in Trance gehe ich darauf zu. Irgendwo müssen doch auch meine beiden Mädchen sein. Dann entdecke ich sie. Ihre Bommelmützen liegen im Schneematsch …«

Hagedorn schluckte trocken und bedeutete Stürmer mit einer Geste, dass es gut sei und er nicht weitersprechen müsse, als seine Stimme zu versagen begann und dicke Tränen über seine Wangen kullerten. Was mit den Zwillingen geschehen war, hatte Romano bereits bildhaft geschildert.

Sein Bauchgefühl hatte ihn also nicht getrogen. Udo Stürmer war mehr als nur latent selbstmordgefährdet. Hätte die schicksalhafte Amokfahrt die Mädchen nicht dem Leben entrissen, wäre Stürmer an jenem Tag zum Mörder und Selbstmörder geworden.

Der Mann hatte in unerwarteter Offenheit geschildert, wie er den erweiterten Suizid vorbereitete, beabsichtigte, seine Kinder in den Schlaf zu versetzen, um irgendwo, in einem entlegenen Waldstück, vermutete Hagedorn, Abgase ins Fahrzeuginnere zu leiten, bis sie erstickten.

Mit einem Nicken gab er den anderen Teilnehmern zu verstehen, dass sie eine Pause machen würden.

Fast geräuschlos erhoben sie sich und ließen Hagedorn mit Stürmer allein.

Zusammengesunken, die Hände um den Oberkörper geschlungen, saß Stürmer da und schien in einen endlosen Abgrund vor sich zu starren. Bereit hineinzuspringen.

»Ich brauche Hilfe«, flüsterte er.

»Und ich werde Ihnen helfen«, versicherte Hagedorn. Dann wurde er Romanos gewahr, der in der Saaltür stand. Hatte er sie belauscht?

Kapitel 40

Konstanz, Polizeipräsidium
3. Januar, 6 Uhr 10

Obwohl ihm egal sein konnte, wer seine Nachfolge antreten würde, hatte Bannert die halbe Nacht wach gelegen. Kurz vor fünf klingelte sein Handy, und es war ihm gelungen, Jule sanft von sich zu rücken, die ihre Arme und Beine wie ein Kraken um ihn geschlungen hatte. Wenn er schlief, konnte er diese Nähe nicht ertragen, heute Nacht hatte es jedoch etwas Tröstliches gehabt.

»Bannert«, meldete er sich flüsternd, als er aus dem Schlafzimmer schlich.

»Karsten hier. Entschuldige, habe ich dich geweckt?«

»Nein, schon gut. Ich habe nicht mehr geschlafen«, beruhigte er Kieferle. »Was gibt's?«

»Ich war heute Nacht wegen einer Leichensache unterwegs, als mir eine Kollegin des Führungs- und Lagezentrums eine Mail vom BKA in die Hand gedrückt hat.«

Bannert horchte auf. »Tschechien?«, riet er.

»Richtig. Sie haben den Waffenhändler gefunden. Tot.«

»Scheiße!«, entfuhr es ihm. »Ich bin in zwanzig Minuten im Büro.«

Rasch hatte er geduscht und war zur Dienststelle gefahren.

Brandl hatte gestern Nachmittag für die Neue das Büro, das seinem gegenüberlag, räumen lassen.

Nicht nur dass ihn diese Ungewissheit quälte, er musste sich auch noch mit dem Kaffeeautomaten herumärgern, was ihm zu dieser Stunde entschieden zu viel war.

»Murphys Law. Ist doch immer das Gleiche mit diesen mistigen Automaten«, maulte er. »Leer meinen Satzbehälter, füll meinen Wassertank, gib mir Kaffeebohnen, entlüfte mich, und dann mach mir ein Kind …«, nörgelte Bannert. Er schätzte seine Pad-Maschine. Und an der würde er festhalten, bis sie den Geist aufgeben würde. »Ich sollte auf Tee umsteigen. Geht entschieden schneller.«

»Geht vielleicht schneller, schmeckt aber nicht halb so gut«, kommentierte eine weibliche Stimme hinter ihm.

»Was?« Bannert fuhr herum. »Das glaub ich jetzt nicht …«, stammelte er. »Nadine?« Bannert machte einen Schritt und schloss seine ehemalige Chefin in die Arme, unsicher, ob er damit eine Grenze überschreiten würde. *Drauf geschissen!*, dachte er. Seine Bedenken verflogen, als sie seine Umarmung noch kräftiger erwiderte.

»Was machst du hier?«

»Du erdrückst mich«, japste sie. Bannert entließ sie aus seiner Schraubstockumarmung, schob sie eine Armlänge von sich und betrachtete sie eingehend. Ihre blonden Haare, die sie nun offen trug, waren während ihrer Abwesenheit um gute zehn Zentimeter gewachsen. Der betörende Duft eines exklusiven Parfums, der ihre Attraktivität unterstrich, ging von ihr aus.

»Ich bin wohl die Neue. Na ja. Die alte Neue«, korrigierte sie strahlend.

»Du ahnst nicht, wie sehr ich mich freue, dass du wieder mit an Bord bist. Aber ich dachte, du bist in –«

»Myanmar«, beendete sie seinen Satz. »Tja«, sagte sie achselzuckend, »hat nicht funktioniert. Eine längere Geschichte, die ich dir bei Gelegenheit gerne erzähle. Nur nicht heute, an meinem ersten Tag.«

»Herzlich willkommen zurück! Sag, wie ist das so schnell gegangen?«

»Da ich noch nicht länger als ein Jahr draußen bin, musste ich nur einen Antrag auf Wiedereinstellung einreichen. Eine reine Formalität, wie Brandl und der Präsident meinten. Normalerweise wäre die Entscheidung der Verwaltung abzuwarten. Da aber ohnehin Personalknappheit herrscht, wollte Brandl mich sofort haben und bot mir die Leitung der Soko an. Glaub mir, ich hatte keine Ahnung, dass du –«

»Mach dir keinen Kopf, Nadine. Ich wollte sie nie und bin froh, dass du wieder im Kommandostand stehst.«

»Ehrlich?« In ihrem Blick lag ein Rest von Zweifel.

»Ganz ehrlich«, beruhigte er sie. »Du kennst mich. Ich bin einfach nicht der Typ dafür. Ich bin lieber auf der Straße und ermittle.«

Mit je einer dampfenden Tasse Kaffee in der Hand schlenderten sie den Gang zu Nadines neuem Büro hinunter, wo Bannert sie auf den Stand der Ermittlungen und der jüngsten Entwicklungen brachte.

Kapitel 41

Konstanz, Musikerviertel
3. Januar, kurz nach 10 Uhr

Hagedorn war nach einer unruhigen Nacht früh in die Klinik gefahren, um nach Esther Mühlbrandt zu sehen. Als er in ihrem Zimmer angekommen war, saß sie bereits angezogen am Tisch und nahm gerade ihr Frühstück ein. Wie es aussah, würde sie heute entlassen werden.

Sie könne sich nicht an das erinnern, was geschehen war. Schließlich sei es nicht das erste Mal, dass sie sich nicht erinnern könne, ob sie den Insulin-Pen an diesem Abend schon benutzt hatte oder nicht. Sie würde ja nicht jünger. Sie lächelte wenig überzeugend.

Er war unschlüssig, ob sich die unbeabsichtigte Überdosierung wirklich mit ihrer Altersdemenz erklären ließ oder nicht etwas anderes dahintersteckte. Am naheliegendsten schien ihm seine Theorie, dass sie ihrem Mann folgen wollte. Der Ausdruck von Unglauben und überwältigender Trauer, der zu Beginn ihrer Treffen noch in ihren Augen gestanden hatte, war etwas gewichen, was er nicht benennen konnte. Resignation? Akzeptanz? Dass sie nicht mehr an den Sitzungen teilnehmen wollte, verstärkte diesen Eindruck.

Reisende sollte man nicht aufhalten. Reisende *konnte* man nicht aufhalten. Das war seine klinische Erfahrung, die sich leider viel zu oft bewahrheitete. Hatte sich jemand dazu entschlossen, seinem Leben ein Ende zu setzen, war er mit therapeutischen Maßnahmen kaum davon abzubringen.

Und er glaubte, genau diesen Ausdruck in Esthers Augen erkannt zu haben. Ihr Abschied klang endgültig.

Ein steter eisiger Wind vom See her blies ihm ins Gesicht. Gedankenverloren, den Kragen seines Parkas aufgestellt, die Mütze tief in die Stirn gezogen, blickte er mit tränenden Augen auf den windgepeitschten See hinaus. Der Bodensee bot zu jeder Jahreszeit einen besonderen Reiz. Friedvoll und harmonisch zumeist, konnten das Wetter und die Stimmung jedoch innerhalb weniger Minuten umschlagen. Gewaltig, kraftvoll und ungestüm. Melancholisch oder aufwühlend.

Hagedorn genoss es, sich von den jeweiligen Stimmungen treiben zu lassen. Heute war der See zornig. Eine teigige Wolkenmasse zog träge darüber hinweg. Stellenweise glich sie schmutziger Zuckerwatte. Die Gischt brechender Wellen, die der Sturm gegen die Kaimauer peitschte, benetzte wie feiner Sprühnebel seine Haut.

»Hagedorn«, meldete er sich abwesend, als er den eingehenden Anruf entgegennahm.

»Ich bin es. Falk.«

»Marius?« Erst als er das Telefon fester ans Ohr presste und mit der freien Hand den Wind abschirmte, erkannte er Bannerts Stimme.

»Du glaubst nicht, wer wieder im Land ist«, platzte es aus Bannert heraus.

»Ach ja? Wer denn?« Hagedorn tat überrascht.

»Nadi… Halt!« Bannert pausierte einen Atemzug lang. »Du weißt, dass sie wieder da ist? Hab ich recht?«

Adler hatte ihm, bevor sie sich gestern getrennt hatten, das Versprechen abgerungen, niemandem etwas zu sagen.

Ein beleidigtes Schnauben blies in sein Ohr.

»Das hättest du mir ruhig mitteilen können.«

»Ich weiß es ja selbst erst seit ein paar Stunden«, schwindelte Hagedorn. Zu leugnen, dass er von Nadines Rückkehr und ihrer Absicht, sich wieder einstellen zu lassen, wusste, wäre sinnlos gewesen. Bannert kannte ihn zu gut.

Obwohl sie es nicht ausdrücklich erwähnt hatte, war es für ihn die logische Konsequenz, dass sie wieder ins Polizeipräsidium zurückkehren würde.

»Freust du dich nicht, dass sie wieder da ist?«

»Doch, natürlich freue ich mich«, entgegnete Bannert rasch. »Trotzdem hättest du …«

»Hast du mich nur deswegen angerufen?«, unterbrach er Bannert.

»Ähm, nein. Nadine lädt uns zum Mittagessen ein.«

»Wer ist uns?«

Bannert räusperte sich, ehe er fortfuhr. »Dich, mich und Oberstaatsanwalt Fechter.«

»Ein Geschäftsessen also?«

»Eher ein Einstand in kleinem Rahmen.« Hagedorn konnte Bannert förmlich grinsen hören.

Sehr clever, Nadine, dachte Hagedorn.

»Na gut. Wann und wo?«

»Um zwölf im Brauhaus.«

»Ich werde da sein.« Hagedorn beendete das Gespräch, ohne sich zu verabschieden.

Kapitel 42

Irgendwo in Konstanz

Er blies in die hohlen Hände, öffnete und schloss sie ein paar Mal in rascher Folge, um die Finger für die vor ihm liegende Aufgabe geschmeidiger zu machen. Der Heizlüfter hatte der klammen Kälte, die dem Kellergemäuer aus Muschelkalk entströmte, kaum etwas entgegenzusetzen.

Nur spärlich fiel fahles Licht durch einen Schacht, der früher als Kohleschütte gedient hatte. Irgendwann war die Holzklappe durch eine trübe Glasscheibe ersetzt worden.

Als er sich in Tschechien besorgt hatte, was er benötigte, hatte er dummerweise etwas Entscheidendes vergessen. Seine anfängliche Panik erwies sich jedoch als unbegründet, da sich alle Komponenten im Internet bestellen ließen. Ganz legal.

Nun lag alles sorgfältig ausgebreitet und von einer schwarz lackierten Klemmleuchte aus den Achtzigern, die er an der Werkbank befestigt hatte, angestrahlt im kreisrunden Lichtkegel vor ihm.

Prüfend ließ er seinen Blick darübergleiten und drückte sich mit den Fingerspitzen die In-Ear-Kopfhörer tiefer in den Gehörgang, tippte sacht einen der Air-Pods an. Er nickte rhythmisch zu den einsetzenden Beats von Slipknots *School Wars*. Für einen kurzen Moment lauschte er konzentriert, dann öffnete er die Augen.

Die Latexhandschuhe, die er bereitgelegt hatte, würde er nicht brauchen. Zum einen würden sie ihn bei der Arbeit sensorisch beeinträchtigen, zum anderen wäre es, wenn sein Werk vollendet war, ohnehin gleichgültig, ob man seine DNA oder Fingerabdrücke fände. Der Lötkolben zischte, als er mit dem befeuchteten Finger dagegentippte.

Sorgfältig begann er, mit dem Kolben das Zinn zu verflüssigen und die Kabel abzulösen. Die Grundschaltung des Fernzünders, den er bei einem Versandhandel erstanden hatte, würde er im Grunde beibehalten. Für seine Zwecke musste er das Gerät lediglich ein wenig modifizieren. Ein altes Handy und mehrere in Reihe geschaltete 9-Volt-Batterien. Mehr war dazu nicht nötig.

Nach einer Stunde war er bereit für einen Testlauf. Um keine der beiden Zündkapseln, die er dem versoffenen Tschechen abgenommen hatte, zu verschwenden, würde er einen Silvesterknaller nehmen, den er in einem der unzähligen Kartons gefunden hatte.

Mal schauen, ob der nach all den Jahren noch zündet, dachte er und verband den Fernzünder mit der Lunte. Falls seine Schaltung wie geplant funktionierte, sollte es einen Kurzschluss geben, der die Zündschnur initiieren und in Brand setzen würde.

Gespannt trat er von der Werkbank zurück, puhlte sich den Air-Pod aus dem linken Ohr und steckte sich den Finger hinein. Mit der Rechten wählte er die Nummer auf seinem Smartphone. Einige Sekunden tat sich nichts. Als er schon glaubte, etwas falsch gemacht zu haben, begann das Handy auf der Werkbank zu brummen. Nur Sekundenbruchteile später funkte es, und die Zündschnur des Knallkörpers begann zu zischen.

Lauter als erwartet explodierte der Böller auf der

Werkbank. Die Faust triumphierend gereckt, beobachtete er, wie Papierfetzen zu Boden segelten.

»Yes! Es funktioniert!«

Er würde später einen weiteren Test machen. Wenn auch der glattlief, würde er noch heute sein Vorhaben in die Tat umsetzen. Aber erst musste er etwas essen.

Kapitel 43

Konstanz, Brauhaus
3. Januar, 12 Uhr 5

Kurz nach zwölf trudelte Hagedorn im Brauhaus ein. Wie es schien, war er der Letzte. Adler, Bannert und Fechter hatten bereits Getränke vor sich stehen.

»Schön, Sie zu sehen«, sagte Fechter, der ihn zuerst erblickt und sich erhoben hatte.

»Die Freude ist ganz meinerseits.« Hagedorn schüttelte die warme Hand Fechters. Entgegen seiner Erwartung freute er sich wirklich, ihn wiederzusehen. Diesen seltsamen, gedrungenen Mann, der ihn jedes Mal aufs Neue an den von Danny DeVito verkörperten Schurken und Batmans Gegenspieler Pinguin alias Oswald Cobblepot erinnerte.

Fechter war blitzgescheit und mit seinem messerscharfen Verstand ein unerbittlicher Ankläger und nicht zu unterschätzender Gegner. Viele Strafverteidiger hatten diesen Fehler aufgrund seines Äußeren begangen und waren vor Gericht von Fechter in der Luft zerrissen worden.

Nur einmal hatte Hagedorn das Vergnügen gehabt, ihn als Ankläger erleben zu dürfen. Mit chirurgisch präziser Rhetorik hatte Fechter die Aussagen von Zeugen, Gutachtern und Verteidigern tranchiert. Ehemals als Vorsitzender Richter einer Strafkammer musste er phänomenal gewesen sein. Noch heute kursierten Geschichten über ihn, die Fechter als maßlose Übertreibung abtat.

Justitias Scharfrichter war nur ein Synonym, das man Fechter angeheftet hatte.

Nadine Adler umarmte Hagedorn herzlich.

Bannert nickte ihm lächelnd zu, als er seinen Rollstuhl an den Platz bugsierte, den sie ihm an der Stirnseite des Tisches freigeräumt hatten.

»Was verschafft mir das Vergnügen?«, fragte er, als er sich umständlich aus dem Anorak schälte und ihn zusammen mit Schal und Mütze neben sich auf die Bank legte.

Die Bedienung, die ihn seit seinen ersten Besuchen im Brauhaus sowie seine Vorliebe für das Kupferbier kannte, stellte unaufgefordert einen tönernen Krug vor ihm ab.

»Auf die Heimkehr der Kriminalrätin Adler und auf eine gedeihliche Zusammenarbeit«, prostete Fechter mit erhobenem Bierglas.

Während des Essens hatten sie sich angeregt unterhalten. Jeder hatte eine Tasse Kaffee vor sich stehen.

Nachdem Nadine ihre Eindrücke aus Myanmar geschildert hatte, gab Fechter Anekdoten aus dem Gerichtssaal zum Besten. Überrascht nahm Hagedorn zur Kenntnis, dass Fechter Hobby-Pilot war und eine einmotorige Cessna sein Eigen nannte. Die Antwort auf seine Frage waren sie ihm bisher schuldig geblieben.

Bannert hatte sich kaum an der Unterhaltung beteiligt und war verdächtig ruhig, weshalb sich Hagedorn der Verdacht aufdrängte, dass das gemeinsame Essen seine Idee gewesen sein könnte. Bannert wich seinem fragenden Blick aus. Adler schien das Blickduell zwischen ihnen nicht verborgen zu bleiben.

»Nun, ich freue mich jedenfalls sehr, wieder hier zu

sein«, unterbrach sie die plötzliche Stille. »Wie ihr alle wisst, wurde mir die Leitung der Soko Vito übertragen.«

»Na endlich«, brummte Hagedorn, was ihm sogleich einen strafenden Blick Bannerts einbrachte. Er lehnte sich zurück und faltete die Hände vor dem Bauch.

»Nicht nur meiner Rückkehr wegen habe ich euch alle zum Essen eingeladen, sondern auch um uns auszutauschen und auf Ballhöhe zu bringen, was den Stand der Ermittlungen angeht«, fuhr Adler fort. Fechter nippte mit abgespreiztem kleinem Finger an seinem Kaffee und lauschte gespannt. »Möchtest du anfangen?«, fragte sie an Bannert gewandt.

Er nickte und zog ein Notizbuch aus der Brusttasche seines Sakkos. »Falk hatte mich einen Tag vor Heiligabend auf eine großartige Idee gebracht, die uns nun vermutlich auf eine erste Spur des Täters führt. Dank Ihnen, Herr Fechter, und den Beschlüssen, die Sie bei Gericht so schnell erwirkt haben, liegen uns die ersten Rückmeldungen von logopädischen Praxen und psychiatrischen Kliniken vor.«

An Hagedorn gerichtet fuhr Bannert fort: »Aufgrund deiner Vermutung, dass unser Amokfahrer eine Sprachstörung hat, haben wir eine Liste von Therapeuten und fraglichen Patienten im Alter zwischen acht und zwölf Jahren erstellt, die wir heute und die nächsten Tage abarbeiten werden.«

Bannert wandte sich Fechter zu. »Ich habe die Suche ausgeweitet und aus einer Privatklinik in der Schweiz die Bestätigung erhalten, dass sie im Zeitraum 2014/2015 auch deutsche Jugendliche behandelt haben. Ohne staatsanwaltschaftliches Rechtshilfeersuchen wollen die aber keine Auskünfte erteilen.«

»Hm«, brummte Fechter nachdenklich. »Ich werde

ein entsprechendes Rechtshilfeersuchen an die Schweizer Staatsanwaltschaft in die Wege leiten.«

»Untersuchungsrichter Müller ist mir noch einen Gefallen schuldig. Den werde ich jetzt einfordern«, schloss Fechter breit grinsend.

»Ich lasse Ihnen heute noch einen Antrag mit den entsprechenden Such-Parametern zukommen«, fuhr Bannert fort. »Von besonderem Interesse sind Patienten mit einer juvenilen Form der Schizophrenie oder Psychosen. Da Falk zu der Einschätzung gekommen ist, dass der Täter ein weiteres Mal zuschlagen könnte –«

»Wie bitte?«, warf Fechter irritiert ein. Seine Blicke irrten durch die Runde. »Sie gehen davon aus, dass es keine einmalige Tat war?«

Bannert zuckte unwillkürlich zusammen, als Hagedorns vorwurfsvoller Blick ihn durchbohrte.

»Warum? Wer kommt zu der Einschätzung?«, erkundigte sich Fechter an Adler gewandt.

»Marius hatte mich um meine Meinung gebeten«, versuchte sich Hagedorn zu rechtfertigen. »Obwohl …«

»Obwohl Herr Hagedorn offiziell nicht als Berater in diesen Fall involviert ist«, sprang Adler Bannert zur Seite. »Ein Fallanalytiker des LKA, Martin Abel, der uns leider nicht unterstützen kann, teilt jedoch seine Einschätzung in jeder Hinsicht.«

»Abel, Martin Abel«, sinnierte Fechter. »Der Name kommt mir bekannt vor. Ist auch egal jetzt. Aber was lässt Sie glauben, dass es zu einer Wiederholung kommen könnte?«

»Nun …«, begann Hagedorn. »Aufgrund der Spurenlage geht die Soko davon aus, dass der Täter die Amokfahrt mit einer Dash- oder Action-Cam gefilmt hat, die mit einem Saugfuß an der Windschutzscheibe des Tatfahrzeugs befestigt war. Den allermeisten Amoktaten ist gemein, dass die Täter ein größtmögliches Medienecho erzielen wollen.«

»Was unserem Amokfahrer ja auch gelungen ist«, warf Fechter säuerlich ein.

»Aber noch hat er sich nicht dazu bekannt«, gab Hagedorn zu bedenken. »Was untypisch ist und überdies auch gegen einen Terrorakt spricht. Eine derart spektakuläre und grauenvolle Tat würde sich jedes Terrornetzwerk auf die Fahnen schreiben wollen. Ein religiöses Motiv können wir ebenfalls ausschließen, denke ich.«

Hagedorn rührte versunken in seinem Milchkaffee, als er mit gedämpfter Stimmte fortfuhr. »Wir müssen davon ausgehen, dass er ein weiteres Mal zuschlägt.«

Dass es noch effektvoller sein und weitaus mehr Todesopfer fordern könnte, behielt er für sich. Das betretene Schweigen bewies, dass alle am Tisch seine unausgesprochene Befürchtung teilten.

Bannert unterbrach als Erster die Stille.

»Falk, dein Hinweis erwies sich übrigens als goldrichtig, alle außergewöhnlichen oder verdächtigen Vorkommnisse genauer unter die Lupe zu nehmen. Am zweiten Weihnachtsfeiertag erhielt ich die Mitteilung von SIRENE Prag, dass laut eines anonymen Hinweisgebers ein tschechischer Waffenhändler einen Deal nach Süddeutschland eingefädelt haben soll. Da meine Mail, in der ich darum bat, besonderes Augenmerk auf Kennzeichen aus dem süddeutschen Raum zu legen, unbeantwortet blieb, habe ich gestern in Prag nachgehakt.«

Bannert rutschte unruhig auf seinem Stuhl hin und her. »Heute Morgen kam die Meldung, dass man den Waffenhändler tot aufgefunden hat. Im deutsch-tschechischen Grenzgebiet in der Region Pilsen. Der Mann hatte drei Kugeln in der Brust, und sein Schädel war bis zur Unkenntlichkeit zertrümmert. Erst über den Abgleich der Fingerabdrücke und DNA konnte er identifiziert werden.«

»Stand der Mann mit unserem Täter in Verbindung?«, wollte Fechter wissen.

Bannert hob überfragt die Schultern. »Ungewiss. Fakt ist aber, dass in dessen Kofferraum Spuren von Plastiksprengstoff detektiert wurden.«

»Was überaus beunruhigend ist«, stellte Fechter klar.

»Allerdings«, pflichtete Bannert bei. »Bedauerlicherweise wurden keine Spuren gefunden, die Rückschlüsse auf den Täter zulassen. Der Tote hatte dort bereits mehrere Tage gelegen. Schnee und Regen haben alles vernichtet, was an Hinweisen hätte da sein können. Wie mir die Kollegen in Pilsen mitteilten, sollte der Waffendeal observiert werden, jedoch ging die Zielperson AK.«

»AK?«

»Außer Kontrolle«, klärte er Fechter auf.

»Verkehrskameras? Überwachungsvideos von den Grenzübergängen?«, hakte Hagedorn nach.

»Wurden schon angefordert«, bestätigte Adler. »Angeblich existiert eine Aufnahme eines Fahrzeugs, das in der Nacht einen wenig frequentierten Grenzübergang nach Tschechien passiert hatte.«

Fechter warf stirnrunzelnd einen Blick auf seine Breitling-Uhr, die an seinem schmalen Handgelenk überproportional wirkte.

»Ich denke, wir sind uns alle einig, dass wir in Erwägung ziehen müssen, dass sich unser Täter in Tschechien mit Sprengstoff eingedeckt hat. Verdammt, das gefällt mir ganz und gar nicht.« Auf Fechters Stirn zeichnete sich eine steile Falte ab. »Alles, was sie benötigen, Auskunftsersuchen, Beschlüsse jedweder Art, ganz gleich, was es sei, werden Sie von mir bekommen. Ich regle das mit der Untersuchungsrichterin. Machen Sie Druck bei den Kliniken, den Praxen und den Tschechen. Und …« Fechters Miene wurde eindringlicher. »… liefern Sie mir endlich brauchbare Ergebnisse.«

»Eines noch, bitte!« Hagedorn hielt Fechter zurück, der sich soeben erheben wollte.

»In der Opfergruppe, die ich betreue, befindet sich ein ehemaliger Häftling.«

»Ja und?« Fechter wurde ungeduldig.

»Er selbst behauptet, unschuldig wegen Totschlags gesessen zu haben, weshalb ich Marius gebeten hatte, Informationen über ihn einzuholen beziehungsweise die damalige Ermittlungsakte anzufordern.«

Fechter fragte nach: »Was hat das mit unserem Fall zu tun?«

»Keine Ahnung, was ich von ihm halten soll. Jedenfalls glaube ich, dass er mich und einen Patienten bei einem persönlichen Gespräch belauscht hat.«

»Mit anderen Worten, Sie trauen ihm nicht?«

Hagedorn blies die Backen auf. »Sicherlich wäre es kein Fehler, den Mann näher zu beleuchten.«

»Okay. Schicken Sie mir, was Sie haben, Herr Bannert, und ich jage ihn durch unsere Register. Wenn Sie mich nun entschuldigen würden?«

Fechter schlüpfte im Gehen in seinen Wintermantel und verließ das Lokal. Sein watschelnder Gang unterstrich das Bild eines Pinguins.

Kapitel 44

Konstanz, Büro des Bürgermeisters
3. Januar, 14 Uhr

Die meisten Ämter im Rathaus waren noch unbesetzt. Lediglich eine Kernmannschaft der Verwaltung, des Hauptamts, des Ordnungsamts sowie des Passamts war jeweils anwesend. Die Schuhe abgestreift, lauschte Zimmermann mit übergeschlagenen Beinen auf dem Tisch den Aufnahmen aus dem Seeheim.

Die Schilderungen waren beklemmend und angsteinflößend. Vermutlich war er an diesem Tag nur zufällig einem ähnlichen Schicksal entronnen. Er könnte tot oder schwer verletzt sein, ging es ihm durch den Kopf.

Selbstverständlich hatte er sich nach dem Anschlag vor Ort ein Bild von der Katastrophe gemacht. So wie andere Politiker der Landes- und Bundesregierung auch. Dass der Ministerpräsident und sein Innenminister am Tag danach mit dem Hubschrauber eingeschwebt waren, ließ er sich noch gefallen. Dass eine Bundes-Innenministerin jedoch glaubte, an den Unglücksort reisen zu müssen, hielt er für billige Publicity und Wahlkampftaktik.

Da die Kriminaltechniker fast vierundzwanzig Stunden mit der Tatortarbeit beschäftigt waren, konnten Feuerwehrleute die Blutlachen erst kurz vor Eintreffen des Ministerpräsidenten vom Pflaster spülen.

Er war jedenfalls dankbar, dass er dem Anschlag um fünfzehn Minuten entgangen war. Hatte er doch kurz zuvor noch an einem der Stände mit seinem Stadtkämmerer und Hauptamtsleiter einen Becher Glühwein getrunken.

Den Ausführungen der Gruppenteilnehmer weiter zu lauschen, jagte ihm eiskalte Schauer über den Rücken, weshalb er das Diktiergerät, in das er die Speicherkarte zum Abspielen eingelegt hatte, abschaltete. Was er hören wollte, hatte er gehört, präziser: nicht gehört. Keiner aus der Gruppe schien Tendenzen zu haben, die Stadt zu verklagen. Auch hatte Hagedorn sie nicht in diese Richtung zu beeinflussen versucht.

Etwas mehr als einhundertachtzehntausend Euro waren auf dem Spendenkonto eingegangen. Diese Summe gedachte er, nach Abzug von Hagedorns Honorar, in gleichen Teilen an die Opfer auszuzahlen. Warum sollte er das Budget der Stadt mit dessen Honorar belasten, wenn er es mit den Spenden würde verrechnen können? Ein feierlicher Rahmen, vielleicht mit einer kleinen Gedenkfeier, schwebte ihm dabei vor.

Er nahm sich vor, in den nächsten Tagen nach einer passenden Location zu suchen und Hagedorn zu fragen, wie lange er die Gruppensitzungen noch fortzusetzen gedachte. Die Stadt, auch er, hatten es verdient, wieder zur Ruhe zu kommen und zum Alltag zurückzukehren.

Kapitel 45

Irgendwo in Konstanz
4. Januar, 1 Uhr nachts

Das rhythmische Klatschen seiner Schritte auf dem nassen Asphalt entfaltete die hypnotische Wirkung, die es immer hatte, wenn er lief. Es vertrieb zeitweise die schrecklichen Bilder, die Kieferle in seinen Träumen verfolgten, ihn quälten. Wenn er sich auf den Lauf und seine Atmung konzentrierte, begannen die Bilder zu verblassen. Wenngleich sie nie ganz verschwinden würden.

Die wöchentlichen Therapiesitzungen, die er seit einem halben Jahr besuchte, verschafften ihm nur wenig Linderung. Manchmal glaubte er, dass das Gegenteil der Fall war. Entsprechende Medikamente sollten ihn an immer gleichbleibende Reize gewöhnen, bis die Reaktion darauf sich verringere, im besten Fall nicht mehr auftrat. Jedenfalls hatte ihm der Psychologe das so erklärt.

Dazu hatte ihm der Therapeut auferlegt, seine traumatischen Erlebnisse aufzuschreiben und sie wieder und wieder zu lesen, bis er … ja was? … abgestumpft war? Bis das Gelesene keine körperlichen Reaktionen mehr auslöste?

Allein in Worte zu fassen, was er in seinen vierzig Dienstjahren erlebt und gesehen hatte, führte zu heftigem Zittern und Schweißausbrüchen. Es kostete ihn extreme Anstrengungen, die Panikattacken niederzukämpfen. Vielleicht war es einfach die falsche Therapieform für ihn, ging es ihm durch den Kopf. Wenn er so wie heute ein Erlebnis zu Papier gebracht hatte, war die Nacht gelaufen.

Selbst nachdem er sich eine Mirtazapin eingeworfen und zu Bett gegangen war, fand er keinen Schlaf. Es war die Angst, die ihn wach hielt. Angst vor den Träumen, die unweigerlich kamen und ihn schweißgebadet auffahren ließen.

Außer Falk wusste niemand davon. Bei Adlers Abschiedsfeier, kurz bevor sie ihrer Frau nach Myanmar nachgereist war, hatte Hagedorn ihn offen angesprochen. Was er lange hatte verbergen können, auch vor sich selbst, war ihm aufgefallen. Hagedorn hatte seine Bitte, ihn zu behandeln, höflich, aber bestimmt abgelehnt.

Stattdessen hatte er ihm den Kontakt zu einem Therapeuten vermittelt, der sich ebenso wie er auf die Behandlung von posttraumatischen Belastungsstörungen spezialisiert hatte. Die Praxis des Psychologen war über eine Autostunde von Konstanz entfernt, was seinen Bemühungen um Diskretion entgegenkam.

Keiner, schon gar nicht Kollegen seiner Einheit, sollte je davon erfahren. Die letzten Monate bis zu seiner Pensionierung würde er schon schaffen. Irgendwie jedenfalls.

»Hallo, Karsten«, begrüßte ihn ein uniformierter Kollege, der rauchend vor dem Dienstgebäude stand, als Kieferle in einem lockeren Trab darauf zuhielt. »So früh schon unterwegs?«

»Senile Bettflucht«, scherzte er schnaufend. Die Hände gegen das Gemäuer gestemmt, als wollte er das Gebäude verschieben, begann er seine Beinmuskulatur zu dehnen.

»Da wäre ich jetzt tausendmal lieber, als Nachtdienst zu schieben«, erwiderte der Polizist kopfschüttelnd.

Dunkle Schatten lagen um seine Augen. »Echt jetzt, Karsten. Was machst du hier um diese Zeit?«

Kieferle stieß sich von der Wand ab und wandte sich ihm zu.

»Soko-Arbeit«, sagte er lapidar und spürte im selben Augenblick, wie bescheuert das klang. »Ich warte dringend auf Material, das ausgewertet werden muss«, schob er erklärend hinterher.

Der Polizist deutete ein Schulterzucken an, als die Eingangstür elektrisch gesteuert aufschwang.

»Pack dich, Dennis«, rief ihm eine Kollegin entgegen, die im Gehen ihre Schutzweste überwarf. »Einbruchsalarm im Industriegebiet.«

Mit einem genervten Schnauben rammte der Angesprochene die Zigarette in den mit Kippen übersäten Aschenbecher und entriegelte den Streifenwagen.

Kieferle sah ihnen nach, als sie mit quietschenden Reifen und flackerndem Blaulicht vom Hof rasten.

Zehn Minuten später saß er vor dem Rechner und wischte sich mit der flachen Hand Schweiß vom stoppeligen Schädel, während er darauf wartete, dass das Mailprogramm startete.

Wann schläft der Mann eigentlich?, dachte er, als er Bannerts jüngste Mail aufrief. Dem Zeitstempel nach hatte Marius die Nachricht um 22 Uhr 34 an ihn weitergeleitet mit der Bitte, das Material auszuwerten. Im Anhang befanden sich mehrere Bild- und zwei Videodateien. Er öffnete eine der jpg-Dateien. Screenshots einer Videoaufzeichnung. Mit zusammengekniffenen Augen beugte er sich zum Bildschirm.

»Viel ist da ja nicht zu erkennen«, murmelte er, minimierte das Bild und klickte eine der Videodateien an.

Sofort öffnete sich der Player, und eine verpixelte Aufnahme begann zu laufen.

Nachts, ein unscheinbares Gebäude neben einer schmalen Straße. Absperrgitter, die den Verkehr verlangsamen und kanalisieren sollten. Das musste der Deutsch-Tschechische Grenzübergang sein, den Bannert erwähnt hatte.

Der Perspektive nach war die Kamera unter einem Dach oder einem die Fahrbahn überspannenden Träger montiert worden.

Eine gefühlt lange Zeit geschah nichts, dann näherten sich Scheinwerferkegel eines Fahrzeugs, das die Absperrgitter langsam umkurvte und im Schritttempo weiterfuhr und letztlich aus dem Bild verschwand. Die zweite kurze Sequenz zeigte das Fahrzeug, wie es sich von dem Gebäude in die Dunkelheit entfernte.

»Was soll ich denn damit anfangen, Marius?« Kieferle stöhnte.

Der Kriminaltechniker steckte einen USB-Stick in den Port des Rechners, speicherte die Videodateien darauf ab und rollte mit dem Bürostuhl zu einem Tisch, auf dem ein Stand-alone-Computer stand, der nicht mit dem Polizeinetz verbunden war, und rüttelte ihn mit der Maus aus dem Schlummermodus.

Das Programm, das ihm ein Kollege des LKA verbotenerweise überlassen hatte, würde die Videoaufnahmen hoffentlich verbessern können, auch wenn er sich nicht viel davon versprach. Die Auflösung war gering, aber er wollte nichts unversucht lassen.

Kieferle warf einen raschen Blick auf seine Uhr und überschlug, dass das Programm etwa drei Stunden für die Hochskalierung benötigen würde. Was nicht dem Programm, sondern der lausigen Prozessorleistung geschuldet war.

Nicht nur einmal hatte er die Technikabteilung darum gebeten, einen leistungsstärkeren PC zu bekommen.

Die Begründung für die Ablehnung seines mehrfachen Ersuchens war immer dieselbe gewesen: kein Geld. Aber das war ein anderes Thema. Mangelwirtschaft, die die tägliche Arbeit der Polizei zusätzlich erschwerte oder zunehmend unmöglich machte.

Der Fortschrittsbalken bewegte sich zäh. Gegen fünf würde die Hochrechnung beendet sein, ließ ihn das Enhancer-Programm wissen. Bis dahin würde er längst überfällige Spurensicherungsberichte abtippen.

Aber zuerst benötigte er Kaffee.

Kapitel 46

Polizeipräsidium Konstanz
4. Januar, 6 Uhr

Kieferle schien nicht sonderlich überrascht zu sein, als sie sich am Kaffeeautomaten begegneten.

»Morgen, Marius!«

»Morgen!«, erwiderte er schlaftrunken.

»Alles klar?«, fragte Kieferle und maß ihn sorgenvoll. »Mann, siehst du scheiße aus.«

»Danke für den Hinweis. Das weiß ich selbst.« In den letzten Wochen hatte er viel zu wenig geschlafen, viel zu viel Kaffee konsumiert und sich viel zu ungesund ernährt. Fünf Kilo hatte er seit Anfang Dezember verloren, was ihn hohlwangig wirken ließ.

»Konntest du die Überwachungsvideos vom Grenzübergang, die ich dir geschickt habe, schon einsehen?«

»Hm«, bestätigte Kieferle. »Ich habe sie auch schon bearbeitet. Haben 'ne scheiß Qualität. Obwohl ich sie durch ein spezielles Programm gejagt habe, geben sie nicht wirklich viel her.«

Bannert wandte sich von der Kaffeemaschine ab und ihm zu. »Ist denn gar nichts darauf zu erkennen?«, erkundigte er sich beinahe flehentlich. Er hatte so große Hoffnungen darauf gesetzt, dank der Aufnahmen einen Hinweis auf den Käufer des Sprengstoffs und somit auf ihren Amokfahrer zu bekommen. Der Mord an dem Waffenhändler ging ihm schlicht am Arsch vorbei.

»Ich konnte einen Schnappschuss auf den Fahrer des

Wagens extrahieren. Den habe ich ein weiteres Mal bearbeitet und direkt an das LKA für ein biometrisches Gutachten weitergeleitet.«

»Ein Kennzeichen?«

»Jaaaa«, antwortete der Kriminaltechniker gedehnt.

»Und?«, drängte Bannert.

»Ein Leihwagen mit Hamburger Zulassung.«

»Fuck!«, zischte Bannert. »So eine verdammte Scheiße! Kann in diesem Drecksfall nicht einmal was rundlaufen? Wie lange dauert es, bis wir vom LKA Rückmeldung bekommen?«

Kieferle hob überfordert die Arme. »Ein paar Tage bestimmt.«

»Das ist doch Mist! Nadine war beim Amt. Vielleicht kann sie dort etwas Druck machen, damit wir das Gutachten zügiger bekommen. Schick mir das Kennzeichen. Ich setz jemanden darauf an. Vielleicht kommen wir über die Autovermietung weiter.«

Bevor Bannert in den Gang zu seinem Büro abbog, drehte er sich noch einmal zu Kieferle um. »Was war das überhaupt für eine Leiche, derentwegen du vorige Nacht ausrücken musstest?«

Kieferle winkte ab. »Nichts Spektakuläres. Ein sechsundfünfzigjähriger Mann, der sich ins Seil gehängt hat. Klassischer Suizid. Abschiedsbrief, klare Verschlussverhältnisse, eindeutige Spurenlage.«

»Hm. Okay«, kommentierte Bannert einsilbig. »Wieso hat das nicht der Kriminaldauerdienst übernommen?«

»Waren bei einem Sexualdelikt gebunden. Ich hatte mich bereit erklärt, den objektiven Tatbefund zu übernehmen. Um den subjektiven kümmern sie sich selbst. Legen auch die abschließende Leichenmeldung vor.«

»Okay, dass mir das aber nicht zur Regel wird«,

mahnte Bannert und merkte zu spät, dass ihn das ja gar nichts mehr anging. Das wäre nun Nadines Job.

»Vergiss, was ich gesagt habe«, ergänzte er schmunzelnd und verabschiedete sich von Kieferle, der bereits auf dem Absatz kehrtgemacht hatte und den Gang zurückeilte.

Kapitel 47

Polizeipräsidium Konstanz
4. Januar, 8 Uhr 30

In den vergangenen zwei Stunden war er konzentriert die Berichte der einzelnen Spurenteams durchgegangen, hatte die Hotline-Hinweise überflogen, sie als neue Spuren angelegt und Sachbearbeitern zugeteilt.

Obwohl die Zahl der Anrufe abnahm, mussten die Hinweise, so abstrus sie auch klangen, trotzdem überprüft und abgearbeitet werden.

Die Öffentlichkeit schien das Interesse an der Amokfahrt allmählich zu verlieren. Strahlten die Radio- und Fernsehstationen bis vor wenigen Tagen noch täglich Sondersendungen aus, wurden sie nach und nach von tagespolitischen Themen verdrängt. Was Bannert nur recht war. Zumal sich die Medien ohnedies nur in wilden Spekulationen ergingen, Angst und Unsicherheit schürten und der Polizei Unfähigkeit unterstellten. Presseleute konnten unerbittlich hartnäckig sein.

Es war in der Medienwelt allgemein bekannt, dass laufende Ermittlungen nur über die jeweiligen Presseabteilungen kommentiert wurden. Und doch gab es immer ein paar findige Journalisten, die versuchten, sich unter einem Vorwand zur Soko oder zu ihm durchstellen zu lassen. Immer in der Hoffnung, ein paar Informationen abzugreifen, die ihnen die Presseabteilung vermeintlich vorzuenthalten versuchte.

Natürlich gingen die Ermittler nicht mit allen Informationen oder Untersuchungsergebnissen hausieren. Schon aus taktischen Erwägungen verbot sich das.

Nadine Adler war vor mehr als einer halben Stunde mit einem knappen »'n Morgen!« in ihr Büro geschlüpft, hatte die Tür ins Schloss gedrückt und war seitdem nicht mehr herausgekommen.

Bannert kannte sie mittlerweile zu gut, um zu wissen, dass sie etwas bedrückte. Da sie ihm noch keine Einzelheiten verraten hatte, warum sie zurückgekehrt war, mutmaßte er, dass es mit ihrer Trennung zusammenhing.

Er stand auf und hielt unsicher auf ihr Büro zu. Sollte er sie wirklich auf private Dinge ansprechen?

Schließlich fasste er sich ein Herz, klopfte und trat ein, ohne eine Aufforderung abzuwarten.

»Hey, wie geht es dir?«

Nadine Adler sah von ihrem Monitor auf und schob sich die Brille über die Stirn. Sie wirkte übernächtigt, und selbst das Make-up, das heute stärker aufgelegt war, vermochte ihre verheulten Augen nur leidlich zu verbergen.

»Ach«, seufzte sie. »Ich muss mich hier erst wieder einfinden.«

Bannert senkte den Kopf und bedachte sie mit einem mitleidigen Blick.

»Du kannst vielleicht den anderen etwas vormachen, aber mir nicht«, sagte er beinahe beleidigt.

Adler lehnte sich zurück und strich sich eine widerspenstige Haarsträhne hinters Ohr, die sich aus ihrem offenbar eilig zusammengedrehten Dutt gelöst hatte.

»Jess und ich lassen uns scheiden«, sagte sie mit erstickter Stimme und tupfte sich mit dem Zipfel eines Papiertaschentuchs Tränen aus den Augenwinkeln.

»Das tut mir sehr leid.« Bannert versuchte sich daran

zu erinnern, wie lange Nadine nun verheiratet war. Waren es drei oder vier Jahre?

Seine eigene Ehe hatte auch nur wenige Jahre gehalten. Kurz nach der Trennung war er in ein tiefes Loch gefallen und hatte sich danach in die Arbeit vergraben.

Dann war Jule in sein Leben getreten. Die ungeplante Schwangerschaft und die Geburt Karinas hatten seinem Leben eine völlig neue, aber wunderbare Wendung gegeben. Und doch konnte er sich nicht dazu durchringen, Jule einen Antrag zu machen, endlich klare Verhältnisse zu schaffen.

Bannert ließ sich auf den Stuhl vor ihrem Schreibtisch sinken.

»Ist denn was passiert?«

»Im Gegenteil.« Adler schnaubte. »Das ist es ja. Nichts ist passiert. Der Plan war, dass wir nach dem Jahr Myanmar in die Staaten ziehen und eine künstliche Befruchtung versuchen. Das ist jetzt alles hinfällig, da ihr Aufenthalt dort auf unbestimmte Zeit verlängert wurde und sie zugestimmt hat, ohne das mit mir zu besprechen. Sie hat ihre berufliche Karriere über unsere Pläne, über mich, gestellt. Ich liebe Jessica, aber das kann und werde ich nicht akzeptieren. Deswegen habe ich ihr heute Nacht gesagt, dass ich die Scheidung will. Das war grob die Kurzfassung«, schloss Nadine.

»Verstehe«, sagte Bannert.

Adler knüllte energisch das Taschentuch zusammen, warf es zielsicher in den Mülleimer und machte eine wegwerfende Handbewegung. »Das soll meine Arbeit aber nicht beeinträchtigen«, sagte sie und nahm eine aufrechtere Haltung ein. »Vor einer Viertelstunde rief mich eine Frau an. Sie war völlig aufgelöst und stammelte ständig davon, dass ihr Mann unmöglich Selbstmord begangen haben könne. Weißt du etwas darüber?«, erkundigte sie sich.

»Hm«, summte Bannert nachdenklich. »Karsten war vorletzte Nacht bei einem Suizid. Zumindest sagte er, dass der Mann sich zweifelsfrei selbst erhängt habe. Ein klarer Suizid, wie er meinte. Hat sie ihren Namen genannt?«

Adler zupfte einen Post-It vom Rand ihres Monitors. »Wisniewska oder so ähnlich. Könntest du dich darum kümmern?«

Bannert nickte wenig begeistert und nahm den Klebezettel an sich. »Ich weiß noch nicht, wem ich es gebe –«

»Schon klar«, unterbrach ihn Adler. »Wir sind alle ziemlich ausgelastet. Hat jetzt nicht oberste Priorität, aber man sollte sich die Sache vielleicht noch mal anschauen und Kontakt mit der Witwe aufnehmen.«

Adler zog ein schwarzes Plastiketui aus einer ihrer Schreibtischschubladen, ließ es aufklappen und schwenkte es vor ihrem Gesicht. Bannert nahm an, dass es sich dabei um ein Puderdöschen mit Spiegel handelte.

»Meinen Beziehungsstatus behältst du vorerst für dich«, sagte sie und kämpfte erneut mit der Haarsträhne.

»Frühbesprechung?«

»Japp! Gibst du mir noch zwei Minuten? Ich sehe schrecklich aus«, fügte sie mit einem gezwungenen Lächeln hinzu.

»Klar.« Er erhob den Daumen. »Dann bis gleich!«

Kapitel 48

Praxis Hagedorn & Szegeny
4. Januar, 11 Uhr

Hagedorn hatte die halbe Nacht wach gelegen. Hatte sich hin und her gewälzt. Erst als es bereits zu dämmern begonnen hatte, war er in einen unruhigen Schlaf gefallen. Wie so oft hatte er es wieder nicht bis ins Bett geschafft.

Er schlug die Wolldecke zurück, die er sich irgendwann im Halbschlaf übergeworfen hatte, hob die knochigen Beine über die Couchkante und brachte sich in eine sitzende Position. Ein tiefes Grollen entfuhr seiner Kehle, was Sam sogleich aufhorchen ließ.

Wann genau er das Logan's verlassen hatte, wusste er nicht mehr. Vermutlich erst weit nach Mitternacht. Mit den Handballen massierte er, die Ellbogen auf den Schenkeln aufgestützt, die pochenden Schläfen.

Grace, die rothaarige Irin, die das Logan's seit zwanzig Jahren betrieb, hatte ihn sprichwörtlich unter den Tisch gesoffen. Erst hatte sie ihn zu einem zweiten Pint Guinness überredet, danach tischte sie ihm verschiedene Whiskysorten auf, die sie von einer Destillerie-Tour aus Irland mitgebracht hatte und er unbedingt kosten sollte. Irgendwann nach dem dritten, vierten Whiskey war Grace redseliger geworden und er immer betrunkener.

Wie zufällig hatte sie mehrfach seinen Arm berührt, als sie ihm von ihrem Ehemartyrium erzählt hatte. Davon, wie viel Kraft es sie gekostet hatte, ihren Mann zu verlassen, nachdem er sie jahrelang verprügelt hatte, wenn er betrunken war. Wie sie mittellos das heruntergewirtschaftete Logan's übernommen, über ein Jahr von der Hand in den Mund gelebt und das Lokal zu dem gemacht hatte, was es heute war. Das Pub werfe dank der Studenten und treuen Stammkundschaft genug ab, um gut davon zu leben, hatte sie gesagt.

Als er ihr seine Hochachtung für diese Leistung aussprach, hatte sie ihm spontan einen Kuss auf die Wange gedrückt.

Während er sich noch den Schlaf aus den Augen rieb, kehrten auch Details ihrer Unterhaltung zurück. Hatte er sich wirklich mit ihr für Samstag zum gemeinsamen Abendessen verabredet?

Obwohl die Beziehung mit Lara Geermann bis zu ihrem gewaltsamen Tod nur wenige Tage gedauert hatte, war ihm ihr Gesicht ständig präsent. Ob es nun daran lag, auf welch grausame Weise sie gestorben war, oder an seinen Gefühlen für sie, hatte er bis jetzt noch nicht herausgefunden. *Kunststück,* dachte er bitter. *Ist ja auch einfacher zu verdrängen, als sich damit auseinanderzusetzen.*

Die Vorstellung, sich auf eine neue Beziehung einzulassen, kam ihm gerade absurd vor, und doch ertappte er sich bei der Überlegung, vor dem Date mit Grace zum Friseur zu gehen.

Eine heiße Dusche würde helfen, seine Gedanken zu sortieren. Danach würde er ihr eine Nachricht schreiben und das Date abblasen. Vielleicht!

»Fuck, verdammt!«, entfuhr es ihm herzhaft beim Überfliegen der Mail des Bürgermeisters. »Was fällt dem Saftsack eigentlich ein?«

Sehr geehrter Herr Zimmermann …, begann er zu tippen.

Er verzog das Gesicht, als er einen Schluck des Kaffees nahm, den die Maschine ausgespuckt hatte. Ursprünglich war er nur in die Praxis gefahren, um den Briefkasten zu leeren und nach dem Rechten zu sehen. Es musste ihm vor den Festtagen entgangen sein, den Wassertank des Vollautomaten zu leeren. Angewidert schob er das brackige Gesöff zur Seite.

Nein, das war viel zu höflich.

Herr Oberbürgermeister,
Sie waren es, der mich förmlich dazu gedrängt hat, die Opfergruppe zu betreuen. Ich finde es daher befremdlich, dass Sie nun auf eine baldige Beendigung der Gruppenbetreuung pochen. Nun, um Ihr Budget nicht über Gebühr zu belasten, beabsichtige ich in der Tat, die Betreuung in den nächsten Tagen einzustellen und den Teilnehmern meine Empfehlung für weitere Therapieangebote auszusprechen. Die anfallenden Kosten übernimmt doch sicher die Stadtkasse?

Meine Honorarforderung geht Ihnen in den nächsten Tagen zu.

F. Hagedorn, Dipl.-Psych.

Hagedorn klickte auf *Senden* und wünschte sich beinahe, das Gesicht des Oberbürgermeisters zu sehen, wenn er die Mail las.

Rasch überflog er die weiteren Nachrichten. Abgesehen von den üblichen Terminanfragen, Rückfragen von Krankenkassen und Werbung war nur eine darunter, die seine Aufmerksamkeit erregte. Der Leitende Oberstaatsanwalt Fechter bat um dringenden Rückruf.

Hagedorn griff zum Hörer, wählte die Nummer der Staatsanwaltschaft und ließ sich zu Fechter durchstellen.

»Guten Morgen, Herr Doktor Fechter!«

»Ein wenig spät für einen Guten Morgen.« Fechter gluckste vergnügt. »Schön, dass Sie anrufen.«

»Was verschafft Ihnen denn so gute Laune?«, erkundigte sich Hagedorn skeptisch.

»Haben Sie mich je schlecht gelaunt erlebt?«, fragte Fechter überrascht.

»Lassen Sie mich es so sagen: Sie sind ein ernst zu nehmender Konkurrent, wenn es um den Titel misanthropischstes Ekelpaket des Jahres geht.«

Fechter lachte herzhaft auf. »Keine Sorge. Ich hege keine Absichten, Ihnen den Titel streitig zu machen.«

Das hatte gesessen.

»Vielleicht verstehen wir uns deshalb so gut«, fügte Fechter hörbar grinsend hinzu. »Die Soko Vito scheint bei ihren Ermittlungen große Fortschritte gemacht zu haben, aber das ist nicht der Grund, weshalb ich Sie bat, mich anzurufen.«

»Romano?«, mutmaßte Hagedorn.

»Korrekt. Romano scheint ein unbeherrschter Typ zu sein. Ist auch kein unbeschriebenes Blatt. In jungen Jahren war er mit Betäubungs- und mehreren Körperverletzungsdelikten auffällig geworden. Musste auch mal eine Jugendhaftstrafe absitzen.«

Während Hagedorn aufmerksam lauschte, kritzelte er Notizen auf einen Notizblock.

»Schon beim Querlesen der Gerichtsakte sind mir einige Ungereimtheiten in der Beweisführung aufgefallen.«

»Aha? Inwiefern?«, wollte Hagedorn wissen.

»Mehrere Dinge. Zeugenaussagen, die eklatant voneinander abweichen, fragwürdige Spuren und deren Bewertung, schlampige Alibiabklärungen und so fort.«

»Sie meinen, er wurde zu Unrecht verurteilt?«

»Ganz so weit würde ich mich noch nicht aus dem Fenster lehnen wollen«, bremste Fechter Hagedorns Euphorie.

»Aber ein Wiederaufnahmeverfahren ist möglich?«

»Hm«, summte Fechter nachdenklich. »Denkbar, ja.«

Hagedorn unterstrich das Wort *Wiederaufnahme* mehrfach und dankte Fechter. »Welche Fortschritte?«

»Wie bitte?« Fechter klang irritiert.

»Welche Fortschritte die Soko erzielt hat?«, präzisierte er seine Frage.

»Das werde ich hoffentlich heute Nachmittag in der gemeinsamen Fallbesprechung erfahren.«

»Danke Ihnen.«

Wegen der Gruppensitzung, die er für vierzehn Uhr angesetzt hatte, würde er es zeitlich nicht mehr aufs Polizeipräsidium schaffen, wollte er sich noch auf die Sitzung vorbereiten.

Er nahm sich vor, im Anschluss daran mit Marius zu sprechen.

Gedankenversunken überflog er seine Aufzeichnungen. Einigen würde er eine Therapie dringend nahelegen. Stürmer, hochgradig suizidgefährdet, hatte sein Angebot abgelehnt, ihn ins Zentrum für Psychiatrie zu überweisen. Und eine Zwangseinweisung, die ohnehin außerhalb seiner Kompetenzen lag, würde an den rechtlichen Voraussetzungen scheitern.

Die bloße Andeutung, dass er an jenem schicksalhaften Morgen, dem Tag des Anschlags, einen Schlauch, Gaffertape und Schlaftabletten für seine Kinder besorgt hatte, genügten ohne konkrete Suizidhandlung nicht.

Hagedorn riss eine der Schreibtischschubladen auf und begann darin zu kramen.

»Irgendwo hab ich doch … Ah, Bingo!«

Da er sich nie merken konnte, wie herum er die Vorlagen in den Drucker zu legen hatte, füllte er den Vordruck von Hand aus. In Druckbuchstaben befüllte er die Felder. In die Diagnosespalte trug er ein: Anpassungsstörung/Trauersymptomatik als Unfallfolge. Er hoffte, dass er Stürmer damit zu einer Therapie würde überreden können.

Einen Versuch war es wert.

Kapitel 49

Irgendwo in Konstanz zur selben Zeit

Die Rumänin hatte er sorgfältig unter den Dutzend Frauen ausgewählt und für eine Stunde gebucht. Schlank, vollbusig sollte sie sein. Auf jeden Fall älter als er. Als er an den fünfzehn Zimmern des Laufhauses, das vierundzwanzig Stunden am Tag geöffnet hatte, vorbeigeschlendert war, hatte sie seine Neugierde geweckt.

Sie räkelte sich nicht wie die anderen Nutten auf dem Bett, spielte nicht mit ihren Brüsten oder griff sich lasziv in den Schritt, als er zu ihr hineinspähte.

Mit übergeschlagenen Beinen lümmelte sie quer in einem Sessel und war ins Display ihres Handys versunken. Zwischen ihren perfekt manikürten Fingern qualmte eine Zigarette. Beinahe überrascht, dass ein Freier sich für sie zu interessieren schien, musterte sie ihn und lächelte ihn dann über das Display ihres Smartphones hinweg verführerisch an. Ihre Zungenspitze glitt dabei über die blutroten Lippen. »Hey, Süßer! Mein Name ist Amalia«, stellte sie sich ihm vor. Zweifellos ihr Arbeitsname.

Als sie sich erhob, langsam auf ihn zuschritt, wippten ihre schweren Brüste. Als leidenschaftlicher James-Bond-Fan erinnerte sie ihn unwillkürlich an Xenia Onatopp, eine böse Gegenspielerin Bonds, verkörpert von Famke Janssen.

»Du solltest dich Xenia nennen«, sagte er.

Die Aura eines teuren Parfums umgab sie.

Sie deutete eine einladende Geste in Richtung des

Kingsize-Bettes an, das wie alle anderen des Etablissements aussah. Überhaupt schien der Betreiber ein mieses Händchen für Design und Ambiente zu besitzen.

Bis auf die Frauen, die sich darin eingemietet hatten, glichen sie einander wie ein Ei dem anderen.

Dunkelroter, hochfloriger Teppich, ein überdimensioniertes Bett, ein Nachttisch mit Gummis und einer Box Papiertaschentücher, ein schwarzer Sessel aus Mikrofaser und eine scheußliche Stehlampe, in deren Fassung eine Energiesparbirne flackerte.

Soll noch einer behaupten, dass Puff-Betreiber nicht auch auf Nachhaltigkeit achteten.

Der Aushang im Eingangsbereich hatte ihm ein Grinsen entlockt. Las er sich doch wie die Menükarte im Glaskasten eines Restaurants:

Die Höhe des Honorars richtet sich nach den angebotenen Dienstleistungen der Damen
15 - 20 min GV + Franzö. 50 €
30 min GV + Franzö. BS 80 - 100 €
45 min GV + Franzö. BS 100 €
60 min GV + Franzö. Beidseitig /
2 x Entspannung 150 €

Kaviar und Natursekt bietet unser Haus aus hygienischen Gründen nicht an. Wir bitten um Verständnis.

Sie gefiel ihm, deshalb nickte er und trat vollends in den Raum.

Schnell verschloss sie die Zimmertür, ließ die drei 50-Euro-Noten, die er ihr hinstreckte, in einem bunt verzierten Holzkästchen auf dem Billy-Regal verschwinden, ehe sie den Seiden-Imitat-Kimono von den Schultern gleiten ließ und ihn sanft in den Sessel stieß, der ihre Restwärme verströmte.

Nicht gerade wie Gott sie geschaffen hatte, stand sie in ihren Highheels breitbeinig vor ihm. Ihr Alter war schwer zu schätzen. *Ende dreißig, vielleicht auch drüber,* dachte er. Abgesehen von der gebotoxten Stirn, der begradigten Nase und den aufgespritzten Lippen waren unter dem Brustansatz die verblassten Schnitte der Brustvergrößerung zu sehen. Verführerisch hatte sie die Hände in die Seiten gelegt und ließ die Hüfte kreisen.

»Worauf hast du Lust?«, fragte sie mit hörbar osteuropäischem Zungenschlag.

»Weiß nicht«, erwiderte er unsicher. »Das volle Programm?«, schlug er unsicher vor.

»Willst du erst duschen?« Sie deutete mit dem Kopf zum Bad.

»Ist noch keine halbe Stunde her, dass ich geduscht habe«, versicherte er.

Amalia machte einen Schritt auf ihn zu und stellte einen Fuß zwischen seine leicht gespreizten Beine, tippte sanft mit der Schuhspitze in seinen Schritt.

»Willst du, dass ich das mache, oder ziehst du die Hose selber aus?«, fragte sie leise. Ihre Hand glitt über ihre Brüste, den leicht gewölbten Bauch hinab in ihren Schritt. Dann ließ sie sich breitbeinig auf seinen Knien nieder, führte den Zeigefinger in ihre Pussy ein, zog ihn heraus und strich ihm damit über die Oberlippe.

»Willst du mich lecken?«

Entschieden schüttelte er den Kopf.

»Hm. Na gut. Der passive Typ.«

Geschickt öffnete sie Gürtelschnalle und Reißverschluss seiner Jeans und rutschte zwischen seine Beine.

»Wow!«, entfuhr es ihr, als sie ihn von der Hose samt Boxershorts befreit hatte. »Das ist ja ein Prachtriemen.«

Er lächelte verlegen, als sie seinen Penis zu reiben begann.

»Hör auf!« Grob schob er sie von sich und stieß sich aus dem Sessel. Verstört sah sie ihm nach, als er im Badezimmer verschwand und die Tür ins Schloss warf.

Schwer atmend stützte er sich auf dem Waschbecken ab und betrachtete sein Spiegelbild. Zwanzig Minuten hatte sie an ihm gesaugt, gelutscht und ihn mit Massageöl zu stimulieren versucht, ohne dass er eine passable Erektion bekommen hatte. Egal, wie hart sie rieb, seinen Schaft umklammert hielt und das Blut zu stauen versuchte – es geschah einfach nichts. Nicht einmal, als er sich die Air-Pods ins Ohr stopfte und mit geschlossenen Augen den Aufzeichnungen aus dem Seeheim lauschte.

Sonst machen mich die Aufnahmen doch auch geil. Wieso will es heute nicht klappen?

Noch nie hatte er mit einer Frau geschlafen. Wusste nicht, wie es sich anfühlte. Sein erstes Mal, während der Schulabschluss-Party, war ein Desaster gewesen. Mia, ein süßes Mädchen aus der Parallelklasse. Sie hatte ihn, nachdem sie reichlich getrunken und gekifft hatten, in einen Nebenraum der Disco abgeschleppt, die sie seinerzeit angemietet hatten.

Hinter einem mit Planen und Folien abgetrennten Bereich sollte ein neuer hipper Dancefloor entstehen. Kichernd war sie darunter durchgeschlüpft und hatte ihn hinter sich hergezogen.

Kaum dass sie sich auf einer der Sitzbänke, die man in der Ecke des Raums zusammengeschoben hatte, niedergelassen hatten, war sie über ihn hergefallen und hatte ihn wild zu küssen begonnen. Obwohl er keine Erfahrung besaß, fand er ihre schlabbernden, schmatzenden Zungenküsse abstoßend.

Ebenso geräuschvoll hatte sie ihm einen geblasen und wollte, als sie ihr Kleid gerafft und ihren Slip zur Seite gezupft hatte, sein halb erigiertes Glied besteigen, was natürlich nicht funktioniert hatte. Selbst als sie mit der Hand nachhalf, war es ihm nicht gelungen, in sie einzudringen.

Davon abgesehen, dass er sich für sein Versagen schämte, hatte sich Mia auch noch über ihn lustig gemacht. »Schlappschwanz«, hatte sie gezischt und war, nachdem sie sich Haare und Kleid gerichtet hatte, genervt zu den anderen zurückgestapft.

Erst Minuten später war er ihr in den großen Dancefloor gefolgt. Als er sie lachend und auf ihn deutend in einer Gruppe anderer Mädchen entdeckt hatte, verließ er rasch die Party.

Nur einmal war er danach in einem Bordell gewesen. Damals war das Resultat dasselbe wie heute. Seitdem hatte er auch kein Verlangen mehr danach verspürt. Die Lust war jedoch am ersten Dezember erwacht und mit einer Intensität über ihn hereingebrochen, wie er es nie erwartet hätte.

Er hatte nie in Erfahrung bringen können, was genau seine Eltern ihm verabreicht hatten. Nie würde er den Gesichtsausdruck seines Vaters vergessen und den Abscheu, mit dem er ihn angesehen hatte, als sie ihn in die Schweizer Klinik gebracht hatten. Deshalb glaubte er schon lange nicht mehr an die unerwünschten Nebenwirkungen der Medikamente.

Vielmehr, davon war er überzeugt, war es die Absicht seiner Eltern gewesen, ihn impotent zu machen. Seinen Sexualtrieb schon in frühen Jahren im Keim zu ersticken. Sie hatten es erreicht.

Er spritzte sich kaltes Wasser ins Gesicht und fuhr sich durch die dichten blonden Haare, bevor er aus dem

Bad trat. Schweigend zog er sich an und vermied es, Xenia alias Amalia in die Augen zu sehen, als sie ihn auf der Bettkante sitzend beobachtete.

»Du hast noch dreißig Minuten. Willst du es noch einmal versuchen?«, schlug sie vor und blies gelangweilt den Rauch ihrer Zigarette zur Decke.

»Nein«, murmelte er, als er das Long-Sleeve über den Kopf zog und in den Bund seiner Jeans stopfte. Er wendete sich ihr zu und lächelte gequält. »Das wird heute nichts mehr«, sagte er entschuldigend, als wäre seine Impotenz nur ein vorübergehendes Problem.

Unerwartet beugte sie sich ihm entgegen und ergriff seine linke Hand. »Das wird schon wieder.« Ihr Mitgefühl beschämte ihn noch mehr. »Es gibt da ja auch noch so blaue Helferlein«, fügte sie augenzwinkernd hinzu.

»Danke«, sagte er und nickte ihr flüchtig zum Abschied zu. Augenblicke später stand er wieder vor dem Flachdachgebäude.

Tief atmete er die winterliche Luft ein, dann sog an der E-Zigarette mit dem Vanillearoma.

Als hätte er das nicht schon versucht – das mit den blauen Pillen. Er hatte ein neues, viel wirksameres Viagra für sich entdeckt.

Kapitel 50

Schloss Seeheim, fünftes Gruppentreffen
4. Januar, 15 Uhr

Hagedorn war eine halbe Stunde vor allen anderen im kleinen Theatersaal des Schlosses angekommen. Obwohl das Thermostat neben dem Eingang auf zweiundzwanzig Grad eingestellt war, fror er.

Eine Tasse Kaffee in der einen, die andere Hand auf den warmen Heizkörper gelegt, verlor sich sein Blick über dem See.

Die Aussicht aus dem Schloss war gigantisch. Nach Abschluss des Umbaus würde das neue Hotel *Schloss Seeheim* nur einer sehr exklusiven Kundschaft vorbehalten sein. Was Lage, Ambiente und die exquisite Küche betraf, wäre ein Standardzimmer vermutlich nicht unter vierhundert Euro die Nacht zu bekommen.

Das Ehepaar Zerr traf als Erstes ein.

Hagedorn stellte seine Tasse auf dem Sims ab und schüttelte die Hand der zierlichen Frau, die sie ihm schüchtern entgegenstreckte. Viktor Zerrs Begrüßung beschränkte sich auf ein knappes Kopfnicken. Sein Blick war glasig, und er gab sich Mühe, nicht zu sehr zu schwanken, als er zu seinem angestammten Platz ging und sich setzte.

»Wie geht es ihm?«, erkundigte sich Hagedorn an Ivanka Zerr gewandt, deren Hand er noch immer umfasst hielt. Tränen traten in ihre schmerzerfüllten Augen.

»Er leidet wie ich auch. Und er hat wieder zu trinken begonnen.«

Hagedorn sah sie forschend an.

Sie schüttelte den Kopf. »Viktor würde mir nie wehtun«, flüsterte sie.

Ihre Antwort beruhigte ihn. Er kam dennoch nicht umhin, einen sorgenvollen Blick in Zerrs Richtung zu werfen. Er war der Letzte, der sich ein Urteil über Viktor Zerrs Trinkgewohnheiten anmaßen durfte. Aus eigenem Erleben wusste er, wie fatal es sein konnte, seine Trauer im Alkohol ertränken zu wollen, weil es nur kurzfristig die Emotionen zu betäuben vermochte. Zumeist kehrten sie mit der Ausnüchterung brachial und mit aller Heftigkeit wieder zurück. Ein beschissener Kreislauf, aus dem es kaum ein Entrinnen gab.

Was ihn betraf, verdankte er die Durchbrechung der Abwärtsspirale Nadine und Marius. Sie waren es, die ihm nach Karinas Tod eine sinnvolle Aufgabe übertrugen, ihn stützten, für ihn da waren und, ja, auch maßregelten, falls es notwendig war. Was ziemlich häufig der Fall gewesen war.

Er trank zuweilen immer noch gerne ein Bier oder wie gestern Abend einen guten Whiskey. Dass er so über die Stränge geschlagen hatte, hatte er nicht beabsichtigt, und das würde sich auch nicht wiederholen. Durfte sich nicht wiederholen.

»Wenn ich helfen kann, lassen Sie es mich wissen.«

Invanka Zerr dankte Hagedorn, gesellte sich zu ihrem Mann, nahm neben ihm Platz und ergriff liebevoll seine Pranke, die in ihren feingliedrigen Händen noch größer wirkte.

Nach und nach tröpfelten die anderen Teilnehmer herein. Cigdem Akay, Fiona Kurath, Franco Romano, Tim Glaser, sogar Udo Stürmer.

Wie erwartet, befand sich Esther Mühlbrandt nicht unter ihnen. Außer Glaser begrüßten sie einander herzlich.

Wortlos nahm auch Glaser seinen Platz in der Runde ein, schlug die Beine übereinander und verschränkte die Arme vor der Brust. Das war nicht das erste Mal, dass Hagedorn ihn derart mürrisch und desinteressiert wahrnahm. Was wollte er eigentlich hier? Mit keiner Silbe hatte er bisher angedeutet, ob er selbst Betroffener des Anschlags oder Angehöriger eines Opfers war. Er meinte sich zu erinnern, dass Fiona Kurath eine Andeutung gemacht hatte, dass Glaser seine Eltern bei der Amokfahrt verloren habe. Ganz genau wisse sie es aber auch nicht.

Hagedorn wurde aus dem jungen Mann nicht schlau. Das ein oder andere Mal glaubte er, ihn hinter vorgehaltener Hand lächeln zu sehen. Er hatte es damit abgetan, dass ihn möglicherweise belustigte, was er gesagt haben mochte. Viele hielten die Psychoanalyse oder Psychotherapie für Humbug. Gerade deshalb war es ihm wichtig, Glaser heute zu einer Stellungnahme aufzufordern.

»Guten Tag zusammen«, hob Hagedorn an und räusperte sich. »Schön, dass sie alle gekommen sind.« Er griff nach der Tasse und nahm einen Schluck des lau gewordenen Kaffees, um Zeit für seine nächsten Worte zu gewinnen. »Nun, wir treffen uns heute zum letzten Mal hier im Schloss Seeheim. Zumindest in dieser Zusammensetzung.«

Ein Raunen ging durch die Runde.

»Warum?«, erkundigte sich Romano aufgebracht, der bis dahin gelangweilt mit einem Zahnstocher unter seinem Daumennagel gepult hatte.

Hagedorns Mund umspielte ein Lächeln. Ausgerechnet Romano entrüstete sich, der betont hatte, nur auf Anraten seines Bewährungshelfers, quasi gezwungenermaßen, teilzunehmen. Zumindest hatte er es zu Beginn ihrer Sitzungen extra betont.

»Wollen Sie damit andeuten, dass Ihnen die Gespräche doch helfen, Herr Romano?«, sagte Hagedorn mit einem Augenzwinkern.

Romano widmete sich mit übertriebener Coolness wieder seinem Daumennagel und murmelte etwas, was Hagedorn als Zustimmung interpretierte.

»Es steht Ihnen frei, auch in Zukunft in meine Praxis zu kommen, wenn Ihnen danach ist«, bot er Romano an.

An die Gruppe gewandt, fuhr er fort. »Allerdings kann ich nicht allen einen Therapieplatz anbieten. Zwei, maximal drei Plätze könnte ich garantieren. Aber ich kann Sie gerne an Kollegen weiterempfehlen. Nur falls Sie das wollen.«

Fiona Kurath und Cigdem Akay tuschelten und hoben die Hand, um ihr Interesse zu bekunden.

»Gut! Dann lassen Sie uns fortfahren. Vor zwei Tagen berichtete uns Herr Stürmer, wie er den ersten Dezember erlebt hat. Wir erinnern uns alle?«

Betroffene Gesichter. Einstimmiges Nicken.

»Herr Glaser?«

Der junge Mann fuhr erschrocken zusammen. »Ähm, ich weiß nicht«, druckste Glaser. »Eigentlich … lieber nicht.«

Hagedorn fiel es schwer, sich seinen Unmut nicht anmerken zu lassen.

»Es kann die Trauerarbeit fördern, wenn Sie über Ihren Verlust sprechen. Sie haben doch einen Verlust erlitten?«

»Hmhm«, bestätigte Glaser tonlos. »Meine Eltern wurden getötet.«

Er ließ den Blick durch die Runde gleiten.

»Einige von uns haben einen schrecklichen Verlust zu

beklagen, waren direkt davon betroffen oder wurden schwer verletzt.«

Aufmunternd nickte er den beiden jungen Frauen zu.

»So schwer, dass ihre Verletzung sie jeden Tag für den Rest ihres Lebens an den ersten Dezember erinnern wird.«

Hagedorn lehnte sich, die Ellbogen auf die Knie gestützt, dem jungen Mann entgegen und sah ihn durchdringend an. Glasers Blick flackerte unstet zwischen Hagedorns verschiedenfarbigen Augen hin und her, bis er seinem Blick auswich.

»Die Frage ist, wie wir für den Rest unseres Lebens damit umgehen? Wir müssen lernen, damit klarzukommen. Und ein Anfang ist, über seine Trauer, seine Wut und Ängste zu reden.«

Fuck, verdammt!, fluchte er stumm. Wie er es hasste, Wasser zu predigen, wenn er doch selbst nur Wein soff. *Tja, Falk. Es ist eben leichter, anderen glorreiche Ratschläge zu erteilen, wie sie mit ihrer Trauer umzugehen lernen, als selbst etwas dafür zu tun.*

»Ich möchte trotzdem nicht. Noch nicht«, entgegnete Glaser.

Hagedorn richtete sich auf und atmete tief ein.

»Herr Zerr? Frau Zerr? Wollen Sie?«

Viktor Zerr neigte sich zu seiner Frau und flüsterte ihr etwas auf Russisch ins Ohr.

»Da, da, dorogoy«, erwiderte sie lächelnd und tätschelte seine Hand.

»Das Deutsch meines Viktors ist nicht so gut. Er bat mich, unsere Geschichte zu erzählen. Sie sollen ihm nicht böse sein.«

Hagedorn machte eine abwehrende Geste. »Nein, Nein. Warum sollte ich böse sein?«

Der kantige Russe lächelte verlegen und nickte ihm dankbar zu.

Ivanka Zerr schnaubte geräuschvoll durch die Nase. Dann begann sie zu erzählen.

Kapitel 51

Polizeipräsidium,
4. Januar, 17 Uhr

»Seit wann hast du eigentlich eine Brille?«, erkundigte sich Bannert im Gehen und deutete auf das Gestell, das Nadine Adler immer noch auf dem Kopf trug.

Sie hatte Mühe, mit ihm Schritt zu halten, als sie den Gang zum großen Besprechungsraum hinuntereilten. »Das ist eine reine Computerbrille.« Sie knuffte ihn, als sie seinen Seitenblick bemerkte.

»Was? Ich hab doch gar nichts gesagt! Steht dir. Ganz ehrlich.«

Hastig nahm sie die Brille von der Stirn und ließ sie in die Innentasche ihres Blazers gleiten, als sie an der Tür zum Besprechungsraum anlangten.

Bannert öffnete und ließ ihr den Vortritt.

Die Soko war bereits vollständig anwesend. Freundlich nickten sie Adler zu, als sie ihren Platz in der Runde einnahm.

Vor einem Jahr hatten zwei junge Studenten Menschen getötet und in der Konstanzer Innenstadt als Kunstinstallationen ausgestellt. Ein komplexer Fall, dessen Leitung man ihr damals übertragen hatte. Mit ihrer kompetenten, umsichtigen Art hatte sie sich den Respekt aller erworben. Das neidlos anzuerkennen, fiel Bannert nicht schwer, dennoch war ihm Brandls Ankündigung in der gestrigen Frühbesprechung zu pathetisch. Und

Adler waren Brandls Lobhudeleien sichtlich unangenehm gewesen.

Sie klatschte in die Hände. »Ihr seid dran. Was habt ihr Neues?«

Kapitel 52

Schloss Seeheim, fünftes Gruppentreffen
4. Januar, 17 Uhr

»Leonid ist ein liebes Kind. Nicht so aufgeweckt wie andere. Er ist – wie soll ich sagen? – introvertierter, stiller, nachdenklicher, als andere Jungen in seinem Alter es sind.

›Mama, darf ich heute die Schule schwänzen?‹, fragt er mich, als ich ihn wecke und den Rollladen seines Zimmers hochziehe. ›Biiiiitteeee, ich hab doch heute Geburtstag‹, quengelt er, während ich mir seine Bitte durch den Kopf gehen lasse.

Nicht sein richtiger Geburtstag, wisst ihr? Es ist der fünfte Jahrestag seiner Remission. Mit sechs wurde bei ihm Leukämie diagnostiziert. Ständig klagte er über Knochenschmerzen, was wir seinem schnellen Wachstum zuschrieben. Erst als er erwähnte, dass er immer müde sei, gingen wir mit ihm zum Arzt. Bei einer Blutkontrolle stellte man den Blutkrebs fest. Beinahe die Hälfte seines Lebens verbrachte er in Kliniken. Stand jede Chemotherapie tapfer durch. Klammerte sich ans Leben und kämpfte ohne je einen Laut des Jammerns oder Klagens. Wie könnte ich ihm diese Bitte abschlagen, nach allem, was er durchgestanden hat?

›Natürlich darfst du heute zu Hause bleiben, moye Sokrovishche‹, sage ich zu ihm und wuschle ihm durchs Haar.

›Hast du die Kinokarten schon gekauft?‹, will er wissen.

›Natürlich, habe ich die schon gekauft.‹

Leonid hüpft Trampolin auf dem Bett nimmt eine Superheldenpose ein. Könnte Spider-Man sein. Ich weiß es nicht.

Captain Marvel Teil 2 hat er sich gewünscht, *The Marvels*. Ich kenne nicht mal den ersten Teil. Wenn Viktor auf Montage ist, schauen wir zusammen fern. Klar, ein paar Teile dieser Comicverfilmungen haben wir uns zusammen angesehen. Leon versucht mir zwar dauernd die Zusammenhänge zu erklären, aber irgendwann habe ich wohl den Faden verloren. Die Avengers, Thor, Iron Man, S.H.I.E.L.D und die Guardians of the Galaxy. Dann irgendwelche Schurken, die die Erde an sich reißen wollen. Ist mir alles zu hoch. Aber Leonid bereitet es Freude.

Sein Lieblingsheld ist Iron Man. Ich weiß gar nicht, warum. Vielleicht weil er so schwer verletzt wurde und Granatsplitter durch seinen Körper wandern, die nur sein künstliches Herz, also dieses leuchtende Ding da in seiner Brust, von seinem Herzen fernhalten kann.

Und die Anzug-Rüstungen findet er cool. Zu Weihnachten sollte er von Viktor und mir einen Iron-Man-Helm bekommen. So einen, der sich mit Sprachsteuerung öffnen und schließen lässt und dabei coole Sounds von sich gibt.

›Zieh dich an, und komm dann runter frühstücken. Und putz dir die Zähne‹, fordere ich ihn auf. Mittlerweile isst er wieder besser und nimmt auch deutlich an Gewicht zu. Während der Chemos hat er schlecht gegessen. Das Essen fiel ihm schwer, weil seine Mundschleimhaut ständig entzündet und voller Aphthen war, und alles habe nach rostigem Metall geschmeckt, sagt er.

Seitdem verwöhne ich ihn, mache ihm alles, worauf

immer er Lust hat. Im Moment isst er am allerliebsten Spaghetti Bolognese.

Auch an diesem Tag wünscht er sie sich zum Abendessen, als er noch auf seinem Nutella-Brötchen rumkaut.

Wir frühstücken lange, und Leonid erzählt mir von Captain Marvel. Wie cool die Kampfpilotin Carol Danvers sei und wie sie durch den Kontakt mit so einem Tesserakt-Ding ihre Superkräfte bekommen habe. Dass sie wie Superman fliegen könne und unverwundbar sei. Ich glaube ja, Leonid ist ein wenig in sie verliebt.

›Mamaaaa! Nenn mich doch nicht immer Leonid‹, beschwert er sich, als ich ihm sage, dass er seinen Kakao austrinken soll.

›Das ist mega uncool, echt! In der Schule nennen mich alle Leon. Wie Leon, der Profi.‹ Er kichert.

›Ja, mein Schatz. Nur dass du kein Auftragskiller bist.‹

Während er sich den ganzen Morgen mit seinen Actionfiguren beschäftigt, erledige ich den Haushalt, bis er es kaum mehr erwarten kann und gegen Mittag ungeduldig im Flur auf und ab tigert. Schuhe und Mütze bereits angezogen, die Jacke über dem Arm.

›Mamaaaa, komm endlich‹, drängt er.

›Wir sind doch viel zu früh dran, wenn wir jetzt schon gehen.‹

›Ich will mir im Seetroll doch noch den Black Panther holen, bevor wir ins Kino gehen.‹ Er wedelt mit einem 20-Euro-Schein, den ihm Viktor am Abend zuvor zugesteckt hat. ›Außerdem will ich Magenbrot.‹

›Stimmt‹, sag ich. ›Hatte ich ganz vergessen.‹ Leonid liebt Magenbrot über alles. Früher schon. Nur hat er es während der Therapie nicht vertragen.

›Siehst du. Deshalb müssen wir jetzt los. Es ist eh besser, wenn wir die Karten früher abholen. Dann brauchen wir später nicht in der Schlange anstehen.‹

›Du bist so schlau, Leonid.‹

›Mooooom, bitte!‹ Er rollt mit den Augen.

›Nenn du mich nicht Mooooom, dann nenn ich dich nicht mehr Leonid. Deal?‹

Ich mag es nämlich nicht, wenn er mich so nennt. Irgendwie fühle ich mich dann, ich weiß nicht, alt? Vielleicht das falsche Wort. Auf jeden Fall überlegt er kurz und nickt zustimmend. ›Deal!‹

Wir besiegeln unser Versprechen mit einem Küsschen. Jetzt dürfen wir uns ja wieder küssen. Wie viele Monate war uns das verboten? Meine Güte! Ich weiß es schon gar nicht mehr. Die Chemos hatten sein Immunsystem so geschwächt, dass ihn eine Infektion, übertragen durch ein Küsschen, hätte töten können. Ich muss mich nur hüten, ihn nicht zu oft zu herzen und zu küssen. Das mag er nämlich nicht so gern.

Eine Stunde später sitzen wir in dem Café an der Marktstätte und wärmen uns auf. Wir gönnen uns zwei heiße Schokoladen mit viel Sahne. Nur einmal, als sich an der Theke des Cafés eine unschöne Szene abspielt, schaut Leonid von seiner neuen Actionfigur auf.

›Was stimmt denn mit der nicht?‹, bemerkt er kopfschüttelnd, als eine aufgetakelte Frau mit einem kleinen Jungen an der Hand keifend aus dem Lokal stürmt.

›Es war eine gute Idee, die Karten gleich zu holen‹, lobe ich ihn.

Das Wetter lädt geradezu zu einem Kinobesuch ein, und das Kino würde brechend voll sein. Zumal mehrere Filme dieser Tage Deutschlandpremiere feiern.

›Möchtest du nachher Popcorn oder lieber Nachos?‹, frage ich ihn.

›Hm, nee. Viel lieber eine Tüte Magenbrot und dazu mindestens einen Liter Cola.‹

Leonid strahlt übers ganze Gesicht. Ich weiß, dass ich viel zu nachgiebig bin, ihn zu sehr verwöhne.

›Und danach kannst du die halbe Nacht nicht einschlafen‹, versuche ich ihm die Cola auszureden.

›Bestimmt nicht.‹

›Na gut!‹ Wieder einmal gebe ich mich kampflos geschlagen. *Wird sich das jemals ändern?,* frage ich mich. Viktor ist da viel konsequenter als ich. Aber was soll ich machen? Leonid wurde mir ein zweites Mal geschenkt. Lange Zeit sah es so aus, als würde der Krebs ihn besiegen.

›Können wir endlich gehen?‹, fragt er und packt den Black Panther behutsam in seinen Rucksack.

›Ich habe noch gar nicht ausgetrunken, mein Schatz‹, erkläre ich ihm. ›Wir haben noch eine gute Stunde, bis der Film losgeht.‹ Ich schlage Leonid vor, schon mal eine Tüte Magenbrot zu kaufen, und reiche ihm fünf Euro.

Leonid schlüpft in seine Jacke, hängt sich einen Träger des Rucksacks über und flitzt aus dem Café.

Ich schaue ihm hinterher und bin einfach nur dankbar, ihn so unbeschwert, so glücklich zu sehen.

Die schwere Leidenszeit hat mich und Viktor wieder zum Glauben gebracht. Wir sind ja bis zu der Diagnose nur an den hohen Feiertagen wie Jom Kippur oder Pessach in der Synagoge aufgetaucht. In der Sekunde, als ich im stillen Gebet dem Ewigen für Leonids Genesung danken will …

Es geht alles so wahnsinnig schnell … Von draußen dringen Schreie und laute Rufe ins Café. Schlagartig verstummen alle Gespräche, und ich folge den neugierigen Blicken, als einige Gäste und das Personal den Hals recken oder sich erheben und auf die Marktstätte spähen.

Eine ältere Frau, die der großen Glasfront am nächsten sitzt, drückt sich die Hand auf den Mund.

Leonid!, schießt es mir durch den Kopf. Ich fahre auf und stoße dabei die halb leere Kakaotasse samt Stuhl um. Ich schreie laut seinen Namen und haste dem Ausgang entgegen. Schaulustige, die mir den Weg und den Blick versperren, beschimpfen mich, als ich mich an ihnen vorbeizwänge, knuffen mich in die Seite, als würde ich ihnen einen hart erkämpften Platz vor der Bühne ihrer Lieblingsband streitig machen.

Ich will wissen, was passiert ist. Aber niemand antwortet mir. Ich schaue über die Marktstätte. Eine Schneise der Verwüstung zieht sich durch den Weihnachtsmarkt bis hin zu einem weißen Lieferwagen. Menschen rennen weinend, schreiend und blutend durcheinander. Manche torkeln wie Betrunkene ziellos umher. Sofort wird mir klar, dass etwas Schreckliches geschehen ist.

Adonai, flehe ich, lass es meinem Jungen gut gehen.

Mein Blick geht nach links zur Unterführung. Ein großer, langhaariger Mann kauert auf dem Boden, hält etwas im Arm, wiegt es sanft hin und her.

Ich ahne mehr, als ich es sehe. Als ich mich ihm nähere …

Den blauen Rucksack mit dem roten Avengers-Aufdruck würde ich überall erkennen.

Ebenso Leonids rote Jacke und die weißen Nike-Air-Schuhe, die er zum letzten Geburtstag bekommen hat. Plötzlich brüllt der Mann unmenschlich laut auf. Im selben Augenblick verliere ich das Bewusstsein …

Stunden später, ich liege in einem Krankenbett, erklärt mir ein Kriminalbeamter, ein Herr Bannert, was geschehen ist und dass mein Leonid tot sei. ›Lügner! Sie verdammter Lügner!‹, brülle ich ihn an. Ein Arzt verabreicht mir ein Beruhigungsmittel. Dass Sie der Mann waren, Herr Hagedorn, der meinen Jungen im Arm hielt, erfahre ich erst Tage später …«

Kapitel 53

Polizeipräsidium, Besprechungsraum
4. Januar, 17 Uhr 30

»Eine LKA-Lichtbildrecherche mit dem Foto des Fahrers des Leihwagens verlief negativ«, schloss Kieferle seinen Bericht.

Bannert ballte unter dem Tisch die Fäuste. *Verdammt!* Es war wie mit den DNA-Spuren. Ohne Vergleichsspuren von bereits erkennungsdienstlich behandelten Tätern, deren Bilder oder DNA-Profile in den Systemen des BKA einlagen, liefen alle Abgleiche ins Leere. Und ein morphologisches Gutachten würde, wie ein DNA-Vergleich, erst Sinn machen, wenn sie ein Vergleichsbild oder DNA eines Tatverdächtigen hatten.

»Hat die Fahrerermittlung bei der Autovermietung etwas ergeben?«, erkundigte sich Adler an zwei Kolleginnen gewandt.

Eine der Angesprochenen studierte ihre Notizen.

»Nur wenig bisher. Vermutlich unter Vorlage eines gefälschten Führerscheins wurde durch einen jungen Mann vergangene Woche ein Audi A3 angemietet. Auffällig hierbei waren die gefahrenen Kilometer. Im Mietzeitraum von zwei Tagen wurden annähernd tausend Kilometer mit dem Wagen zurückgelegt. Wenn ich den Leichenfundort des tschechischen Waffenhändlers zugrunde lege, kommt das ziemlich genau hin. Leider ist die Personenbeschreibung des Anmieters, die die Angestellte der Autovermietung abgegeben hat, mehr als dürftig.«

»Die Kopie des Führerscheins?«, warf Bannert ein.

Die Kollegin schüttelte resignierend den Kopf. »Müssen nach ordnungsgemäßer Rückgabe des Mietwagens vernichtet werden. Datenschutz.«

»Das kann doch alles nicht wahr sein«, stöhnte Bannert. »Dieser verfickte Datenschutz!«

Adler warf ihm einen vorwurfsvollen Blick zu.

»Sorry! Ist doch wahr.«

Die Beamtin ergriff wieder das Wort. »Aber wir haben die Rechnung, die bar beglichen wurde. Die muss aus steuerlichen Gründen zehn Jahre aufbewahrt werden. Joel Brockmann. Auf den Namen ist die Rechnung ausgestellt worden. Die angegebene Adresse ist nicht existent, und ein Joel Brockmann ist im ganzen Landkreis Konstanz nicht gemeldet, das haben wir schon gecheckt.«

Bannert raufte sich die Haare und blies die Luft aus. »Also, wieder eine Sackgasse. Könnte die Angestellte wenigstens ein Phantombild liefern?«

Die andere Beamtin, die bisher geschwiegen hatte, ergriff das Wort. »In dieser Minute befindet sich die Zeugin bei der Zentralen Kriminaltechnik in Singen für eine Phantombilderstellung.«

»Mailt der Singener ZKT das Bild durch, das wir vom Grenzübergang haben«, bat Bannert. »Vielleicht erkennt die Zeugin den Mann ja wieder.«

»Sehr gut«, lobte Adler. »Vielleicht bringt uns das ja voran«, sagte sie leise an Bannert gewandt, obwohl ihr Gesichtsausdruck wenig Hoffnung erkennen ließ.

»Wie weit seid ihr mit den Listen der Logopäden und psychologischen Praxen gekommen?«

Bannert hatte das Kinn in beide Hände gestützt und nickte einem jungen Kollegen auffordernd zu.

»Von einer Praxis fehlen uns noch die angeforderten Patientendaten. Wir haben von allen infrage kommenden männlichen Patienten Personenblätter erstellt und sie rundum abgeklärt. Zwei Teams sind gerade dabei, einigen von ihnen einen Besuch abzustatten und alibimäßig auf den Zahn zu fühlen. Außerdem warten wir noch auf die Rückmeldungen der Rentenversicherungsanstalt.«

»Die Arbeitsplätze?«, erkundigte sich Adler bei Bannert flüsternd.

»Hm«, bestätigte er.

»Was ist mit der Praxis, die noch keine Daten geliefert hat, Nils?«, hakte Bannert nach.

»Doktor Erz befindet sich gerade im Skiurlaub. Er scheint die Polizei nicht sonderlich zu mögen, da er sehr unkooperativ war. Mit etwas Druck hat er mir aber zugesichert, dass er seine Sprechstundenhilfe beauftragen würde, uns die Daten bereitzustellen.« Der Beamte tippte auf seine Smartwatch. »In einer halben Stunde soll ich sie anrufen.«

»Wenn die Listen komplett sind, müssen wir sie zeitnah mit den Daten der psychologischen Kliniken und Jugendeinrichtungen abgleichen, die wir bekommen haben. Kümmerst du dich darum, Nils?«

»Klar!«

»Noch was?«, fragte Adler in die Runde. Niedergeschlagenes Kopfschütteln.

Die Erschöpfung und die Anstrengungen der letzten Wochen standen jedem ins Gesicht geschrieben.

»Ach ja. Bevor ich es vergesse: Was ist eigentlich mit dieser Wisniewski-Sache?«, fragte sie Bannert.

Mit einem Blick in Kieferles Richtung schüttelte er beinahe unmerklich den Kopf.

»Später.«

Irritiert sah Adler ihm nach, als er sich erhob und den Besprechungsraum verließ.

Kapitel 54

Schloss Seeheim, fünftes Gruppentreffen
4. Januar, 17 Uhr 45

An den Schrei, den er, Hagedorn, ausgestoßen hatte, konnte er sich nicht erinnern. Zumindest erklärte das die Halsschmerzen, die er noch Tage danach verspürt hatte.

Während ihrer Erzählung hatte Hagedorn Leons letzte Minuten vor ihrem inneren Auge erneut durchlebt. Hatte in die hellblauen Augen geschaut, den zerschmetterten Körper in den Armen gewogen und sein Leben aushauchen sehen.

Als Ivanka Zerr geendet hatte, war sie auf ihn zugeschritten, war vor ihm in die Hocke gegangen und hatte seine Hände geküsst. Er war doch verdammt noch mal nicht der Papst! Dass er ein guter Mensch sei, hatte sie gesagt.

Verflucht, nein! Das war er nicht. Weder hatte er Karinas Tod noch Laras und den des kleinen Leon verhindern können. Auch sonst war er kein guter Mensch.

Beschämt hatte er ihr seine Hände entzogen und war ohne ein weiteres Wort aus dem Raum gefahren.

Hagedorns Finger zitterten, als er sich die von Romano geschnorrte Zigarette anzündete. Rauchend beobachtete er Romano, wie er auf seinem Smartphone herumtippte.

»Dieses Facebook- und Instagram-Zeugs ist mir immer noch ein Buch mit sieben Siegeln«, sagte Romano, dem Hagedorns forschender Blick nicht entgangen war.

»Nutze ich nicht. Hab mich auch nie damit beschäftigt«, kommentierte Hagedorn und stieß, ein Husten unterdrückend, den Rauch aus.

»Herr Hagedorn«, sprach ihn Cigdem Akay an, die mit Fiona Kurath neben ihn trat. »Fiona und ich würden gern Ihr Angebot annehmen. Wir wollen die Therapie fortsetzen.«

»Schön. Das freut mich«, sagte er zwischen zwei Zügen. »Melden Sie sich bitte nächste Woche in meiner Praxis, damit wir Termine vereinbaren können.«

Nachdenklich sah er ihnen nach, als sie wieder im Gebäudeinneren verschwanden.

»Was ist mit Ihnen?«, fragte er an Romano gewandt.

»Oh nein.« Romano lächelte ihn schief über das Display seines Smartphones an. »Ich brauche keine Therapie. Ganz bestimmt nicht. Außerdem habe ich andere Pläne.«

Hagedorn drückte die Zigarette halbherzig im Aschenbecher aus. »Ach ja?«

»Ja. Ich werde wieder nach Sizilien gehen. Nach Bella Italia. Deutschland hat mir irgendwie nie Glück gebracht. Mein Cousin hat mir in seiner Pizzeria einen Job angeboten. Einfach neu anfangen. Die Vergangenheit hinter mir lassen. Verstehen Sie?«

»Klingt gut«, erwiderte Hagedorn abwesend. *Die Vergangenheit hinter sich lassen.* Der Gedanke hatte etwas Verlockendes. Aber wem machte er etwas vor? Vor dem Schmerz und der Trauer, die er empfand, würde er nie davonlaufen können. Sie würden ihn immer wieder einholen. Egal, wohin er sich verkriechen würde.

»Machen wir weiter?« Romano riss ihn aus seinen Gedanken.

»Ja, lassen Sie uns weitermachen.«

»Wie fühlen Sie sich?«, fragte er in die Runde, als er

wieder seinen Platz im Kreis eingenommen hatte. »Was haben Sie empfunden, als Sie selbst Ihre Erlebnisse des ersten Dezembers geschildert oder den anderen zugehört haben?«

Hagedorn ließ die Frage wirken und blickte dabei reihum in die Gesichter.

»Das mag für euch paradox klingen …«, begann Udo Stürmer leise, »… und ihr hättet jedes Recht, mich dafür zu verurteilen: An jenem Tag hatte ich die Absicht, mein Leben und das meiner Kinder zu beenden. Vielleicht hätte ich es nicht getan. Möglicherweise hätte ich mich noch besonnen. Ich weiß es nicht.«

Stürmer knetete die Hände, dass die Knöchel knackten. »Ich spüre immer noch so viel Wut und Hass in mir. Hass auf den Scheißkerl und was er getan hat. Was er uns allen angetan hat.« Stürmer richtete sich auf und sog die Luft ein. »Wie kann es sein, dass die Polizei den Kerl immer noch nicht geschnappt hat? Hm? Können Sie mir das erklären, Herr Hagedorn?«

»Genau!«, polterte Romano. »Wenn ich nur daran denke, wie schnell die Kripo mich damals eingesperrt hat.« Romano lachte verbittert auf.

»Ach, die Bullen sind doch unfähig«, kommentierte Fiona Kurath abschätzig, die sich einen vernichtenden Seitenblick von Cigdem Akay einfing.

»Ach ja? Und du kannst das beurteilen?«, fuhr sie Fiona an.

Fiona schnaubte trotzig. »Jedenfalls würde ich dem Wichser die Eier abreißen, wenn ich die Gelegenheit dazu bekäme.«

»Was ändert das?«

Alle Köpfe fuhren zu Zerr herum, der seine schrundigen Pranken drehend und wendend untersuchte.

»Mit bloßen Händen könnte ich töten diesen Mann«, fuhr er fort. »Ändert nix. Bringt die Toten nicht zurück.«

»Aber es verschafft Genugtuung«, gab Romano zu bedenken. »Wir haben die Vendetta in Italien seit vielen Jahrh…«

»Führt nur zu neuem Leid und weiterer Vergeltung. Wofür?« Ivanka stand ihrem Mann zur Seite.

»Rachegedanken sind normal«, fuhr Hagedorn dazwischen, bevor sich die Gemüter weiter erhitzen konnten. »Rachefantasien sind in Ordnung und sogar gesund. Wir fühlen uns weniger ohnmächtig, wenn wir uns ausmalen, was wir mit demjenigen anstellen würden, der uns großes Leid zugefügt hat. Kurzzeitig fühlen wir uns besser. Ich sage bewusst kurzzeitig. Weil Rachegedanken auch schnell zu einer Obsession führen können.«

»Rachegefühle hatte ich nie«, meldete sich Timo Glaser unvermittelt zu Wort. »Meine Eltern sind an diesem ersten Dezember gestorben. Obwohl ich nie ein gutes Verhältnis zu meinen Eltern hatte, war ihr Tod ein harter Schlag für mich.«

Hagedorn bedeutete Romano mit einer Geste, still zu sein, als er etwas sagen wollte.

»Fahren Sie fort, Herr Glaser.«

Kapitel 55

Polizeipräsidium
4. Januar, kurz nach 18 Uhr

»Verdammt noch mal! Ich such dich überall.«

Bannert, der wie ein Wahnsinniger in Kickbox-Manier den Sandsack bearbeitete, sah überrascht auf.

Adler sah sich beeindruckt im Krafttraum um. »Sind noch einige Geräte dazugekommen, seit ich das letzte Mal hier war.«

»Gibt es einen Fahndungserfolg? Habt ihr den Täter?«, wollte Bannert wissen.

Adler löste den Pferdeschwanz und schüttelte das Haar auf.

»Nein. Was hast du denn erwartet, Marius?«

»Dass in diesem Scheißfall mal was gut läuft. Ein wenig Glück nur. Ist das zu viel verlangt?«

Bannert trat ein letztes Mal mit voller Wucht gegen den Sandsack.

Adler stoppte das quietschende Pendeln des schweren Ledersacks. »Wir müssen einfach Geduld haben und weitermachen wie bisher.«

»Ich schätze dich sehr für deinen Optimismus, Nadine«, sagte Bannert schwer atmend. Er nahm auf einer Hantelbank Platz und wischte sich mit einem Handtuch den Schweiß aus Gesicht und Nacken. »Haben die Fallanalytiker vom LKA schon etwas Schlaues beitragen können?«

Seit dem späten Vormittag studierten zwei Analytiker der Operativen Fallanalyse die Akten. Ihre Namen waren ihm schon wieder entfallen.

Adler schüttelte den Kopf. »Nicht mehr, als Falk schon geliefert hat.«

»Wie zu erwarten.« Bannert stöhnte resignierend.

Adler griff nach einer Kurzhantel und machte einige Bizepscurls, ehe sie sie in den Ständer zurücklegte.

»Gibt es etwas, was ich über Karsten wissen sollte?«, begann sie behutsam.

Bannert schien nach den richtigen Worten zu suchen. »Vielleicht hat er Scheiße gebaut.«

»Im Fall Wisniewski?«

»Hmhm«, stimmte Bannert brummend zu. »Möglicherweise war es kein Selbstmord.«

»Möglicherweise?« Adler ließ sich auf der ihm gegenüberliegenden Bankpresse nieder. »Kieferle würde doch nie ein Tötungsdelikt übersehen! Nein, das glaube ich nicht«, sagte sie kopfschüttelnd.

»Der Strangulationsverlauf war atypisch, und die Witwe behauptet, dass es keinen plausiblen Grund für einen Suizid gegeben habe. Finanziell hätten sie in stabilen Verhältnissen gelebt, keine nennenswerten Eheprobleme und keine Probleme an der Arbeitsstelle.«

»Obduktion?«, erkundigte sich Adler.

»Der Leichnam ist schon auf dem Weg nach Freiburg zur Rechtsmedizin. Danach wissen wir mehr.«

Adler massierte sich die Nasenwurzel. »Ich kann und ich will nicht glauben, dass Kieferle etwas übersehen hat.«

»Kieferle war die letzten Monate nicht er selbst. Keine Ahnung, was mit ihm nicht stimmt.«

»Du meinst, ich sollte mit ihm reden?«

Bannert legte lächelnd den Kopf schief. »Dein Job, Chefin«.

»Hör auf, mich so zu nennen. Geh duschen, und komm dann in mein Büro«.

Kapitel 56

Schloss Seeheim, fünftes Gruppentreffen
4. Januar, 18 Uhr 10

»›Weicheier und Schluffis werden keine Abteilungsleiter‹, höre ich meinen Vater zu meiner Mutter sagen. Das gilt ganz offensichtlich mir. Mama reagiert darauf wie immer. Zuckt nur teilnahmslos mit den Achseln.

Der Idiot! Was weiß der denn schon? Arbeitet seit Jahren nicht mehr. Hat sich frühberenten lassen. Ich weiß schon gar nicht mehr, wegen was eigentlich.

›Du taugst nicht zum Handwerker. Hast zwei linke Hände. Geh in die Verwaltung‹, hat er mir jahrelang gepredigt.

Also gehe ich in die Verwaltung, mache eine Ausbildung zum Verwaltungsfachangestellten. Was mein alter Herr nicht checkt, dass man ein Verwaltungsstudium braucht, um Ressortleiter zu werden. Bestimmt kann ich irgendwann studieren. Da meine Ausbildung erst seit zwei Jahren abgeschlossen ist, wird das mindestens noch ein, zwei Jahre dauern. Da es müßig ist, ihm das zu erklären, lasse ich es.

Mama schenkt mir Kaffee ein und will wissen, ob wir uns am Nachmittag auf dem Weihnachtsmarkt treffen.

›Kommt drauf an, wie viel heute los ist‹, sag ich.

›Wäre doch schön, wenn wir einen Glühwein zusammen trinken und eine Wurst essen‹, sagt sie.

Sie scheint mir nicht zuzuhören. Angenervt stopfe ich die Plastikbox mit dem Vesperbrot, das sie mir jeden

Morgen richtet, in meinen Rucksack, schlüpfe in meine Jacke und gehe aus dem Haus.

›Melde dich‹, ruft sie mir hinterher.

Wird Zeit, dass ich mir eine eigene Bude suche und ausziehe, denke ich mir, als ich unten an der Straße auf den Bus warte.

›Hey, Mann, hast du Kippen?‹, machen mich zwei türkisch aussehende Teenager an, als ich fünf Minuten später ganz hinten im Bus Platz nehme. Ich schüttle den Kopf und versuche, nicht weiter aufzufallen.

›Hey, du Hurensohn, ich rede mit dir‹, sagt der eine.

Ich sehe ihm direkt in die Augen. Ich rauche nicht mehr. ›Sorry!‹, sag ich und hoffe, dass sie mich in Ruhe lassen, obwohl mir klar ist, dass sie es darauf anlegen. Einer der Jungs steht auf. Die tief übers Gesäß gezogene 200-Euro-Baggy-Jeans sieht aus, als wäre sie vollgeschissen. Breitbeinig kommt er auf mich zu. Die Arme abgewinkelt, als hätte er Rasierklingen in den Achselhöhlen.

›Willst du mich ficken, Moruk?‹, sagt er. ›Hast du mich gebitchblickt?‹

Ich habe nicht den leisesten Schimmer, was er damit meint. Wenn die Situation nicht so krass wäre, würde ich loslachen.

Ich deute stattdessen auf sein Outfit, das zusammengerechnet locker tausend Euro gekostet haben mag. ›Hat's nicht mehr für Kippen gereicht?‹, frag ich und weiß, dass ich damit Gefahr laufe, mir eine Klatsche einzufangen.

Der Typ dreht sich zu seinem Kumpel um und sagt: ›Der kleine Pisser will mich ficken, Hamza.‹

Sein Kopf wendet sich wieder mir zu, er baut sich vor mir auf und ballt die Hände zu Fäusten.

›Alter, wenn du schon keine Kippen hast, gib mir wenigstens deine Kohle‹, verlangt er.

Kurz überlege ich, ob ich auf seine Forderung eingehen soll. Ich habe ohnehin keine Chancen gegen die beiden. Da ich zögere, steht jetzt auch sein Sidekick auf und schlurft in seiner Windel-Jeans und umgedrehter Base-Cap auf mich zu.

›Setzt euch wieder hin, ihr Arschgeigen, oder ihr fliegt raus‹, tönt es aus dem Bordlautsprecher. Der Busfahrer scheint die Szene im Rückspiegel beobachtet zu haben. Die Köpfe der wenigen Mitfahrer drehen sich neugierig nach uns um.

Als der Fahrer die Haltestelle ansteuert, zupft der Kerl namens Hamza seinen Kumpel ungeduldig am Ärmel und deutet mit dem Kinn zur Haltestelle. ›Das nächste Mal ficken wir dich, Alter‹, droht er.

Erleichtert beobachte ich, wie sie den Bus verlassen, als er ruckelnd zum Stehen kommt und sich die Falttür zischend öffnet.

Was stimmt mit diesen jugendlichen Arschlöchern heute nicht mehr, denke ich, als sich die Tür wieder schließt und der Typ mit Pistolenfinger auf mich deutet, während der Bus schon wieder losfährt. Ich bin vielleicht sechs, sieben Jahre älter als die beiden, aber so war ich nie. Wir haben damals auch nicht so geredet. Was soll dieses *Ich fick dich, Alter*-Gequatsche? Und was heißt *gebitchblickt?* Wisst ihr das?

Ihr seht, mein Morgen hat schon richtig gut angefangen. Wie deiner, Fiona.

Ich komme im Büro an, meine Laune ist auf dem Tiefpunkt und sackt auf unter null, als ich die Akten sehe, die sich auf meinem Schreibtisch auftürmen.

Ich hatte gehofft, dass ich nach der Ausbildung in der Finanzverwaltung oder dem Gewerbeamt lande. Nein, in die Ausländerbehörde hat man mich verfrachtet. Gerade dorthin, wo der Personalengpass am größten ist.

Klar, da will keiner hin. Nicht mehr. Aberhunderte Anträge im Monat auf Aufenthaltsverlängerung, Aufenthaltstitel, Anträge auf Familiennachzug und, und, und. Zu siebt ist das kaum mehr zu bewältigen.

Frustriert wühle ich mich Stunde um Stunde durch die Akten. Eigentlich sollte man meinen, dass der Tag schneller vorbeigeht, wenn man konzentriert arbeitet. Bullshit! Das Gegenteil ist der Fall. Bis zur Mittagspause habe ich nicht mal die Hälfte der Akten durch. Anträge, die falsch oder lückenhaft ausgefüllt wurden, fehlende Bescheinigungen und Dokumente machen es notwendig, die Antragsteller erneut einzubestellen. Ich könnte im Strahl kotzen. Mein Chef macht es mir nicht leichter. Ständig schneit er rein, knallt mir neue Akten auf den Tisch und drängt mich, schneller zu arbeiten. Der Sklaventreiber.

Nach der Mittagspause, in der ich nur kurz mein Vesperbrot hinabgewürgt und einen Kaffee hinunterstürzt habe, ruft meine Mutter zum gefühlt zehnten Mal an. Sie lässt keine Ruhe, bis sie mir das Versprechen abringt, mich nach der Arbeit mit ihnen auf dem Weihnachtsmarkt zu treffen.

Aber eigentlich will ich euch ja was ganz anderes erzählen …«

Kapitel 57

Polizeipräsidium, Adlers Büro
4. Januar, 18 Uhr 40

»Wann wirst du mit Karsten sprechen?«, fragte Bannert und nahm auf einem der Stühle in Adlers Besprechungsecke Platz. Seine Haare waren noch feucht, und er verströmte den angenehm zitronig-minzigen Duft eines Deodorants.

»Weiß ich noch nicht«, antwortete sie ausweichend, als sie sich zu ihm setzte. »Heute jedenfalls nicht mehr. Außerdem will ich erst das Ergebnis der Obduktion abwarten. Kann ja sein, dass er recht hatte und es gar keine Hinweise auf ein wie auch immer geartetes Tötungsdelikt gibt.«

Bannert stimmte ihr nickend zu. »Weswegen wolltest du mich sehen?«

»Deswegen.«

Bannert überflog das Blatt, das sie ihm zuschob.

»Ja, leck mich doch!« Er stöhnte leise und rieb sich das Kinn. »Und die Zeugin von der Autovermietung hat den Mann zweifelsfrei wiedererkannt?«

»Sie sagte, dass sie sich zu hundert Prozent sicher sei. Das Phantombild des Fahrzeugmieters und Karstens Screenshot von der Videoüberwachung des Grenzübergangs – ein und dieselbe Person. Nur einen Namen kann sie uns nicht liefern.«

»Das ist …« Bannert suchte nach dem passenden Wort. »… großartig.«

Adler sah ihm lächelnd hinterher, als er sich den Ausdruck schnappte und aus ihrem Büro eilte.

»Nils, wie weit bist du mit dem Abgleich der Patientenlisten von den Logopäden und den Psycho-Docs?«

Der junge Kollege blickte überrascht von seinem Monitor auf, als Bannert schwer atmend in sein Büro stürmte.

Nils sah sich suchend im Papierchaos auf seinem Schreibtisch um und kramte Ausdrucke mehrerer Excel-Tabellen hervor, die mit Namen und Daten gespickt waren.

Bannert trat um den Schreibtisch herum.

»Sind die aktuell?«, erkundigte er sich.

Nils sah ihn verständnislos an. »Wie meinst du das?«

»Ist die Liste um den Namen, den dir die Sprechstundenhilfe von diesem Doktor Enz liefern wollte, ergänzt worden?«

»Erz«, korrigierte Nils. »Ja, ich habe die Liste schon aktualisiert.«

»Gut!«, murmelte Bannert und begann die Listen mit zusammengekniffenen Augen zu vergleichen. Er bemerkte selbst, dass er die Seiten beim Lesen weiter weghielt als gewöhnlich. Auf Dauer würde er um eine Lesebrille nicht umhinkommen.

»Da!«, stieß er aus und tippte mit dem Zeigefinger auf eine Spalte, als wollte er ein SOS morsen. »Der da. Der Name taucht auch in der Liste des Logopäden auf. Verdammt, und hier in der Liste der Schweizer Psycho-Klinik auch. Hast du schon Bilder von den Patienten?«

»Nein«, antwortete Nils vorsichtig. »Ich bin noch nicht dazu gekommen.«

»Schon gut, Nils. Wir sind alle ziemlich am Anschlag. Mach mal MELDIT auf.«

MELDIT war der elektronische Auskunftsservice, der

schnelle und zuverlässige Auskünfte aus dem bundesweiten Melderegister ermöglichte.

Der junge Beamte öffnete den Internetbrowser und tippte seine Zugangsdaten in die Anmeldemaske ein. Um nachvollziehbar zu machen, wer, wann und warum eine Abfrage startete, verlangte der Auskunftsservice zwingend den Namen des Auskunftsersuchenden, ein Aktenzeichen und den Grund der Abfrage.

Bannert hämmerte, wenn er das Programm benutzte, aus purer Faulheit jedes Mal nur eine wilde Zahlenfolge ins Aktenzeichen-Feld. Nils jedoch übertrug akkurat das für ihr Verfahren zugeordnete Aktenzeichen in die Spalte und stellte Bannerts Geduld damit auf eine Zerreißprobe.

»Markier noch das Feld für die Lichtbildabfrage.«

»Ich weiß doch«, sagte Nils genervt, als er Name und Geburtsdatum der Person in die erforderlichen Felder eintrug und die Entertaste drückte.

Es dauerte einige Sekunden, während die Suche lief. Gespannt hielt Bannert den Atem an. Seit 2017 waren Passbilder im Meldit-System hinterlegt, sofern jemand bei seiner Heimatgemeinde einen neuen Personal- oder Reisepass beantragte.

»Jackpot!«, entfuhr es ihm, als die Daten und das Passbild auf dem Monitor erschienen.

»Verdammt!«, presste Nils hervor.

»Ist das der Scheißkerl?«

»Ja, das ist unser Scheißkerl. Wenn wir jetzt noch an eine DNA-Vergleichsprobe von ihm kämen, könnten wir den Sack zumachen.«

Bannert legte den Kopf in den Nacken und blies die Luft aus. »Endlich«, stöhnte er dankbar.

»Schick mir das auf meine E-Mail …«, verlangte er auf den Monitor deutend, »… jag sein Profil durch alle

Systeme, POLAS, INPOL, ZEVIS et cetera. Druck alles aus, und komm damit in zwanzig Minuten in den großen Besprechungsraum.«

Kapitel 58

Schloss Seeheim, fünftes Gruppentreffen
4. Januar, 18 Uhr 45

»›Weicheier und Schluffis werden keine Abteilungsleiter.‹ Was soll das überhaupt heißen?

Mein alter Herr war so antiquiert in seinem Denken. Das könnt ihr euch nicht vorstellen. Für ihn gab es keine Schattierungen. Keine Nuancen. Nur Schwarz und Weiß. In seiner Beschränktheit packte er alle Menschen in Schubladen. Und wenn er dich in eine solche gesteckt hatte, war das für alle Zeiten so. Ich hab's am eigenen Leib erfahren, das könnt ihr mir glauben. Einmal Looser, immer Looser. Härte und Strenge hat er, wenn überhaupt, nur zu Hause an den Tag gelegt.

Ich hab's bis heute nicht geschnallt, warum meine Mutter ihn nicht schon vor Jahren verließ. Hat ihm immer nur nach dem Maul geredet, sich nie getraut, ihm zu widersprechen oder ansatzweise für mich Partei zu ergreifen. Zumindest kann ich mich nicht erinnern, dass sie das je getan hätte.

Sorry, dass ich lache. Mir fallen gerade die beiden Wichser aus dem Bus wieder ein. Ich musste googeln, was der eine mit ›gebitchblickt‹ meinte. Damit ist wohl irgendwie gemeint, wenn man jemanden wütend, verärgert, genervt oder verächtlich anschaut. Nennt sich *Resting Bitch Face* oder so ähnlich. Das Arschloch hat nur einen Vorwand gesucht, mir eine reinzuhauen. Aus meiner Jugendzeit kenne ich noch den Spruch: ›Hey, was guckst du?‹ Kennt ihr den auch?«

»Mamma mia, komm mal auf den Punkt!« Romano rollte genervt mit den Augen.

»Halt die Fresse, Franco! Und lass mich erzählen.«

Hagedorn, den Glasers plötzliche Feindseligkeit überraschte, verstand ebenso wenig, wohin dessen Ausführungen führen sollten. Dennoch gebot er dem Italiener mit einer Geste, den jungen Mann weiterreden zu lassen.

Romano entspannte seine zu Fäusten geballten Hände. »Noch so ein Spruch, und ich reiß dir den Kopf ab«, zischte er warnend hinter zusammengepressten Zähnen hervor.

Hagedorns Blick glitt durch die Runde. Viktor Zerr schlief mit verschränkten Armen, das Kinn auf die Brust gesunken, seinen Rausch aus, während seine Frau Ivanka teilnahmslos an einem Zipfel ihres Taschentuchs knibbelte.

Fiona Kurath wischte hinter vorgehaltener Hand auf dem Display ihres Smartphones, das sie im Schoß liegen hatte.

Lediglich Cigdem Akay betrachtete den jungen Mann argwöhnisch. Als ihre Blicke sich trafen, verzog sie den Mund und zuckte ratlos mit der Schulter. Offenbar vermochte sie Glasers Aggressivität genauso wenig einzuordnen wie er.

»Ich hätte mir so sehr gewünscht, dass sie sich für mich einsetzt, mich beschützt. So wie Mütter das normalerweise tun. Kennt ihr das Gefühl? Du müsstest das doch am ehesten nachvollziehen können, Fiona? Dein Vater, der überhaupt kein Verständnis für dich hat, dein Sportstudium lächerlich macht und dich für das verachtet, was du bist und was du tust.«

Hagedorn wand sich unbehaglich in seinem Rollstuhl, als er sich räusperte. »Lassen sie uns dreißig Minuten Pause machen«, schlug er vor, da ihm die Richtung, in die Glasers Monolog ging, mehr und mehr missfiel. Das war weder der richtige Ort noch die richtige Zeit, sich als Missbrauchsopfer zu outen. Er würde sich Glaser, wenn sich die anderen mit Getränken eindeckten oder rauchen gingen, zur Seite nehmen.

In den Gesichtern der Gruppenteilnehmer zeichnete sich Erleichterung wegen der angekündigten Unterbrechung ab. Auch wenn Romano es anders ausgedrückt hatte, reagierte er wie die Restlichen in der Runde.

Obwohl Glaser bisher nur Andeutungen gemacht hatte, bestand für Hagedorn nicht der geringste Zweifel, dass dem jungen Mann Dinge widerfahren waren, die ein Kind niemals erleben sollte. Glasers übersteigerte Aggressivität, sein antisoziales, unkontrolliertes Verhalten, sein vermindertes Selbstwertgefühl, aus dem er Wut, Scham und Schuld herauszulesen glaubte, waren Indizien dafür.

Romano klaubte eine Zigarette aus der Schachtel, griff nach seinem Anorak und erhob sich mit knackenden Kniegelenken.

»Hinsetzen!«, befahl Glaser scharf. »Ich bin noch nicht fertig, und ihr werdet mir zuhören!«

»Stronzo! Du kleiner …« Der Italiener trat Glaser mit rausgestreckter Brust entgegen. »Ich hatte dich gewarnt. Was glaubst du …?«

Ein peitschender Knall zerriss die Luft, ehe Romano seinen Satz beenden konnte.

Kapitel 59

Polizeipräsidium, Soko-Raum
4. Januar, 19 Uhr 5

Bevor sich Bannert in den großen Besprechungsraum begab, in dem die Soko Vito seit dem Anschlag logierte, erledigte er einige Anrufe.

Gideon Fechter, der Leitende Oberstaatsanwalt, war der Erste, den er anrief, um ihn von ihrem Tatverdächtigen zu unterrichten und ihn zu bitten, einen Haftbefehl gegen ihn zu erwirken.

In einem zweiten Anruf drängte er den Verbindungsbeamten des BKA, die Ermittlungsergebnisse aus Tschechien schnellstmöglich übersandt zu bekommen. Fechter hatte ihm zugesichert, umgehend ein Rechtshilfeersuchen an die General-Staatsanwaltschaft in Prag zu stellen.

Bannert entschuldigte sich knapp für sein Zuspätkommen, nahm seinen Platz in der Runde der 25-köpfigen Ermittlergruppe ein und klickte mit der Maus durch seine Dateien und Aufzeichnungen, auf die er von jedem Polizeirechner aus Zugriff hatte. Adler wirkte müde und erhob keine Einwände, ihm die Moderation der Besprechung zu überlassen.

»Das, liebe Kolleginnen und Kollegen, ist mit an Sicherheit grenzender Wahrscheinlichkeit unser Amokfahrer vom ersten Dezember«, begann er und deutete hinter sich auf die Leinwand, auf der das Gesicht eines unscheinbar wirkenden jungen Mannes aufflammte.

»Timo Feller. Achtet auf das Geburtsdatum.«

Vereinzeltes Raunen, als Bannert das Datum 1.12. 2000 einblendete.

»Dank eurer hervorragenden Ermittlungsarbeit können wir mit Sicherheit sagen, dass Feller wegen einer Lautbildungsstörung logopädisch behandelt wurde, als Jugendlicher in stationärer psychischer Behandlung und der Anmieter des Fahrzeugs war, das in der vermuteten Tatnacht an einem Grenzposten aufgefallen ist, als der tschechische Waffenhändler ermordet wurde. Nils, reicht euch die wesentlichen Informationen zu Feller durch.«

Bannert wendete sich Adler zu. »Wir warten noch auf das biometrische Vergleichsgutachten vom LKA. Aber eine erste Einschätzung lässt wenig Zweifel offen, dass es sich um ein und dieselbe Person handelt. Fechter«, fuhr er an die Soko gewandt fort, »scheint noch nicht überzeugt zu sein und drängt auf einen zügigen DNA-Abgleich. Dennoch konnte ich ihn davon überzeugen, einen Haftbefehl und eine Durchsuchungsanordnung für Feller und dessen Wohnung zu beantragen.«

»Wie sieht die weitere Planung aus?«, erkundigte sich Nadine.

»Die Fahndung habe ich bereits mobilisiert, mit dem Auftrag, Fellers Wohnhaus zu observieren. Das SEK wird in etwa einer Stunde hier eintreffen. Sobald uns Fechter oder der Untersuchungsrichter die Beschlüsse durchfaxt, greifen wir zu.«

Bannert sog die Luft ein und ließ den Blick über die Gesichter der anwesenden Beamtinnen und Beamten schweifen.

»Mir ist bewusst, dass ich euch in den letzten Wochen viel abverlangt habe. Für euren Einsatz bedanke ich mich sehr herzlich und entschuldige mich für mein zeitweises unausstehliches Verhalten. Wenn ich jemandem zu nahe getreten sein sollte, tut es mir aufrichtig leid. Auch wenn die Aufklärung der schrecklichen Amokfahrt nun greifbar nahe scheint, kann ich in dieser Phase auf keinen von euch verzichten.«

Bannert ließ das Gesagte wirken, ehe er fortfuhr.

»Ich … wir …« Er deutete auf Nadine. »… müssen für heute Nacht mehrere Teams einteilen. Das wird eine lange Nacht. Ihr wisst das, und ich weiß das. Für die Durchsuchung des Hauses möchte ich drei Teams à drei Mann, zuzüglich je ein Team der Kriminaltechnik und IT-Forensik.

Ich gehe nicht davon aus, dass wir bei ihm zu Hause viele tatrelevante, physische Spuren zu erwarten haben. Deshalb bitte ich dich, Karsten, deine Suche auf daktyloskopische und humangenetische Spuren zu konzentrieren. Eine DNA-Auswertung dauert zu lange. Wenn du Fingerprints von ihm findest, starte eine Fast-ID. So bekommen wir relativ schnell die Bestätigung, ob sie mit den Spuren aus dem Vito übereinstimmen.

An dieser Stelle weise ich darauf hin, dass ihr vor Betreten des Objekts alle eure Mobilfunkgeräte ausschaltet. Am besten schon, bevor ihr die Anschrift erreicht. Ich will unbedingt vermeiden, dass digitale Spuren im Ringspeicher des Routers durch eure Mobilgeräte überspielt werden, falls sie sich automatisch mit dem WLAN-Router verbinden sollten. Den Rest von euch werde ich für Folgemaßnahmen und Anschlussermittlungen benötigen. Vernehmung, ED-Behandlung, Auswertung, Asservierung von Spuren, Untersuchungsanträge et cetera – ihr kennt das.

Wir beschränken uns, das betone ich explizit, nur auf die unaufschiebbaren Maßnahmen. Was nicht dringlich ist und warten kann, wartet.«

»Was, wenn wir Fellers nicht habhaft werden?«, kam die Frage von einem älteren Kollegen aus der Gruppe.

»Guter Einwand. Danke, Martin. Fechters Anträge umfassen auch die Ortung seines Handys. Sollten wir ihn zu Hause nicht antreffen, pingen wir sein Handy und ermitteln so seinen Standort. Gerade im Hinblick darauf, dass Feller einen weiteren Anschlag geplant haben könnte, vielleicht nicht die beste Taktik. Aber einen Tod müssen wir sterben.«

Adler sah fragend zu Bannert auf.

»Hab ich etwas vergessen?«, fragte er, verunsichert, ob sie ihn für seine Wortwahl rügen würde, woraufhin sie lächelnd verneinte.

»Nur eine Frage. Würdest du den SEK-Einsatz leiten?«

»Darf ich nicht«, konterte er grinsend. »Eine unserer neueren und unzähligen Dienstanweisungen besagt, dass nur ein Beamter oder eine Beamtin des Höheren Dienstes den SEK-Einsatz leiten kann.«

Adler knuffte ihn für seine ironische Rechtsauslegung freundschaftlich in die Seite.

»Von euch noch irgendwelche Anregungen? Keine? Dann treffen wir uns hier wieder für eine Einsatzbesprechung, sobald das SEK eingetroffen ist.«

Kapitel 60

Schloss Seeheim, fünftes Gruppentreffen
4. Januar, 19 Uhr 10

»Hinsetzen! Alle!«, brüllte Glaser und fuchtelte wild mit der Pistole in der Hand herum. »Los! Du auch, Bitch!« Die Mündung der Waffe stach in Cigdems Richtung.

Romano hielt stöhnend die Hand über seine linke Brust gepresst, unter der Blut hervorquoll.

Nur langsam gelang es Hagedorn, seine Schockstarre zu überwinden. Ungeachtet Glasers wilder Entschlossenheit, stieß er mit dem Rollstuhl vorwärts und half Romano, sich aufzurappeln und seinen Platz wieder einzunehmen. Während Viktor Zerr, durch den Schuss geweckt, immer noch nicht zu begreifen schien, was eben geschehen war, schluchzten Fiona Kurath und Ivanka Zerr verängstigt.

Cigdem Akay sank paralysiert auf ihren Stuhl zurück, ohne Glaser dabei aus den Augen zu lassen, die Lippen so fest aufeinandergepresst, dass daraus jegliches Blut gewichen war, während sich Stressflecken auf ihren Wangen abzuzeichnen begannen.

Hagedorn hatte es auch gehört. *»Du auch, Bitch.«* In stressigen Situationen wie dieser, in der sich Glaser zweifellos befand, schlug sein Schetismus durch. Das tch im Wort Bitch hatte nicht wie ein ausgesprochenes tsch geklungen, eher wie ein Schmatzen.

Die Erkenntnis, wer oder was Glaser war, durchfuhr ihn und die junge Polizistin gleichermaßen im selben

Augenblick. Das Gefühl war vergleichbar, als hätte er sich heftig den Musikantenknochen gestoßen. Nur dass der Stoß den ganzen Körper erfasste.

»Lassen Sie ihn«, verlangte Glaser, als Hagedorn Romanos Wunde zu begutachten begann.

»Das muss versorgt werden«, antwortete Hagedorn ruhig, während er unbeirrt mit der Untersuchung fortfuhr.

Aus einem verborgenen Fach seines Rollstuhls kramte er ein Päckchen Taschentücher, riss die Folie darum ab und presste Romano das gesamte Bündel auf die Wunde.

»Festhalten, und drücken«, forderte er den Italiener auf, der ihm dankbar zunickte.

Das Projektil war zwei Finger breit unterhalb des Schlüsselbeins ein- und oberhalb des linken Schulterblattes ausgetreten. Sicherlich schmerzhaft, aber nicht unmittelbar tödlich. Trotzdem würde es bald antiseptisch behandelt werden müssen. Mit dem Geschoss traten nicht selten Waffenöl, Pulverrückstände und Fasern von Textilien in den Wundkanal ein und entzündeten ihn.

Romano hatte offenbar mehr Glück als Verstand, als er Glaser angriff und sich die Kugel einfing.

Wo verdammt hat er die Waffe her?, ging es Hagedorn durch den Kopf. Er musste sie unter dem Pullover im Hosenbund getragen haben.

Glaser wandte die großkalibrige Halbautomatik von sich ab und schwenkte damit durch die Runde, zielte abwechselnd einige Sekunden auf Invanka, Victor, Fiona und Cigdem.

»Bleibt, wo ihr seid. Ich warne euch! Es macht mir nichts aus, jedem von euch eine Kugel in den Schädel zu ballern.«

Unsicher, ob es nun ein gutes oder ein schlechtes

Omen war, dass Glaser die Kontrolle über seine Sprachstörung zurückgewann, drehte Hagedorn langsam den Rollstuhl um die eigene Achse.

»Was wollen Sie, Tim?«, fragte Hagedorn ruhig.

»Ich will, dass Sie mir zuhören.« Glaser deutete mit der Pistole auf die Lücke im Stuhlkreis.

Widerwillig steuerte Hagedorn den freien Platz an und manövrierte den Rollstuhl geschickt zwischen die Stühle.

»Gut«, lobte Glaser emotionslos. Er trat vorsichtig einen Schritt zurück und bückte sich nach einem Rucksack, der unter seinem Stuhl lag. »Und jetzt …« Der Lauf deutete auf Zerrs Brust. »… fesseln sie alle.« Er griff in den Rucksack und förderte eine Handvoll stabil aussehender Kabelbinder daraus hervor, die er dem stämmigen Russen zuwarf.

»Und wenn ich das nicht tue?«, knurrte der Mann mit schwerem Akzent.

Ein weiteres Projektil aus der Pistole pfiff nur wenige Zentimeter am Kopf des Russen vorbei und schlug in einer Fontäne aus Stuck und Mauerwerk in der Wand hinter ihm ein.

Hagedorns Ohren klingelten schmerzhaft, als der Schuss im Saal widerhallte.

Viktor Zerr, der mit keiner Wimper gezuckt hatte, hob ergeben die Hände und begann, begleitet von russischen Flüchen, gebückt die Kabelbinder zu seinen Füßen einzusammeln.

»Mit ihm fängst du an«, verlangte Glaser und wedelte mit der Pistole in Hagedorns Richtung.

»Wäre es nicht besser aufzugeben, Tim?«, versuchte es Hagedorn erneut.

»Aufgeben? Warum?« Glaser lachte auf.

Hagedorn wusste darauf nichts zu erwidern. Glaser

war nicht der klassische Killer. Er verfolgte, wie viele Amoktäter vor ihm, ein Ziel, einen Plan, den er bis zu seinem bitteren Ende durchziehen würde und der in den allermeisten Fällen mit einer Selbsttötung oder einem Suicide by Cops endete. Darauf würde es auch bei Glaser hinauslaufen. Nur dessen Motivation erschloss sich Hagedorn noch nicht.

Als der Russe mit bebenden Händen begann, seine Hände an den Armlehnen des Rollstuhls zu fixieren, ergriff ein eisiges Gefühl von Hagedorn Besitz. Es geschah nicht zum ersten Mal, dass ihn jemand an den Rollstuhl fesselte. Hilflos hatte er seinerzeit mit ansehen müssen, wie ein wahnsinniger Killer seine Tochter skalpiert und damit gedroht hatte, sie auszuweiden.

Mitleid spiegelte sich in Zerrs Gesicht, als er Hagedorns wulstiger Narben an den Handgelenken gewahr wurde.

Ehe sich die Plastikfessel ratschend um seine Handwurzel schloss, verdrehte Hagedorn Elle und Speiche, in der Hoffnung, dadurch etwas mehr Raum zwischen Unterarm und Armlehne zu schaffen. Zumindest so viel, dass der Blutfluss gewährleistet bliebe.

»Du durchgeknallte, elende Drecksau!«, spuckte Fiona Kurath Glaser hasserfüllt entgegen.

»Sie als Nächste«, sagte Glaser ruhig an Zerr gewandt, den er keine Sekunde aus den Augen ließ.

Die zweite Fessel schloss sich zirpend um Hagedorns Handgelenk.

Schwer atmend und mit hervortretenden Halsschlagadern straffte sich Zerrs Körper gleich einem wutschnaubenden Stier, bevor er den Torero angriff.

Als sich ihre Blicke trafen, schüttelte Hagedorn unmerklich den Kopf. Er hatte beileibe keinen besseren Plan, aber wenn Zerr jetzt die Nerven verlor, würde das tödlich für ihn enden. Glaser hatte bewiesen, dass er zu töten imstande war. Sieben Leben mehr oder weniger fielen dabei nicht ins Gewicht.

Und genau das war der springende Punkt. Was wollte Glaser? Welchen Sinn ergab es, sie alle als Geiseln zu nehmen, wenn er nicht ohnehin beabsichtigte, sie alle zu töten? Es war nicht davon auszugehen, dass Glaser sich in Tschechien mit Sprengstoff eingedeckt hatte, um sie hier alle im Schloss Seeheim damit in die Luft zu jagen.

Nein, Glaser plante größer, bedeutender. Hagedorn blickte nachdenklich in die Runde. Das hier galt nur der Abrundung. Die Ermordung weiterer Augenzeugen und Überlebender seiner Amokfahrt – quasi als Sahnehäubchen.

Der Deutsch-Russe deutete mit einem Kopfnicken an, dass er verstanden hatte. Mit schweren Schritten näherte er sich Fiona Kurath. Als hätte Glaser ihren stummen Dialog belauscht, trat er vorsichtig einen Schritt zurück, während er die Waffe auf Zerrs Kopf gerichtet hielt.

»Komm ja nicht auf dumme Ideen«, warnte Glaser.

Die Arme bockig vor der Brust verschränkt, durchbohrten Fionas Blicke Viktor Zerr. Erst als Glaser die Waffenmündung unsanft gegen ihre Schläfe presste, öffnete sie die Arme.

Fünfmal wiederholte sich das zirpende Geräusch der Kabelbinder, als sie sich um Fionas, Cigdems, Stürmers, Romanos und Ivankas Handgelenke schlossen. Niemand leistete Widerstand. Obwohl alle zu ahnen schienen, wie das hier ausgehen würde. Glaser hatte nur gleichgültig den Kopf geschüttelt, als Romano darum bat, zumindest die rechte Hand frei zu lassen, mit der er immer noch versuchte, die Blutung zu stillen.

Zerrs Kehle entfuhr das Knurren eines wütenden

Wolfs, als Glaser ihn auf seinen Platz dirigierte und ihm die Hände an die Armlehne des Stuhls band.

Nachdem Glaser den Sitz der Plastikbänder überprüft, im ein oder anderen Fall noch strammer angezogen hatte, ließ er die Pistole in seinen Hosenbund gleiten.

»Nun«, sagte er, »hätte ich gern eure Handys.«

Kapitel 61

Polizeipräsidium
4. Januar, 19 Uhr 20

»Warum machst du so ein griesgrämiges Gesicht?«, fragte Nadine Adler, als sie Bannerts Büro betrat. »Du solltest dich über den Erfolg freuen.«

»Hm«, brummte er abwesend, als sie auf einem der Stühle Platz nahm. »Ich freue mich erst, wenn wir den Dreckskerl festgenommen und eingesperrt haben.«

»Was ist los?« Adler musterte ihn sorgenvoll. Bannert sah nicht gut aus. Er hatte massiv an Gewicht verloren. Sein Teint war bleich, was seine Augenringe zusätzlich unterstrich.

»Schau mich nicht so an. Ich weiß selbst, dass ich wie ein magersüchtiger Pandabär aussehe.«

Adler verzog den Mund. »Das ist nicht witzig, Marius. Sobald Feller in Haft sitzt, nimmst du dir ein paar Tage Urlaub. Das ist keine Bitte«, fügte sie rasch hinzu, als Bannert zu widersprechen beabsichtigte.

»Ich kann Falk nicht erreichen. Er reagiert auch nicht auf die Nachricht, die ich ihm zusammen mit einem Bild von Feller geschickt habe.«

Adler hob überrascht die Augenbrauen. »Ungewöhnlich.«

Bannert griff zum Telefon und tippte die Nummer der Wache ein. »Marius hier. Würdest du mir einen Gefallen tun und eine Streife zu Hagedorns Haus schicken?

Falls ihr ihn antrefft, soll er sich dringend bei mir melden. Danke dir.«

Einige Sekunden sahen sie sich schweigend an.

»Okay.«

»Was ist okay?«, stutzte Adler.

»Sobald Feller inhaftiert ist, werde ich deinen Rat beherzigen und zwei Wochen Urlaub nehmen.«

»Das war kein Rat, Marius.« Sie lächelte sanft. »Unterschätz mich nicht. Sollte ich dich, vorausgesetzt, wir können ihn heute Nacht noch festnehmen, vor Ablauf dieser zwei Wochen auf der Dienststelle antreffen, lasse ich dich dem Polizeiarzt vorführen.«

Bannert sah sie mit geneigtem Kopf an. »Ich sehe, du scherzt nicht.«

»Oh nein. Gewiss nicht. Ich mein's todernst.«

»Dann bleibt mir wohl keine Wahl, was?«

Adler hieb sich auf die Schenkel. »Wir müssen zur Einsatzbesprechung. Der Kommandoführer des SEK ist im Besprechungsraum.«

»Was? Schon? Ich hatte nicht vor zwanzig Uhr mit dem Eintreffen des SEK gerechnet.«

»Er und zwei Sprengstoffexperten sind mit dem Hubschrauber vorausgeflogen. Die Einsatzgruppe braucht noch dreißig Minuten. Je nach Verkehrslage.«

Der schlanke, durchtrainierte Mann steckte in einem olivfarbenen Overall, auf dessen Brust das schwingenbewehrte Abzeichen des SEK prangte. Freundlich hielt er Bannert die Hand entgegen.

»Kippling. Mirko Kippling«, stellte sich der Kommandoführer vor. »Einfach nur Mirko.«

Überrascht, einen so jungen Kommandoführer vor sich zu haben, schüttelte Bannert Kipplings Hand.

»Freut mich, dass ihr so schnell kommen konntet.« Am Telefon hatte der Mann deutlich älter geklungen.

Ganz offenbar war seine Vorstellung eines silbrig ergrauten Colonel Trautman, der über jahrzehntelange Kampf- und Einsatzerfahrung verfügte, überholt.

»Wir sind seit achtzehn Stunden im Dauereinsatz. Aber als du mich anriefst und sagtest, dass ihr den Amokfahrer von Konstanz identifiziert habt, wollten es sich meine Männer und ich nicht nehmen lassen, den Zugriff durchzuführen.«

»Bist du oder einer deiner Leute persönlich davon betroffen?«, erkundigte sich Bannert lauernd.

»Nein. Zumindest nicht direkt«, versicherte Kippling.

Bannert atmete erleichtert aus. Das Letzte, was er brauchen konnte, war ein übermotivierter Einsatzbeamter, der seine Kompetenzen überschritt.

»Wollen wir auf deine Leute warten, oder fangen wir an?«

»Lass uns loslegen«, schlug Kippling vor. »Ich instruiere meine Männer später.«

Kapitel 62

Schloss Seeheim
19 Uhr 35

»Sie haben zwei Anrufe in Abwesenheit, Hagedorn«, stellte Glaser süffisant fest, als er dessen Handy aus seiner Brusttasche zog und an sich nahm. Hagedorn war es natürlich nicht entgangen, dass sein Telefon lautlos über mehrere Minuten nervös an seiner Brust vibriert hatte.

»Zwei Nachrichten sind auch eingegangen«. Glaser wischte mit dem abgespreizten Abzugsfinger auf Hagedorns Handy herum.

»Wären Sie so freundlich?«, sagte Glaser und hielt Hagedorn das Gerät vors Gesicht.

Er kniff die Augen zusammen und wandte den Kopf ab.

»Biitteee«, nörgelte Glaser gedehnt und bohrte den Lauf der Waffe schmerzhaft in Hagedorns Wange. Hagedorn musste sich geschlagen gegeben und wandte das Gesicht dem Kameraobjektiv zu. Augenblicklich wurde die Face-ID aktiviert, und der Bildschirm entsperrte sich.

Glaser entzog ihm das Gerät. Zu schnell, als dass Hagedorn hätte erkennen können, wer ihn angerufen oder Nachrichten geschickt hatte.

Glasers Miene verfinstere sich beim Lesen der Nachrichten. Hagedorn glaubte für den Bruchteil einer Sekunde, Panik über sein Gesicht huschen zu sehen.

Mit demonstrativer Gelassenheit, die Hagedorn nicht einzuschätzen vermochte, öffnete er einen der Fensterflügel und schleuderte das Smartphone mit einer geschmeidigen Bewegung aus dem Handgelenk in den Fischteich darunter, wo es mit einem Flupp zu den anderen Geräten auf den schlickigen Grund sank. Dann zog er den Stuhl, auf dem er die letzten Wochen gesessen hatte, in die Mitte des Stuhlkreises, positionierte ihn exakt unter dem Kronleuchter und bestieg ihn. Verwundert beobachteten ihn die Geiseln, die sie nunmehr waren, wie er sich daran zu schaffen machte, fand, wonach er tastend gesucht hatte, herunterstieg und sich seufzend auf dem Stuhl niederließ.

»Sie schulden mir noch Ihre Geschichte, Herr Hagedorn.«

»Ich wüsste nicht, dass ich Ihnen etwas schulde, Glaser«, spie Hagedorn ihm entgegen.

»Die Geschichte vom Tod Ihrer Tochter war ja ganz nett.« Glaser kratzte sich mit dem Pistolenlauf an der Stirn. »Wie sie den Tod des kleinen Leon erlebt haben, sind Sie uns bisher schuldig geblieben. Nicht wahr? Schließlich haben wir alle vom Tag der Amokfahrt berichtet. Oder seht ihr das anders?« Glaser fuhr auf dem Stuhl herum und blickte in die verängstigten Gesichter seiner Geiseln.

»Ihre Geschichte haben Sie uns bisher auch nicht erzählt«, wandte Hagedorn ein. Er musste Zeit gewinnen.

Obwohl er keine Ahnung hatte, wer ihn anzurufen versuchte und der Absender der Nachrichten war, hoffte er inständig, dass es Nadine oder Marius gewesen sein mochten. Glasers Minenspiel war kaum zu entnehmen gewesen, was die Nachrichten enthielten.

Bannert war eigentlich kein Freund von getippten Nachrichten. Selten bis nie bekam er von ihm eine WhatsApp-Nachricht. Allerhöchstens eine Sprachnachricht. Er konnte nur spekulieren. Falls – und das war ein gigantisches *falls* – die Nachrichten tatsächlich von Marius kamen, enthielten sie mit Sicherheit Informationen zur Amokfahrt.

War es möglich, dass sie dem Täter auf die Spur gekommen waren? Dass sie ihn identifiziert hatten? Und wenn dem so war, wie lange würde es dauern, bis Marius und Nadine nach ihm zu suchen begannen, wenn er sich nicht meldete?

»War jemand von euch schon einmal in der Klapse?«, fuhr Glaser unvermittelt fort. »Sie bestimmt.« Er lachte bitter auf und deutete in Hagedorns Richtung. »Viele Jahre hat man mir weismachen wollen, dass ich krank sei. Für meinen Vater war ich immer ein Psychopath. Mama hat mich mit Psycho-Tabletten vollgestopft. Dabei war ich nie krank. Ihr könnt euch nicht vorstellen, wie befreiend es war, als ich erkannte, dass ich gar nicht krank bin, sondern man mich vielmehr zu dem gemacht hat, was ich heute bin.«

Glaser drehte gedankenverloren den Gegenstand, den er aus dem Lüster geborgen hatte, zwischen den Fingern, ohne dass Hagedorn erkennen konnte, was es war. Klein und schwarz, mit den Ausmaßen einer Streichholzschachtel. Er glaubte eine grüne Leuchtdiode darin zu erkennen. Eine Minikamera? Eine Wanze?

»*Your turn, Mr Hagedorn.*« Glaser fuhr unvermittelt auf, legte das kleine, quadratische Gerät auf die Sitzfläche und wandte sich ihm zu.

»Nein. Erzählen Sie uns erst Ihre Geschichte«, verlangte er.

»Das hier ist nicht das *Schweigen der Lämmer.* Kein Quidproquo. Oder haben Sie sich das so vorgestellt? Los! Fangen Sie endlich an.«

Hagedorn schwieg.

Blitzschnell packte Glaser die Waffe am Lauf, holte

aus und ließ den Griff der Pistole auf Hagedorns rechte Hand niedersausen. Mehrere Knochen brachen knirschend. Hagedorn jaulte schmerzerfüllt auf.

»Reden Sie endlich, Sie verdammter Scheißkerl«, brüllte Glaser.

Speichelfäden baumelten an Hagedorns Kinn, als er schwer atmend Glasers hasserfülltem Blick standhielt. Der Magazinboden hatte die Haut über seinem Handrücken aufgerissen. Blut tropfte zu Boden.

Den Schmerzen trotzend lächelte er Glaser an. »Sie glauben mich damit zum Reden zu bringen?«

Der junge Mann schien einen Augenblick zu überlegen. Dann hob er die Pistole. Von einer Sekunde zur nächsten zerplatzte der Hinterkopf der jungen Polizeibeamtin in einer Gischt aus Blut und Gewebe. Der Kopf klappte nach hinten, fiel nach vorn, sackte auf die Brust. Cigdem Akay war tot, noch bevor der Schussknall verhallt war.

Fiona Kuraths Gesicht war besprenkelt mit warmem Blut und Hirnmasse. Sie schrie gellend auf, riss an ihren Fesseln, trat und strampelte rasend vor Zorn nach Glaser, der außerhalb ihrer Reichweite langsam die Pistole sinken ließ.

Ivanka Zerr heulte mit aufs Gesicht gepressten Händen, während ihr Ehemann brüllend an den Plastikfesseln zerrte, die Haut darunter aufrieb und schließlich aufgab.

»Muss ich noch jemanden erschießen, bevor Sie mir Ihre Geschichte erzählen?«

Hagedorn blickte in Stürmers und Romanos entsetzte Gesichter.

Glaser folgte Hagedorns Blick. Dann legte er auf Romano an.

»Schon gut!«, schrie Hagedorn. »Hören Sie auf, Sie

Bastard!« Er wusste, dass nichts ihr Schicksal würde ändern können.

Ganz gleich, ob er nun seine Geschichte erzählte oder nicht, Glaser würde sie alle töten. Jeden Einzelnen. Wenigstens würde er dadurch etwas Zeit gewinnen.

»Geben Sie mir eine Minute«, bat Hagedorn.

Kapitel 63

Polizeipräsidium
4. Januar, 19 Uhr 40

»Sauber! Sauber! Hier auch sauber!«, drangen die gebrüllten Kommandos der Einsatzkräfte aus dem Obergeschoss des Zweifamilienhauses.

»Fuck!«, fluchte Bannert, der sich grob die Klettverschlüsse seiner Schussweste aufriss.

»Negativ«, knisterte Mirkos Stimme in seinem Ohrhörer. »Zielperson nicht im Objekt.«

Schon klar!, dachte Bannert. Die Kommandos wären andere gewesen, wären sie Fellers fündig geworden.

»Verdammte Scheiße!«, fluchte Bannert ungehalten auf dem Rückweg zum Einsatzfahrzeug, in dem Nadine den Meldekopf bildete und den Funkverkehr zwischen ihnen, dem Kommandoführer und dem Führungs- und Lagezentrum sicherstellte.

»Wieso? Wieso kann in diesem verfickten Fall nicht einmal was rundlaufen?«

»Wir werden ihn finden«, sagte Adler aufmunternd, als er wütend die Tür des Transporters aufschob und seine Weste hineinpfefferte.

Aufgebracht vergrub er die Hände in den Hosentaschen und starrte zu dem Haus hinüber, aus dem die ersten schwer bewaffneten SEK-Männer heraustraten. Allen voran Kippling, der seinen Männern befahl, sich zu sammeln.

»Es war die falsche Entscheidung«, sagte Bannert leise. »Ich habe unseren vielleicht besten taktischen Vorteil verspielt.«

»Was redest du denn für einen Unsinn?« Adler streifte sich das Funk-Headset vom Kopf und sprang aus dem Transporter.

»Es wäre besser gewesen, die Fahndungskräfte das Haus so lange observieren zu lassen, bis wir Gewissheit gehabt hätten, dass Feller zu Hause ist.«

»Und dann? Den Zugriff bei günstiger Gelegenheit anordnen und dabei das Leben der Kollegen aufs Spiel setzen?« Adler schnaubte. »Feller ist brandgefährlich. Wir müssen davon ausgehen, dass er im Besitz von Sprengstoff ist. Außerdem: Wie lange wärst du bereit gewesen zu warten? Hm?«

»Adler für Kippling«, schnarrte es in Bannerts Ohr.

»Hört mit«, meldete sich Bannert an ihrer Stelle, als er die Sprechtaste gedrückt hielt. Um Millisekunden verzögert, vernahm er seine eigene Stimme aus den Lautsprechern des Einsatzwagens.

»Meine Feuerwerker bestätigen gerade. Im Keller wurden Reste von Plastiksprengstoff detektiert.«

»Ich komme«, bestätigte Bannert. »Mirko für Bannert«, rief er.

»Mirko hört.«

»Ist das Haus safe, sodass meine Techniker reinkönnen?«

»Bestätige. Alles safe. Wiederhole: Alles safe. Keine Sprengfallen oder Ähnliches.«

Bannert bedankte sich und gab Karsten Kieferle und den IT-Forensikern per Handzeichen zu verstehen, dass sie loslegen konnten.

Karstens Leute drängten in weißen Spurensicherungs-

Overalls an ihm vorbei. Sie waren bepackt mit schweren Taschen und Koffern.

Bannert näherte sich dem Kellerabgang. Den Fliesen im Treppenhaus nach zu urteilen, musste das Haus in den späten Siebzigern umgebaut worden sein. *Könnte ein ehemaliges Bauernhaus gewesen sein,* mutmaßte er. Mehr, als dem Rauputz alle paar Jahre einen neuen Anstrich angedeihen zu lassen, hielt man offenbar nicht für nötig. Obwohl ordentlich und sauber, wirkte alles schrecklich altbacken. Irgendwie aus der Zeit gefallen.

Bevor er sich weiter umsehen würde, beschloss er, den Keller zu untersuchen. Die Beleuchtung im Kellerabgang war auffallend gut.

Zwei Einsatzbeamte in schwerer Splitterschutzweste, behelmt, mit daumendickem Visier vor dem Gesicht, gingen mit einem staubsaugergroßen Gerät die Regale ab.

Vor zwei Jahren hatte Karsten ihm dieses kleine Wunderwerk der Technik stolz vorgeführt. Der PID, ein Photoionisationsdetektor, war kaum größer als ein akkubetriebener Handstaubsauger mit einem schnabelförmigen Ansaugstutzen an seinem Ende. Er konnte je nach technischer Ausführung Dutzende von Gasen, Kampfstoffen oder Chemikalien erschnüffeln. Quasi ein Gaschromatograf en miniature, wie Kieferle erklärt hatte.

»Hey, Jungs«, begrüßte Bannert die beiden SEK-Männer. »Das wirkt nicht sehr vertrauenerweckend«, scherzte er und deutete auf ihre Ausrüstung. »Mirko meinte, dass alles safe sei, und ihr hampelt hier noch in schwerer Ausrüstung rum.«

»Ist es auch«, erklang es dumpf unter einem der Visiere hervor. Wer der Sprecher war, konnte er nicht ausmachen, da die Visiere im Bereich ihrer Münder beschlagen waren.

»Harald Krüger oder ›Lunte‹«, stellte sich ihm der Mann vor, als er den schweren Helm vom Kopf hob. »Kampfmittelbeseitigungsdienst.«

»Marius Bannert. Freut mich, Lunte.« Lunte musste die sechzig bei Weitem überschritten und das Pensionsalter schon lange erreicht haben. Das lichte Haar klebte verschwitzt an seinem ballrunden Schädel. Der lange, silbrig durchwirkte Bart, der hinter dem Kragen seiner Splitterweste steckte, verlieh ihm den Touch eines Altrockers. In seiner Vorstellung waren Luntes Arme unter dem Overall reichlich tätowiert. Vielleicht auch nur Klischeedenken.

»Also«, hob Krüger an, während er den Schutzhelm zur Seite stellte. »Deine Zielperson hat hier definitiv mit Sprengstoff hantiert. Und den *ppm* nach zu urteilen, die der PID im Bereich der Werkbank angezeigt hat … *parts per million*«, fügte er erklärend hinzu, »sind das nicht nur Spurenelemente gewesen. Das war eine ordentliche Menge.«

»Was und wie viel schätzt du?«, wollte Bannert wissen.

Luntes Lippen entwich ein furzendes Geräusch. »Die chemische Zusammensetzung spricht für ein militärisches Composit, also C4. Und die Menge?« Krüger wog den Kopf hin und her. »Der Keller ist nicht sonderlich gut durchlüftet. Allerdings weiß ich nicht, wie lange es her ist, dass Faller …«

»Feller«, korrigierte Bannert.

»Feller … mit dem Material hantiert hat. Mindestens ein Kilo, vorsichtig geschätzt. Eher mehr.«

»Scheiße!«, kommentierte Bannert.

»Du sagst es. Scheiße! Der Mistkerl könnte damit einen Mehrfamilienblock in Schutt und Asche legen.«

»Lunte, ich hoffe, du hast heute nichts mehr vor.«

»Keine Bange, Marius. Das ist mein letzter Einsatz, und den Spaß lass ich mir nicht entgehen.«

Bannert hieb dem Mann freundschaftlich mit der flachen Hand gegen den Oberarm. »Dann hoffe ich für uns alle, dass wir die Nacht heil überstehen.«

Kapitel 64

Schloss Seeheim
19 Uhr 45

»Seit knapp zwei Jahren betreibe ich mit meinem Partner eine Praxis für Psychotherapie. Anfangs hielt ich die Lage an der Marktstätte für überragend. Mittlerweile bin ich nicht mehr davon überzeugt. Keine Parkmöglichkeiten, immens hohe Pachtkosten, und was noch schwerer wiegt, ist, dass Patienten sich offenbar durch den Publikumsverkehr auf der Marktstätte beobachtet fühlen, wenn sie meine Praxis betreten. Den Aspekt des Patientenschutzes hatte ich vor zwei Jahren nicht auf dem Schirm. Na ja. Anderes Thema.

Darius, mein Partner, und ich, haben gut zu tun am ersten Dezember. Die Patienten geben sich die Klinke in die Hand. Frau Scholz, eine extrem nervtötende Patientin, die weniger einen Therapeuten als eine Klagemauer bräuchte, ist meine letzte Patientin. Ich fühle mich müde und ausgelaugt, will nur noch raus aus der Praxis.

Darius bleibt länger, weil er noch Papierkram erledigt. Meine Einladung auf einen Burger und ein Guinness im Logan's schlägt er aus. Obwohl ich nicht beabsichtigt hatte, allein ins Logan's zu gehen, finde ich meine Idee verlockend. Mit Sam, das ist mein Golden Retriever, würde ich später eine Gassirunde drehen.

Beim Gedanken an einen medium gebratenen Burger und einen Pint dunklen Bieres läuft mir das Wasser im

Mund zusammen, und die Anstrengungen des Tages sind beinahe vergessen.

Als ich aus der Praxis rolle, schlägt mir eisige Luft entgegen, und ich stelle den Kragen meines Parkas auf. Schneeflocken rieseln und tauen auf meiner Haut, während ich zum Himmel aufsehe und tief die kühle Luft einatme. Ich bin überrascht, wie viele Leute sich um diese Zeit schon auf dem Weihnachtsmarkt tummeln. Fröhliches Stimmengewirr, Weihnachtsmusik, Lachen, der Duft von Magenbrot, gebratenen Würsten und Glühwein.

Kurz bin ich versucht, meinen Logan's-Plan zu verwerfen. Ein großes Stück knusprigen Bauernbrotes mit geschmolzenem Raclette-Käse darauf wäre ebenso verlockend, bekäme aber meiner Verdauung nicht so gut. Nein, ich halte am Burger fest. Ich schlage die Wolldecke enger um die Oberschenkel und schlüpfe in die Handschuhe, dann fahre ich los.

Da ich es mir und den Marktbesuchern ersparen möchte, halte ich mich hinter den Markthütten, entlang der Häuserzeile, auf die Marktstätte zu. Den Kaiserbrunnen habe ich hinter mir gelassen, als ich plötzlich Schreie höre. Verdeckt durch die Bretterbuden kann ich nicht erkennen, was da los ist. Die Holzbauten stehen viel zu dicht, als dass ich mit dem Rollstuhl durchkommen könnte.

Ich beschleunige. Mich befällt ein scheiß Gefühl, das ich mir nicht erklären kann. Spontan kommt mir der Amoklauf vom Breitscheidplatz in Berlin vor sieben Jahren in den Sinn. Würde der sich nicht bald jähren? Ich meine, so absurd ist mein Gedanke ja nicht. Die Welt dreht zurzeit völlig durch, Krisen und Kriege überall, eine ständig steigende Terrorgefahr durch islamistische Fanatiker.

Holpernd überwinde ich einige Kabel, die die Marktbetreiber mit Strom versorgen. Aus dem Augenwinkel sehe ich in einer der Lücken zwischen den Hütten etwas Weißes vorbeirasen. ›Fuck, verdammt!‹, schreie ich.

Oder denke ich es? Ich weiß es nicht mehr. Auf jeden Fall scheint sich meine Befürchtung zu bewahrheiten. Ich erhöhe die Geschwindigkeit, da ich spüre, dass ich hier schleunigst wegmuss.

Mit einem gewaltigen Knall zerschellt hinter mir eine der Holzhütten an einer Hauswand. Jetzt sehe ich den weißen Van, wie er durch die Menge pflügt. Viele können dem Irrsinn ausweichen, anderen gelingt das nicht, werden davon erfasst, an den Buden zerquetscht oder unter den Rädern zermalmt.

Ich folge der Schneise, die der Van hinterlässt. Blutende, weinende und kreischende Menschen taumeln mir entgegen. Eine Frau torkelt beinahe in mich hinein. Ich muss abbremsen, um eine Kollision zu verhindern.

Ich erreiche das Ende der Marktstätte und nähere mich der Unterführung, als ich in diesem Moment einen schlanken, schmächtigen Körper durch die Luft fliegen sehe. Ein Kind! Es kann nur ein Kind gewesen sein!

Im Slalom kurve ich durch das Chaos aus Trümmern, Verletzten und toten Leibern.

Der Van steht schräg auf den in Terrassen angelegten Stufen der Unterführung, auf denen im Sommer Hunderte von Menschen Eis oder Coffee-to-go genießen. Der Motor ist aus. Beißender Qualm steigt aus der Motorhaube auf. Keine Ahnung, warum, aber mir fällt auf, dass die beiden vorderen Reifen platt sind, als ich die Karre umrunde und auf den leblosen Körper zusteuere. Großer Gott! Es ist wirklich ein Kind. Ein Junge. Zehn, vielleicht elf Jahre alt …«

Kapitel 65

Polizeipräsidium
4. Januar, 20 Uhr 5

»Du sagst, ihr habt Sturm geklingelt? Hm, okay. Trotzdem vielen Dank.«

Bannert hastete mit dem Handy am Ohr durch die Gänge. Wieder und wieder ließ er die Wahlwiederholung Hagedorns Nummer anrufen. Bereits nach dem zweiten Klingeln sprang dessen Mailbox an.

»Mensch, Falk. Ruf mich zurück, wenn du die Nachricht abhörst.«

Es war mehr als ungewöhnlich, dass Hagedorn nicht zurückrief. Gewiss, er ließ sich gelegentlich Zeit, aber dass er sich über Stunden nicht meldete, war besorgniserregend. Deshalb hatte er das Revier gebeten, Hagedorns Adresse anzufahren und nach dem Rechten zu sehen. Sam hatte angeschlagen, als die Kollegen klingelten, was aber normal war. Seine Sorge um ihn musste Bannert zurückstellen, zumindest bis sie Feller dingfest gemacht hätten.

Das Stimmengewirr verstummte, als Bannert den Soko-Raum betrat und zur Stirnseite hinabschritt.

»Lasst euch nicht stören. Bitte esst weiter«, bat er. Burgerschachteln und Pommestüten beherrschten das Chaos auf dem großen Besprechungstisch.

Obwohl er Fastfood verabscheute, konnte er nicht verhindern, dass ihm das Wasser im Mund zusammenlief.

Die Kollegen des SEK hatten sich ebenso wie die Feuerwerker des Sprengmittelbeseitigungsdienstes unter die Mannschaft der Soko gemischt, aßen Pommes und Chicken-Nuggets, tranken Kaffee oder Wasser aus kanistergroßen Trinkflaschen.

»Bedauerlicherweise konnten wir Feller zu Hause nicht antreffen. Leider, und das stinkt mir gewaltig, konnten wir auch sein Handy noch nicht orten. Kurzum: Fellers Aufenthaltsort ist derzeit unbekannt. Entweder hat er sein Handy ausgeschaltet, oder es hat keinen Empfang. Laut den letzten Log-in-Daten war seine IMEI-Nummer in einem Funkmast im Bereich der Insel Mainau in der Teilgemeinde Litzelstetten eingebucht. Jedem von uns, zumindest den Konstanzer Kollegen, ist bekannt, dass man schnell im Schweizer Mobilfunknetz landet, sofern die Roaming-Funktion nicht deaktiviert ist. Was auch Feller betreffen könnte. Staatsanwalt Fechter klärt gerade mit den Schweizer Behörden, ob sie uns bei der Ortung Fellers Rechtshilfe leisten können. Allerdings kostet die Anschlussüberwachung in der Schweiz mehrere Tausend Franken, weshalb sie sich noch etwas zieren.«

Eine Kollegin der IT-Forensik meldete sich.

»Ja, Lisa?«

»Liege ich richtig, dass der auf Fellers Vater zugelassene BMW nicht in der Garage stand?«

»Das ist korrekt. Möglich, dass Feller mit dem Wagen unterwegs ist.«

Die Kollegin wühlte hektisch in ihren Unterlagen.

»Da ist es«, rief sie euphorisch aus. »Ein X5-BMW, Baujahr 2018.«

»Sorry, Lisa. Ich verstehe nicht, worauf du hinauswillst.«

»Nur so ein Gedanke, den ich noch überprüfen muss.

Seit März 2018 sind die europäischen Hersteller verpflichtet, ihre Fahrzeugmodelle mit e-Call auszustatten.

Ein Notfallsystem, das ausgelöst durch einen Unfall oder den Insassen eine Satellitenortung des Fahrzeugs ermöglicht. Die Galileo-Ortungsdaten sind dabei bis auf wenige Meter genau.«

Bannert schöpfte neue Hoffnung.

»Zuerst muss ich bei BMW in München abklären, ob die Baureihe bereits mit einer SIM-Karte ausgestattet wurde. Wenn ja, können wir das Auto über die SIM orten. Die Konzernleitung hält sich verbissen an den Datenschutz, das weiß ich aus anderen Verfahren. Wir benötigen also einen Gerichtsbeschluss.«

»Fechter wird mich schlachten, wenn ich ihn schon wieder mit einem Antrag behellige«, dachte Banner laut.

»Ich kümmere mich darum, während du die Informationen in München einholst.«

Bannert machte sich eine gedankliche Notiz. Sollte Lisas Idee zum Erfolg führen, würde er sie für eine Belobigung vorschlagen.

»Ich muss euch leider weiter um Geduld bitten«, sagte er an die versammelte Mannschaft gewandt, brachte seinen Dank zum Ausdruck und eilte aus dem Raum.

Kapitel 66

Schloss Seeheim
20 Uhr 10

»War doch gar nicht so schwer, oder?« Glaser lächelte verzückt, wandte sich dem kleinen Gerät zu und schaltete es aus. Die grüne LED erlosch.

Hagedorn versuchte, sich reflexartig die Tränen aus dem Gesicht zu wischen. Die Plastikbänder an seinen Handgelenken hinderten ihn jedoch schmerzhaft daran, scheuerten die ohnehin pergamentdünne Haut über seinen alten Narben auf.

»Du krankes Arschloch.« Hagedorn zog geräuschvoll die Nase hoch. »Mach mich los, und ich reiß dir mit bloßen Händen das Herz heraus.«

»Oh, ich bin überzeugt, dass Sie das könnten«, erwiderte Glaser ruhig und drückte mit spitzen Fingern der freien Hand Hagedorns Bizeps, als würde er den Reifegrad einer Avocado prüfen. »Nur werde ich Ihnen keine Gelegenheit dazu geben.«

Glaser presste die Pistolenmündung gegen Hagedorns Stirn. Hagedorn hielt dagegen und sah Glaser entschlossen in die Augen.

Sekundenlang hielt Glaser seinem Blick stand. »Sie scheinen sich nicht vor dem Tod zu fürchten«, stellte Glaser beinahe enttäuscht fest. »Hm, gut. Dann spare ich Sie mir bis zum Schluss auf.«

Hagedorn wusste nicht, was das größere Übel war. Die Gewissheit, den heutigen Tag nicht zu überleben, oder mit ansehen zu müssen, wie Glaser die anderen töten würde.

Wütend zerrte er an seinen Fesseln, was Glaser erschrocken zurückweichen ließ. Die Mündung der Waffe hinterließ ein kreisrundes Relief zwischen Hagedorns Augen.

»Warum das alles, Glaser? Geht dir dabei einer ab?«, knurrte Hagedorn mit zusammengebissenen Zähnen.

Glaser schien einen Augenblick zu überlegen. »Sie haben recht«, antwortete er zu Hagedorns Überraschung. »Es macht mich geil. Aber nicht allein deswegen. Das war ein Effekt, mit dem ich nicht gerechnet hatte.«

Glaser drehte sich tänzelnd im Kreis. Die Furcht in den Gesichtern, als er sie ins Visier nahm, entlockte ihm ein bösartiges Lächeln.

Stürmer zog wie eine Schildkröte den Kopf zwischen die Schultern, als könnte er damit einem tödlichen Treffer entgehen.

»Ich weiß, was Sie vorhaben.« Glaser wirkte ruhig, ließ sich auf dem Stuhl in der Mitte nieder und schlug die Beine übereinander. »Sie wollen mich analysieren, oder?«

Hagedorn öffnete und schloss gespielt desinteressiert die Finger der rechten Hand, die mittlerweile auf das Doppelte ihrer Größe angeschwollen war. Es knackte unangenehm darin. »Warum sollte ich? Es ist offensichtlich, dass Sie wahnsinnig sind.«

Ein gefährlich provokantes Spiel, wie Hagedorn wusste. Aber die einzige Chance war, weiterhin auf Zeit zu spielen.

»Wieso erzählst du uns nicht, warum du all die unschuldigen Menschen auf dem Weihnachtsmarkt totgefahren hast und warum du uns alle töten willst?«

»Wahnsinnig, hm? Wenn Sie glauben, ich wäre als Kind missbraucht worden oder hätte Tiere gequält, muss ich Sie enttäuschen, Psycho-Doc. Na ja. Abgesehen von einer Blindschleiche vielleicht. Aber nur, weil ich sehen wollte, wie sie ihren Schwanz abwirft, wenn man sie an an der Flucht hindert. Hatte ich sadistische Fantasien? Ja, ich gebe zu, die hatte ich das ein oder andere Mal. Da war dieses Mädchen aus meiner Parallelklasse, Mia, die mich an der Abschlussfeier einen Schlappschwanz genannt hat. Mein Vater, der in mir immer nur einen Looser gesehen hat. Meine Mutter, die mit ihm unter einer Decke steckte, mithalf, mich mit Medikamenten vollzupumpen und mich impotent zu machen. Und mein Chef. Gott, war der ein Arschloch. Nicht nur einmal habe ich mir vorgestellt, was ich mit ihm und meinen Eltern und mit Mia anstellen würde.« Glaser schloss verträumt die Augen.

Hagedorn versuchte, sich die brillante Dissertation über sexuellen Sadismus in Erinnerung zu rufen, die er vor ein paar Jahren gelesen hatte. Im Kern, so glaubte er sich zu erinnern, ging es darin um die Abgrenzung der sexuellen Paraphilie, wie sie zwischen Erwachsenen als sexuelle Praxis weit verbreitet war, von einem eskalierenden Verhalten in Form einer krankhaften paraphilen Störung.

Eine Kernaussage des Essays war, dass sexueller Sadismus dann pathologisch würde, wenn er vom Grad der Ausprägung abhinge. Einer der Indikatoren wären anhaltende Fantasien, in denen sexuelle Erregung erreicht würde, wobei diese Paraphilie klar von der Vergewaltigung abzugrenzen sei. Bei einer Vergewaltigung stehe die Macht über das Opfer im Vordergrund, beim sexuell motivierten Sadismus gehe es um die eigene Erregungssteigerung.

Nach und nach sickerten die Textpassagen wieder in sein Gedächtnis. Eine hatte sich ihm damals vor allem eingeprägt.

Besonders gefährlich, deshalb psychiatrisch nicht behandelbar, sei sexueller Sadismus, wenn er im Zusammenhang mit einer antisozialen Persönlichkeitsstörung auftrete.

Der Doktorand oder die Doktorandin hatte die Thesen mit eindrucksvollen klinischen Studien belegt. Demnach waren dauerhafte Ablehnung, Zwang oder erhebliche Belastungen in familiären, sozialen Situationen als Auslöser identifiziert worden. Allen Patienten gemein war jedoch, dass sie bestritten, ihre Fantasien oder Triebe stünden im Zusammenhang mit sexueller Erregung, und sie die Tatsache schlichtweg leugneten, Schmerzen oder Leiden anderer würde sie auslösen.

Glaser hatte jedoch nicht abgestritten, dass ihn die Amokfahrt geil gemacht oder die Schilderungen der Opfer ihm sexuelle Erregung verschafft hätte.

Es musste so sein, wie Glaser behauptet hatte. Die sexuelle Komponente seines durch Wut, Hass und Rache gesteuerten Handelns war ein Nebeneffekt. Ein völlig neues Krankheitsbild, das sich zu seiner paranoid-schizophrenen Persönlichkeitsstörung gesellte.

Bloß brachte ihn die Erkenntnis in seiner Situation kein Stück weiter. Glaser hatte, um ein größtmögliches Medienecho zu erzielen, siebzehn Menschen umgebracht.

Was immer Glaser vorhatte, er würde alle im kleinen Theatersaal töten, seinen Irrsinnsplan in die Tat umsetzen und mit einem großen Knall abtreten.

Das war so sicher wie das Amen in der Kirche.

Kapitel 67

Polizeipräsidium
4. Januar, 20 Uhr 30

»Schon was von Falk gehört?«, erkundigte sich Adler, die mit einem Stapel Computerausdrucken unter dem Arm im Türrahmen erschien.

Bannert verneinte tonlos, als er von seinem Monitor aufblickte. »Langsam mach ich mir wirklich Sorgen.«

Zwischen Adlers Augenbrauen bildete sich eine steile Falte. Ihr schien es ebenso zu ergehen wie ihm. »Wo finden denn seine Gruppensitzungen statt?«

»Das weiß ich eben nicht.«

»Falk hat es nie erwähnt?«

»Nein. Vermutlich wollte er vermeiden, dass die Medien den Opfern auflauern.«

»Verständlich. Zu Hause ist er auch nicht?«

Bannert schüttelte den Kopf. »Hat eine Streife schon überprüft.«

»Lass mich ein paar Anrufe machen. Vielleicht bekomme ich was raus.«

»Das wäre toll«, erwiderte Bannert dankbar. »Ich muss die Anträge für Fechter vorbereiten und dem LKA wegen der Ortung von Fellers BMW Druck machen.«

»Macht der Pinguin auch mal was selbst?«, entrüstete sich Adler. Das war das erste Mal, dass sie ihn so bezeichnete.

Bannert schmunzelte. »Der kümmert sich um das Rechtshilfeersuchen für die Schweizer und bat mich, den

Antrag für den Untersuchungsrichter vorzuformulieren.«

Adler schien sich damit zufriedenzugeben, dann trat sie tiefer in den Raum und verschloss die Tür. Bannert richtete sich alarmiert auf.

»Ist noch was?«, fragte er vorsichtig.

»Das vorläufige Ergebnis der Obduktion ist vor ein paar Minuten gekommen.« Sie sank auf einen der Stühle vor seinem Schreibtisch und legte sich den Papierstapel auf den Schoß.

Bannert ahnte nichts Gutes. »Doch kein Selbstmord?«

»Spricht einiges dagegen«, antwortete sie kryptisch. Sie zog ein eng bedrucktes Fax aus dem Stapel. Ihr Blick huschte unstet über das Papier, während sie zu zitieren begann.

»Ah, hier. Hinsichtlich des postmortalen Befundes steht fest, dass dem Tod ein Ersticken durch Strangulation oder Drosselung vorausgegangen ist. Obwohl atypisch im Verlauf, korrespondiert die Strangulationsmarke mit dem Strangulationsmittel, dem Nylonseil, dessen Struktur sich als Relief in den Hautvertrocknungen prominent abzeichnet. Auffällig ist hierbei die Strangulationsfurche, deren Rand sich nicht scharf abgrenzen lässt. Neben den üblich erwartbaren Stauungshämatomen, wurden Einblutungen in der Zunge, Knorpelverletzungen des Zungenbeins und des Kehlkopfes, subkutane, halbmondförmige Impressionsverletzungen von Fingernägeln mit oberflächlichen Hautdefekten am Hals festgestellt. Ihrer Intensität nach könnten sie vom Opfer selbst verschuldet sein, um sich durch Abwehrhandlungen des Strangmittels zu entledigen.

In der Gesamtbetrachtung muss daher eine Fremdeinwirkung als wahrscheinlich angenommen werden. Das abschließende Gutachten und das Ergebnis des toxikologischen Befundes gehen der Staatsanwaltschaft Konstanz nach Verschriftung des Diktats innerhalb von vierzehn Tagen zu. Gezeichnet Prof. Dr. Dr. Stephan Strasser«, schloss Adler.

Strasser, der Leiter des rechtsmedizinischen Instituts höchstpersönlich hatte die Sektion vorgenommen, was Bannert weniger in Erstaunen versetzte als die Tatsache, dass der Mann offenbar immer noch praktizierte.

Nach seiner Einschätzung müsste Strasser die siebzig schon überschritten haben, wenngleich sein Verstand an Brillanz nichts eingebüßt zu haben schien. Der Österreicher, dessen Wiener Schmäh in Bannerts Gedanken an das von Adler rezitierte Kurzgutachten nachhallte, gehörte weltweit, wenngleich im Zwischenmenschlichen überaus defizitär, zu den Besten seiner Disziplin. Dessen Expertise anzuzweifeln, kam einer Blasphemie gleich. Und genau da lag das Problem. Karsten Kieferle hatte ein Tötungsdelikt nicht erkannt.

»Verdammte Scheiße!«, fluchte Bannert ungehalten. »Und nun?«

»Nichts und nun«, beschwichtigte Adler ihn. »Bevor ich damit zu dir kam, habe ich mit Strasser telefoniert. In diesem Fall, so sagte er mir, sei es bei der bloßen äußeren Leichenschau unmöglich gewesen, ein Tötungsdelikt zu verifizieren. Strasser erging sich ausschweifend in Schimpftiraden über das deutsche Rechtssystem und die Unzulänglichkeiten bei der Todesursachenermittlung im Allgemeinen, aber er sehe kein Versäumnis Kieferles. Allenthalben darin, dass er eine gerichtliche Leichenöffnung hätte anregen können. ›Es is, wie es is, Frau Adler‹«, imitierte sie ihn mit dem unverkennbaren Wiener Akzent.

Bannert atmete erleichtert aus. »Karsten hat also nichts falsch gemacht?«

»Nein. Hat er nicht«, bestätigte Adler, die ebenso erleichtert wirkte. »Zumindest keinen Fehler, den wir damit nicht geheilt hätten.«

»Trotzdem haben wir jetzt noch einen Mord am Hals.«

»Ich weiß.« Adler seufzte. »Und ich hab keine Ahnung, wen ich für die Ermittlungen abstellen könnte.«

Zehn Minuten später hatten sie sich auf fünf Namen verständigt, die ihnen geeignet erschienen, sich der Ermittlungen anzunehmen. Sie würden der Soko fehlen, aber die weiteren Untersuchungen duldeten nach Strassers Befund keinen weiteren Aufschub.

Schwerfällig, als wäre sie durch ein Zeit-Raum-Kontinuum geplumpst und um zwanzig Jahre gealtert, erhob sie sich. »Ich sag's den Kolleginnen und Kollegen und versuche herauszubekommen, wo Hagedorn steckt.«

»Nein«, widersprach Bannert. »Kümmer du dich um Falk, ich weise die Leute in den Fall ein.«

Adler nickte dankbar und verschwand in ihrem Büro.

Kapitel 68

Schloss Seeheim
20 Uhr 40

Eine gefühlte Ewigkeit versuchte Hagedorn, mit Glaser im Dialog zu bleiben. Entgegen dem Sprichwort war Schweigen eben nicht Gold. Schweigen konnte tödlich sein. Und in dem Augenblick, da er schwieg, würde Glaser ihrer aller Schicksal besiegeln. Ohne zu zögern, würde er ihnen in den Kopf schießen.

Hagedorn gingen allmählich die Optionen aus. Weder Empathie oder Provokation noch die sonst üblichen Techniken psychologischer Gesprächsführung bewogen Glaser, mehr über sich preiszugeben, als er es bisher getan hatte.

Erst jetzt stolperte er über eine Formulierung Glasers. Hatte er nicht erwähnt, was für ein Arschloch sein Chef gewesen *war?*

War das Präteritum bewusst gewählt oder ein Versehen?

»Du sagtest, dein Chef *war* ein Arschloch. Hat sich das geändert? Oder wurde er versetzt?«, fragte er so beiläufig wie möglich.

Der junge Mann ließ ein pathetisches Lachen erklingen. »Geändert? Nein. Gefeuert hab ich ihn! Der Arsch stand zusammen mit meinen Eltern am Glühweinstand.«

Allmählich begannen sich Hagedorn die Zusammenhänge zu erschließen.

»Wie das tapfere Schneiderlein.« Glaser kicherte irre. »Sieben auf einen Streich. Mehr oder weniger.«

»Siebzehn.« Es kostete Hagedorn alle Mühe, den kranken Mistkerl nicht anzubrüllen. »Du hast siebzehn, nein achtzehn Leben ausgelöscht. Was empfindest du dabei?«, hörte Hagedorn sich fragen, obwohl es ihm herzlich egal war.

Die Frage schien Glaser zu irritieren. Hektisch hob und senkte er die Waffe mehrmals, während er Hagedorn musterte.

»Es interessiert Sie doch einen Scheiß, was ich dabei empfunden habe.«

Hagedorn wusste, dass seine Mimik ihn Lügen strafen würde, deshalb sagte er: »Sie haben recht, Tim. Es interessiert mich nicht. Nur verstehen würde ich es gern.«

»Ich hatte rausgekriegt, dass sich meine Eltern mit meinem Chef auf dem Weihnachtsmarkt treffen wollten«, fuhr Glaser nach einer längeren Pause fort. »Sie kannten sich seit vielen Jahren.« Er fuhr sich mit der Hand durchs Gesicht, ehe er weitersprach.

»Mittlerweile bin ich davon überzeugt, dass mein alter Herr dafür gesorgt hatte, dass mein Chef mich unter seine Fittiche nimmt. *Mach aus meinem Versager-Sohn einen Mann* – so oder so ähnlich stelle ich es mir vor. Kein Schimmer, ob es wirklich so gewesen ist, aber meinem Scheißvater war alles zuzutrauen.«

Glaser atmete schwer. »Was ich dabei empfunden habe, wollen Sie wissen?«

Glaser schritt durch die Runde. Obwohl er jedem Einzelnen ins Gesicht blickte, schien er durch sie hindurchzusehen.

»Befreiung«, sagte er, als er zu Hagedorn herumfuhr. »Ein besseres Wort fällt mir nicht ein. Als wäre ich jahrelang eingesperrt gewesen. Zuerst war ich erschrocken und entsetzt, was ich tat. Wozu ich fähig bin.«

Glaser schloss die Augen und dachte angestrengt nach.

»Rausch. Ja, das Wort trifft es. Ich war regelrecht berauscht, abgesehen von der monströsen Latte, die ich bekommen hatte.«

Während Udo Stürmer völlig apathisch wirkte, die übrigen angewidert dreinschauten, schüttelte Romano verständnislos den Kopf. »Wie kann man nur so krank im Kopf sein?«, stellte Romano mit brüchiger Stimme fest.

Glaser rotierte um die eigene Achse. »Wie war das? Krank? Du denkst, ich bin krank im Kopf? Du glaubst, es steht dir zu, über mich zu urteilen? Dem, der seine Frau erschlagen hat?«

Glasers Schetismus schlug nun vollends durch, als er die Fassung verlor.

Romano reckte trotzig das Kinn vor. Ein gequältes Lächeln umspielte seine blutleeren Lippen. »Ich habe meine Frau nicht getötet. Ich bin kein Mörder so wie du. Du bist nichts weiter als kranker Abschaum und würdest in keiner Haftanstalt dieser Welt auch nur eine Woche überleben.«

Glasers Lippen bebten vor Zorn. »Mag sein. Zum Glück muss ich das nicht.«

Dann hob er die Pistole und drückte ab.

Kapitel 69

Polizeipräsidium
21 Uhr

Zornig knallte Nadine Adler den Hörer auf die Station.

»Vollidiotin«, fluchte sie lauthals. Dann wählte sie die Nummer des Schichtleiters des Führungs- und Lagezentrums.

»Guten Abend, Herr Maurer«, meldete sie sich, sehr um Fassung bemüht. »Ist beim Lagezentrum zufällig die Handynummer des Oberbürgermeisters Zimmermann hinterlegt?«

»Hallo, Frau Adler! Ich sehe gerne nach. Einen Augenblick bitte.«

Nadine vernahm Mausklicken und das Klappern auf einer Tastatur.

»Hören Sie?«, meldete sich Maurer.

»Ja, ich höre.«

Maurer diktierte ihr eine Mobilfunknummer. »… und die 46 48.«

Die hab ich doch schon, dachte sie und focht die Wut nieder, die erneut aufzubranden drohte. Sie sagte aber nichts, da es ihr unangenehm war, ihn vergeblich bemüht zu haben.

»Danke Ihnen.«

»Die Nummer, die Sie gewählt haben, ist ungültig«, erklang es aus dem Hörer, als sie die Nummer bereits zum fünften Mal gewählt hatte.

»Verdammt, verdammt, verdammt!« Sie trat nach

dem Papiereimer, der in hohem Bogen durch den Raum segelte und Bannert nur um Zentimeter verfehlte.

»Ups! Sorry«, rief sie.

Bannert hatte sich instinktiv geduckt. »Was zum –«

»Entschuldige bitte, Marius«, murmelte Adler hinter vorgehaltener Hand. Dann begann sie zu lachen.

Bannert stimmte unwillkürlich in ihr herzliches Lachen ein. Wenngleich es nur kurz andauerte, war es nach all der Anspannung der letzten Wochen befreiend.

»Alles okay, Nadine?«

Sie tupfte sich mit einem Kleenex die Tränen aus den Augenwinkeln und verneinte kopfschüttelnd.

»Zumindest hab ich herausgefunden, dass der Oberbürgermeister zu wissen scheint, wo die Gruppentreffen stattfinden.«

»Aber?«, fragte er gespannt.

»Ich kann ihn nicht erreichen. Offenbar hat er eine neue Nummer, und seine Sekretärin weigert sich, mir weiterzuhelfen.«

Bannert kratzte sich mit dem kleinen Finger an der Nase. »Ich habe vielleicht eine Ahnung, wo er sich aufhalten könnte. Darf ich?«

Ohne ihre Erlaubnis abzuwarten, griff er nach ihrem Telefon, drehte es zu sich und wählte eine örtliche Telefonnummer, die er auswendig kannte.

»Hey, Clemens! Marius hier. Geht's dir gut? Mir auch, Danke. Sag, ist der Zimmermann da?«

Adler sah ihn neugierig an.

»Zimmermann spielt einmal die Woche Skat bei Clemens im Naturfreundehaus«, flüsterte Bannert, obwohl er die Sprechmuschel mit der Hand verdeckte. Dann sprach er laut weiter. »Sehr gut! Gib ihn mir.«

»Herr Zimmermann? Guten Abend! Bannert am Apparat. Kripo Konstanz. Ich will Sie nicht lange stören und komme deshalb gleich auf den Punkt. Falk Hagedorn. Wo finden die Gruppentreffen statt?«

Sekunden verstrichen, in denen Bannert kommentarlos lauschte, während sein Teint allmählich eine purpurne Färbung annahm.

»Was? Nein, Sie hören mir jetzt zu, Sie sesselfurzender Provinzpolitiker. Sie werden mir augenblicklich sagen, was ich wissen möchte. Ansonsten bin ich in fünf Minuten im Naturfreundehaus, und dann lernen Sie mich kennen. Habe ich mich unmissverständlich ausgedrückt?«

Kapitel 70

Schloss Seeheim
21 Uhr 5

Das 9-mm-Hohlspitzprojektil hatte eine klaffende Wunde in Romanos Hals gerissen, durch die man beinahe hindurchsehen konnte. Glaser, die Hände auf die Knie gestützt, beobachtete mit perfider Faszination den Todeskampf des Italieners. Zwei Minuten hatte es gedauert, bis Romanos blubbernde Atemgeräusche in ein Röcheln übergegangen und letztlich ganz verstummt waren.

Solch ein Verhalten kannte Hagedorn nur von bösartigen, sadistischen Menschen, denen es Freude bereitete, eine Katze mit Benzin zu übergießen und abzufackeln, mit Rasierklingen gespickte Köder auszulegen, mit einer Heugabel die Genitalien einer Stute zu verstümmeln oder einem Frosch die Gliedmaßen auszureißen und dessen Todeskampf hämisch zu beäugen.

Er konnte kaum glauben, dass Glaser dies in seiner Kinderzeit nicht getan haben wollte. Wenn er die Wahrheit sprach, dann musste die sadistische Veranlagung viele Jahre in ihm geschlummert und sich tatsächlich erst unmittelbar vor der Amokfahrt Bahn gebrochen haben.

Hagedorn schmeckte den eisernen Geschmack von Blut im Mund. Er musste sich auf die Zunge gebissen haben. Aber wann? Als Glaser auf Romano angelegt und eiskalt abgedrückt hatte? Oder als er ihn brüllend davon abzuhalten versuchte?

»Abgefahren, was?« Glaser gluckste vergnügt, als er sich aufrichtete. Dabei schwenkte er die Waffe an seiner Seite wie ein Fünfjähriger seine Kindergartentasche. »Da war er tot, der Sumsemann.«

Hagedorn würgte das zähe Gemisch aus Speichel und Blut hinunter. Die Haut unter seinen Plastikfesseln war aufgerissen und brannte wie Salz in einer offenen Wunde.

»Hmmm, wen nehme ich als Nächsten?«, sinnierte Glaser. Er riss die Pistole hoch. In James-Bond-Manier brachte er sie nach oben gerichtet in Anschlag und summte dabei die dramatischen ersten Takte des bekannten Szene-Intros, während er sich langsam im Kreis zu drehen begann. Dann stach er den Lauf in Stürmers Richtung und gab ein Knallgeräusch von sich.

»Dich, Stürmer? Hm?« Glaser legte den Kopf schief und sah ihn mitleidig an.

Der Finanzbeamte war nicht einmal zusammengezuckt. Teilnahmslos, aus tränenunterlaufenen Augen, sah er Glaser an.

»Für dich wäre das nicht mal eine Strafe, da du sowieso völlig fertig bist. Ist es nicht so, du armseliges Würstchen?«

Stürmer ließ den Kopf auf die Brust sinken und murmelte etwas, was für Hagedorn wie ein »Leck mich am Arsch« klang.

Glaser fuhr herum und legte in gleicher Pose auf Viktor Zerr an. Der Lauf pendelte wie ein Metronom zwischen Zerr und seiner Frau hin und her, als versuchte Glaser in einem Abzählreim auszuloten, wem die nächste Kugel zufallen würde.

»Viktor hat ins Bett geschissen, gerade aufs Paradekissen, Ivanka hat's gesehen, und du musst geh'n.«

»Was hast du eigentlich vor, nachdem du uns alle getötet hast?«

Hagedorn rechnete nicht mit einer Antwort Glasers, dennoch hoffte er noch einige Minuten für Viktor, Ivanka, sie alle, rausschinden zu können.

Verdutzt wendete sich Glaser ihm zu. »Etwas Großes natürlich. So gewaltig, dass es weltweit für Schlagzeilen sorgen wird.« Ein Lächeln huschte über Glasers Gesicht. »Ich werde Ihnen bestimmt keine Details verraten. Nur so viel, dass man mich nie wieder vergessen wird. Niemand wird sich mehr an Columbine, Anis Amri oder Anders Behring Breivik erinnern. Es werden Bücher über mich verfasst, Wikipedia-Einträge, vielleicht ein Hollywood-Blockbuster produziert.«

Hagedorn bedachte ihn mit einem »Träum-weiter-Blick« und versuchte, sich krampfhaft mögliche Szenarien in Konstanz auszumalen, die eine hohe Opferzahl forderten oder derart spektakulär sein könnten. Was ihm nicht gelang.

»Wie Romano schon sagte, Tim. Du bist Abschaum. Ein Stück Scheiße, das seinem jämmerlichen Leben Bedeutung zu verleihen versucht, indem es andere quält.« Hagedorn entfuhr ein schmatzendes Geräusch, als er fortfuhr. »Drei Monate«, sagte er. »Maximal. Danach wird sich keine Sau mehr an dich erinnern.«

Glaser schien das, was Hagedorn sagte, abzuwägen.

»Du weißt selbst, wie schnelllebig die heutige Medienwelt ist. Ein paar Tage, vielleicht Wochen wirst du die Headlines anführen. Danach? Puff! Das Übliche. Kriege, Klima, politisches Tagesgeplänkel. Der Name Tim Glaser wird danach so viel Aufsehen erregen wie ein geplatzter Sack Reis in China.«

Glasers Gesicht wurde rot. »Hören Sie auf, mich ständig zu provozieren«, schrie Glaser. Mit zwei raschen

Schritten trat er auf Hagedorn zu und fuchtelte mit der Pistole so nah vor seinem Gesicht herum, dass er Pulverdampf und Waffenöl riechen konnte.

Hagedorn wusste, dass er mit dem Feuer spielte. Dennoch glaubte er zu spüren, dass Glasers Gefühle gleich zweier tektonischer Platten aneinanderzureiben schienen. Wenngleich er wenig Hoffnung hatte, dass die Vernunft die Oberhand zurückgewann. Dazu war Glaser bereits zu weit gegangen.

»Sie rauben mir den letzten Nerv, Psycho-Doc.« Speicheltropfen benetzten Hagedorns Wangen bei jedem gezischten s.

Glaser trat einen Schritt zurück und zielte, das linke Auge zugekniffen, auf Hagedorns Stirn. Eine übertrieben pathetische Geste, da er ihn auf die kurze Distanz kaum verfehlen konnte.

Hagedorn richtete sich auf, sah Glaser unbeirrt in die Augen und atmete tief ein, als dessen Zeigefinger sich um den Abzug krümmte. Den Hahn Millimeter um Millimeter nach hinten zog.

Zwei peitschende Geräusche, gefolgt von einem martialischen Brüllen. Etwas sauste auf Glasers Kopf hinab.

Dann ging das Licht aus.

Kapitel 71

Klinik Konstanz, chirurgische Ambulanz
22 Uhr

In Hagedorns Schädel wütete eine Armee von Orks, die keulenschwingend sein Schädeldach malträtierten. Er hatte einen schalen Geschmack im Mund. Seine Zunge fühlte sich geschwollen an.

Quietschende Schuhsohlen hasteten vorbei. Stimmen. Gedämpftes Licht. Blinzelnd versuchte er seinen Blick zu klären. Wo zum Geier befand er sich?

Langsam hob er den Kopf und bekam sogleich den Zorn Saurons zu spüren. Supernovas explodierten vor seinen Augen, die sich durch die Netzhäute ins Gehirn zu brennen schienen.

Keuchend widerstand er dem Würgereiz, als er sich weiter aufrichtete. Paravents bildeten eine winzige Kabine, in der er lag. Es war noch kein Jahr her, dass er schon einmal in dieser Umgebung erwacht war.

Einer der Vorhänge wurde jäh zur Seite geschoben und ließ ihn erschrocken zusammenfahren. Das Gesicht einer jungen Frau in einem grünen Arztkittel erschien in seinem Blickfeld. Ob indisch oder pakistanisch, vermochte er nicht zu beurteilen.

»Hallo, Herr Hagedorn? Wie geht es Ihnen?«

Mehr als ein Stöhnen brachte er nicht zustande.

»Ich bin Doktor Pelingharam. Ich bin Stationsärztin und habe ihre Wunden versorgt.«

Was für Wunden?, ging es ihm durch den Kopf.

Er sah an sich hinab. Die rechte Hand war geschient und dick verbunden. Mit dem Anblick kehrte auch die Erinnerung zurück. Zumindest bis zu einem gewissen Punkt.

»Was ist passiert? Wie lange bin ich schon hier? Was ist mit den anderen?«, bombardierte er die junge Ärztin, die ihn aus kohledunklen Augen verwundert anstarrte, mit Fragen.

»Ich weiß nicht«, antwortete sie. »Draußen wartet eine Polizistin auf Sie. Soll ich sie hereinbitten?«

»Unbedingt.«

Ihre Sohlen quietschten, als sie sich umwandte und aus der Kabine hastete.

Das Letzte, woran er sich noch erinnern konnte, war Glaser, wie er auf ihn angelegt hatte und im Begriff war, ihm ins Gesicht zu schießen. Dann brach das Chaos los. Ein Schussknall, dann nichts mehr.

So sacht wie möglich schwang er die Beine über den Rand der Liege und brachte sich in eine sitzende Position. Er drückte sich die Hand auf den Mund, als er glaubte, sich übergeben zu müssen. Erst jetzt sah er, dass auch das linke Handgelenk verbunden war.

»Das sieht aus wie das Leiden Christi.« Nadine Adler stand gequält lächelnd vor der Kabine und spähte durch den Spalt zu ihm herein. »Darf ich?«

»Frag doch nicht so bescheuert«, raunzte Hagedorn und rieb sich über das Gesicht.

»Autsch!« Er sog scharf die Luft ein. Dann tastete er mit spitzen Fingern über das Pflaster, das auf seiner rechten Gesichtshälfte klebte.

»Was …?«

»Du wurdest angeschossen«, erklärte Adler.

Hat der Mistkerl doch abgedrückt?

Sie tippte sich mit dem Zeigefinger unterhalb des rechten Auges gegen den Wangenknochen.

»Ein Streifschuss. Zum Glück hast du einen Schädel aus Granit. Das Projektil ist an deinem Jochbein abgeprallt und hat die Haut aufgerissen.«

»Hm. Narben machen ja bekanntlich sexy«, knurrte er heiser.

»Lass den Scheiß!«, fauchte sie. »Das ist wirklich nicht lustig.« Nadine schien mit den Tränen zu kämpfen. »Das wird überhaupt zu einer saublöden Angewohnheit von dir!«

»Was denn?«

»Dass einer von uns beiden, Marius oder ich, dich aus der Klinik abholen muss.«

»Hey! Mach mir keine Vorwürfe, wenn irgendjemand mich zu erschießen, zu überfahren, zu ertränken oder zu vergiften versucht. Hab ich was vergessen?«

»Ich mach dir ja keine Vorwürfe«, gab sie kleinlaut zurück. »Ich mache mir einfach nur Sorgen um dich, Papabär.« Sie trat an seine Liege und umschloss seine halbwegs gesunde Hand mit der ihren.

»Was ist mit den anderen? Habt ihr den Dreckskerl?«

Sie schluckte schwer. »Nein.«

Doktor Pelingharam trat ein, bevor er weitere Fragen loswerden konnte.

»Ich würde Sie gerne über Nacht stationär aufnehmen. Nur zur Beobachtung«, fügte sie rasch hinzu, während sie eifrig auf ihrem Klemmbrett kritzelte.

Hagedorn räusperte sich. »Hören Sie, Doktor Pelikan …«

»Pe-lin-gha-ram«, korrigierte sie pikiert.

»Wie auch immer. Sie dürfen mir die Entlassungspapiere fertig machen oder einen Arztbrief, was immer Sie für richtig halten. Ich werde Ihr Etablissement jetzt verlassen.«

Die Ärztin blickte Hilfe suchend zu Adler, die kapitulierend die Arme hob.

»Das ist sehr unvernünftig, Herr Hagedorn«, appellierte die Medizinerin. »Sie haben eine mittelschwere Gehirnerschütterung. Es wäre besser …« Ein Blick in sein Gesicht ließ sie augenblicklich verstummen. »Wie Sie wünschen.«

Doktor Pelingharam kramte in einer Tasche ihres Arztkittels und zog einen Tablettenblister hervor.

»Sie haben drei gebrochene Mittelhandknochen, rechts. Abschürfungen an beiden Handgelenken und eine Risswunde über der rechten Wange, die ich mit vier Stichen genäht habe. Ich vermerke, dass sie auf eigenen Wunsch entlassen werden. Ihr Hausarzt bekommt einen Bericht von mir. Die hier …« Sie hielt ihm den Streifen hin. »… sollten die Schmerzen lindern.«

Hagedorn stopfte den Blister in die Brusttasche seines Hemdes und bedankte sich. »Wo ist mein E-Rolli?«

Adler hüstelte. »Den haben die Kollegen zu dir nach Hause gebracht.«

»Warum zum Teufel ist der … Ach, egal. Besorg mir bitte einen Rollstuhl. Stehen ja genügend herum in der Notfallambulanz.«

Adler schnaubte genervt. »Du bist so ein verdammter Dickschädel.«

»Wenn Sie mir versprechen, ihn wieder zurückzubringen, leih ich Ihnen einen«, warf die Ärztin ein.

Adler legte die Hände aufeinander und bedankte sich stumm.

»Warum musst du immer so eklig sein?«, hielt sie ihm vor, als die Ärztin verschwand.

Hagedorn sah Nadine mit Unschuldsmiene an. »Ich hasse Krankenhäuser. Da sterben die Leute.«

»Dummes Zeug.«

»Erzählst du mir jetzt endlich, was im Schloss passiert ist? Und was aus den anderen meiner Gruppe wurde?« Hagedorn verschränkte trotzig die Arme vor der Brust.

»Nachdem das SEK den kleinen Theatersaal gestürmt hatte, fanden wir die Leiche Cigdems und die des Italieners.« Adler kniff die Augen zusammen.

»Franco Romano«, half er ihr auf die Sprünge. »Und Tim Glaser?«

»Wer ist Glaser?« Adler sah ihn irritiert an. »Der Amokfahrer, den wir identifiziert haben und der sich als Teilnehmer in deine Gruppe eingeschlichen hatte, heißt Timo Feller.«

Hagedorn forderte sie auf fortzufahren. Er würde die Details später erfragen.

»Wie wir uns nach den ersten kurzen Vernehmungen zusammenreimen konnten, war Feller dabei, einen nach dem anderen von euch zu töten. Kurz bevor es das SEK schaffte, die Stromzufuhr zu unterbrechen, war es Viktor Zerr gelungen, seine Fesseln zu sprengen und Feller einen Stuhl überzubraten. Zerr ist sich zu einhundert Prozent sicher, dass er ihn hart getroffen hat, und er glaubte, Knochen brechen zu hören. Dabei muss sich der Schuss gelöst haben.«

»Wieso habt ihr ihn dann nicht festnehmen können?«, fragte Hagedorn schärfer als beabsichtigt.

»Keine Ahnung. Aber er scheint durch einen Speisenaufzug in eine der darunterliegenden Etagen entkommen zu sein.«

»Fuck, verdammt!«, fluchte Hagedorn mit zusammengebissenen Zähnen. »Wo war denn da ein Dinner-Boy?«

»Übertapeziert.«

»Kein Scheiß?«

»Kein Scheiß«, bestätigte Adler.

»Das ist nicht gut. Gar nicht gut. Glaser, Feller, wie auch immer, plant etwas, und ich habe das Gefühl, dass uns nur wenig Zeit bleibt, ihn aufzuspüren, um den Jüngsten Tag zu verhindern.«

Doktor Pelingharam kehrte mit einem Rollstuhl zurück.

»Danke Ihnen. Nicht das neueste Modell, aber es wird genügen«, sagte Hagedorn, ehe die Ärztin das Weite suchte.

»Was hast du jetzt vor?« Nadine Adler wirkte überfordert.

»Erst mal ziehe ich mich an. Von hier sind es keine zehn Minuten bis zum Präsidium. Du begleitest mich und wirst mir alles erzählen. Wie ihr Feller, mich, gefunden habt, alles, was ihr über ihn in Erfahrung bringen konntet und wie es den anderen aus der Gruppe geht.«

Kapitel 72

Schloss Seeheim
22 Uhr 30

Karsten Kieferle stand etwas abseits und überwachte die Arbeit seiner Leute. Und selbst dabei fühlte er sich unbehaglich. Er hatte einen schweren Fehler begangen. Egal, was Nadine sagte.

Es schönzureden und ihr Bemühen, ihn zu beschwichtigen, änderten nichts daran, dass er sich mies fühlte. Zu erwähnen, dass er krank war, sich in psychotherapeutischer Behandlung befand, hätte in seinen Ohren wie eine billige Ausrede geklungen. Deshalb hatte er es auch nicht erwähnt. Es entschuldigte in keiner Weise, dass er den gewaltsamen Tod des Handwerkers nicht erkannt oder den Leichnam im Zweifelsfall zur Obduktion gegeben hatte.

Oleg Wisniewski war sein Name. Schon immer hatte Kieferle seine KT-Kollegen darum beneidet, dass sie sich oftmals wenige Tage nach einer Todesursachenermittlung nicht mehr an die Namen der Opfer erinnerten. Sie konnten vergessen, verdrängen.

Ihm wollte das nie gelingen. Jede seiner von ihm untersuchten Leichen, war ihm namentlich, auch bildhaft, präsent. Und es mussten weit über eintausend gewesen sein. Nein, nicht nur die besonders herausragenden oder tragischen Fälle. Jede einzelne Leiche hatte sich ihm wie mit einem Laser in seine Gedächtnis-Festplatte gebrannt. Viele Jahre hatte ihm das nichts ausgemacht.

Ohne den Tag genau benennen zu können, hatte es vor etwa drei Jahren begonnen. Kurz nachdem er mit seinem Team Tatorte schrecklich verstümmelter Frauenleichen untersucht hatte.

Die jungen Frauen waren ausgeweidet worden. Der wahnsinnige Täter, den Hagedorn und Bannert seinerzeit dingfest machen konnten, hatte sie skalpiert und ihnen chirurgisch die primären und sekundären Geschlechtsorgane entfernt, um sich damit zu schmücken. Der Fall wies Parallelen zu Thomas Harris' *Das Schweigen der Lämmer* auf. Das Motiv und der Modus Operandi waren jedoch andere gewesen.

Ja, er war sich ziemlich sicher, dass es kurz danach angefangen hatte. Schlaflosigkeit, Albträume, Konzentrationsschwächen ... Und obwohl erblich nicht vorbelastet, hatte er mit beständiger Niedergeschlagenheit zu kämpfen.

Der Polizeiarzt hatte ihn mit dem Verdacht einer Erschöpfungssymptomatik in Kur geschickt. Umso niederschmetternder war die abschließende Diagnose ausgefallen. Posttraumatische Belastungsstörung aufgrund von andauerndem psychischem Stress, der auf seine dienstliche Tätigkeit zurückzuführen sei.

Bis zu diesem Zeitpunkt wäre ihm die Tatsache völlig absurd vorgekommen, je an einer PTBS zu erkranken. Jedenfalls hatte er eine Entscheidung getroffen. Nach Abschluss dieses Falles würde er sich krankmelden und seine Frühpensionierung beantragen. Die Abschläge, die damit verbunden waren, würde er hinnehmen. Nicht hinnehmbar war sein Versagen, einen Mord nicht als solchen erkannt zu haben.

Kapitel 73

Zur selben Zeit im Polizeipräsidium

Auf dem Weg zum Präsidium hatte ihn Nadine auf den aktuellen Stand der Ermittlungen gebracht. Fiona Kurath, Udo Stürmer und den Zerrs schien es den Umständen entsprechend gut zu gehen.

Während Viktor und Ivanka darauf bestanden hatten, gleich nach einem medizinischen Check nach Hause gebracht zu werden, waren Stürmer und Kurath ins Zentrum für Psychiatrie eingewiesen worden. Beide, so Nadine, befänden sich in einem psychischen Ausnahmezustand. Stürmer völlig apathisch, Kurath völlig apathisch in einem besorgniserregenden Zustand der Katatonie.

Cigdems Familie war die Todesnachricht bereits überbracht worden, und Fionas Eltern seien auf dem Weg nach Konstanz. Die italienische Botschaft war im Fall Romanos mit der Weiterleitung und Überbringung der traurigen Nachricht an dessen Mutter in Sizilien beauftragt worden.

»Gott sei Dank!« Bannert eilte mit großen Schritten auf Hagedorn zu, kaum dass er aus dem Lift gerollt war, beugte sich herunter und schloss ihn herzlich in die Arme. Eine Geste, die Hagedorn an Bannert neu war.

»Gut jetzt!«, grummelte Hagedorn und schob Marius von sich.

»Ich bin so froh, dass du wohlauf bist.«

Sah man von seinen brüllenden Kopfschmerzen ab, traf das auch annähernd zu. »Heulst du etwa?«

»Idiot!«, schalt ihn Bannert, als er sich mit dem Handrücken flüchtig über die Augen fuhr.

»Lass uns keine Zeit mehr verlieren«, unterbrach Hagedorn die peinliche Stille.

Nadine erwachte als Erste aus ihrer Lethargie und deutete den Flur hinab. »Wir warten noch auf Doktor Fechter. Der Rest hat sich bereits im Soko-Raum versammelt.«

Kapitel 74

Irgendwo in Konstanz
5. Januar, 2 Uhr

Erst nachdem Rettungskräfte, SEK und die Mehrheit der Polizisten vom Seeheim abgerückt waren, hatte er gewagt, aus seinem Versteck zu kriechen. Nur eine kleine Einheit war im Theatersaal zurückgeblieben und sicherte Spuren.

Vor einer Stunde hatte er sich an einem glatzköpfigen Kerl vorbeigeschlichen, der vor dem Eingang telefonierte.

Dass sie ihm auf die Spur gekommen waren, wusste er seit den eingegangenen WhatsApp-Nachrichten auf dem Handy des Psycho-Doc. Das angefügte Bild war zwar schon etwas älter, ließ aber keine Zweifel an ihrem Erfolg offen.

Es war müßig, darüber nachzudenken, wo und wann er einen Fehler begangen hatte, schließlich hatte er viel früher mit seiner Ergreifung gerechnet. Wie erwartet hatten die Bullen den BMW seines Vaters abgeschleppt. Sie würden auch sein Haus durchsuchen und sehr wahrscheinlich dort auf ihn warten.

Zwei Hubschrauber kreisten mit dröhnenden Triebwerken im Tiefflug über der Stadt. Feller hatte keine Ahnung, mit welchen technischen Gimmicks die Polizeihubschrauber operierten, ging jedoch davon aus, dass sie mit Wärmebildkameras ausgestattet waren, die aus der Luft alles orten konnten, was sich bewegte und Körperwärme abstrahlte.

Obwohl sie nur wenige Hundert Meter über ihm hinwegschwebten, konnte er ihre Position im diesigen Nachthimmel nur über deren blinkende Beacons erahnen. Die grünen und roten Lichter sagten ihm, ob sie auf ihn zu- oder von ihm wegflogen.

Die Augen stets zum Himmel gerichtet, huschte er im Schutz von Brücken, Gebäuden, Unterführungen und Hauseingängen bis zur Altstadt. Dort würde er im Archiv bis zum Morgengrauen Schutz suchen.

Wenig später schlüpfte er durch die schwere Holztür und schleppte sich, mit letzter Kraft auf das Geländer gestützt, die ausgetretene Holztreppe hinunter. Niemand würde ihn hier vermuten. Am wenigsten die Polizei.

Es bedurfte keines Lichts, um sich zu orientieren. Er fand sich nur mithilfe der Notfallbeleuchtung zurecht. Trotzdem wäre er beinahe gegen ein Rollregal geprallt, als er den hinteren Gewölbebereich ansteuerte. Er erinnerte sich von seinem letzten Besuch an einen Stapel Kartons mit Stoffbahnen darin.

Umständlich zog er mit einer Hand die zusammengefalteten Stoffe heraus und erkannte im grünen Schummerlicht, dass es sich um Flaggen handelte. Die Flaggen Europas, die im Sommer auf der Alten Rheinbrücke im Wind flatterten.

Notdürftig errichtete er daraus ein Lager, auf dem er sich mit einem Stöhnen niederließ.

»Der verdammte Russe«, verfluchte er Zerr. In dem Augenblick, als der Kronleuchter erlosch, hatte der Stuhl seinen Schädel nur um Millimeter verfehlt.

Derart kraftvoll geschwungen, hätte er ihm bei einem direkten Treffer den Schädel eingeschlagen. Stattdessen hatte das Stuhlbein Schläfe und Ohr nur gestreift und das Schlüsselbein zertrümmert.

Dann war alles sehr schnell gegangen. Nur wenige Sekunden waren ihm geblieben, den Tisch beiseitezurücken, den Griff zu ertasten und die Klappe nach oben zu schieben. Obwohl er die Knie mit aller Kraft gegen die Schachtwände gepresst hatte, war er schneller gefallen, als ihm lieb war. Der Aufprall war hart, und er hatte sich an einem rostigen Nagel den Schenkel aufgerissen.

Bei einem seiner letzten Streifzüge durch das im Umbau befindliche Gebäude hatte er sich alles eingeprägt und jede erdenkliche Fluchtoption erwogen. Womit er nicht gerechnet hatte, war die lückenlose Umstellung der gefühlt drei Dutzend Polizisten, die den Fluchtweg aus dem Keller versperrten.

Dann war ihm der alte Räucherofen in den Sinn gekommen. Natürlich hatten sie auch diesen Kellerraum durchsucht, sodass er gezwungen war, die Esse zu erklimmen, was nicht sonderlich schwer war. Als sich scharrend die eiserne Ofentür öffnete und jemand flüchtig mit einer Taschenlampe hineinleuchtete, hatte er sich schon am Ende geglaubt.

Eine Stunde später war er nach Ruß und ranzigem Speck stinkend aus dem Ofen gestiegen und schließlich aus dem Keller geschlüpft.

Mit zusammengebissenen Zähnen fingerte er mit der Linken sein Smartphone aus der Gesäßtasche und checkte die Uhrzeit. Wohl wissend, dass sie versuchen würden, ihn zu orten, hatte er schon vor Beginn der Sitzung den Flugmodus aktiviert und das GPS deaktiviert.

In dem Augenblick, in dem er es wieder einschalten und das Inferno auslösen würde, wäre es zu spät für eine Ortung. Bis dahin waren noch ein paar Stunden Zeit.

Nur um sicherzugehen, stellte er den Wecker seines Handys und rollte sich auf den Flaggen ein. Wenngleich er annahm, dass die Schmerzen ihn kaum schlafen lassen würden.

Panisch fuhr er auf und tastete nach dem kleinen Gerät, das er beinahe vergessen hätte. Erleichtert ertastete er die Umrisse der digitalen Wanze in einer der vorderen Taschen seiner Hose.

Nur durch Zufall war er mit Helmut, dem Haustechniker, ins Gespräch gekommen, als dieser vom Seeheim ins Rathaus zurückgekehrt war. Redselig, wie er war, erwähnte er die Installation eines Gerätes, ohne zu konkretisieren, was er damit meinte.

Da er keinen Verdacht erregen wollte, hatte er auch nicht weiter danach gefragt. Stattdessen war er bereits zwei Stunden vor dem zweiten Gruppentreffen ins Seeheim gefahren und hatte den Theatersaal abgesucht, ohne zu wissen, wonach er eigentlich Ausschau halten sollte.

Irrtümlich hatte er angenommen, dass der Haustechniker einen Rauchmelder installiert haben könnte. Bei einem Blick zur Decke war ihm das Miniaturaufnahmegerät im Kronleuchter aufgefallen. Die Aufnahmen darauf zu sichern war einfach gewesen. Wenngleich er die letzte Aufzeichnung mit Hagedorns Schilderung nicht mehr würde online stellen können, würden das Video der Amokfahrt und die Aufnahmen den anderen Gruppenteilnehmer in wenigen Stunden ins Netz gestreamt. Sein Vermächtnis.

Beruhigt schloss er die Augen und versuchte gegen das Pochen in der Schulter anzuatmen.

Als der Schmerz auf ein erträgliches Maß sank, spielte er in Gedanken erneut das Szenario durch. Alles war perfekt vorbereitet. Es würde gewaltig werden. Davon hatte er geträumt. Die Welt, die Menschen darin, sogar sein eigenes kümmerliches Leben, waren ihm seit vielen Jahren zuwider. Wie lange schon, war ihm entfallen.

Verklärt blickte er noch eine Weile zur Gewölbedecke, bis er schließlich einschlief.

Kapitel 75

Polizeipräsidium
5. Januar, 7 Uhr

»Rauchen Sie wieder? Ich dachte, Sie hätten damit aufgehört?«, fragte Fechter, der ein Streichholz anriss und paffend die Zigarrenspitze zum Glimmen brachte.

Der Staatsanwalt war unmerklich neben ihn getreten, als Hagedorn die geschnorrte Zigarette qualmte und seinen Gedanken nachhing.

»Auch nicht gesünder«, kommentierte er auf Fechters Zigarre deutend. »Ich hätte Sie eher für den Pfeifentyp gehalten.«

Fechter ging darauf nicht ein. »Könnten wir auf dieses Gesieze nicht langsam verzichten? Ich meine, wir arbeiten nun schon lange genug zusammen.«

Hagedorn betrachtete ihn amüsiert. »Gern. Ich halte ohnehin nicht viel von Förmlichkeiten.«

»Gideon.« Fechter hielt ihm die fleischige Hand entgegen.

»Falk.«

Fechter war ziemlich ungehalten, als er kurz nach zwei Uhr auf der Dienststelle eingetroffen war. Ob es nun an der späten Stunde oder daran lag, dass er fast zwei Stunden im Auto gesessen hatte, war einerlei, aber ausnahmslos jeder in der Soko bekam Fechters ausgesprochen schlechte Laune zu spüren.

Wie er selbst mehrfach in der fünfzehnminütigen

donnernden Wutrede betonte, seien die Staatsanwaltschaft und er als Leitender Oberstaatsanwalt die Herren des Verfahrens.

Er und niemand anders sei verantwortlich, wenn man Feller nicht festnehmen und eine noch schlimmere Amoktat verhindern könne.

Hagedorn kannte ihn besser. Fechters Wut, die sich wie siedendes Pech über die Kollegen und Kolleginnen ergoss, war nichts als die nackte Angst und Verzweiflung.

Nachdem er sich beruhigt hatte, ließ er sich über jeden Einsatzabschnitt ins Bild setzen. Erst danach ließ er sich von Hagedorn die Geschehnisse im Schloss Seeheim schildern. Sämtliche Versuche, Feller zu Land, zu Wasser und aus der Luft aufzuspüren, waren ins Leere gelaufen.

»Wie halten wir den Kerl auf, Falk?«

»Ehrlich? Ich hab keine Ahnung.« Hagedorn kramte eine weitere, zerknitterte Zigarette aus der Brusttasche, strich sie glatt und entzündete sie.

»Hat man denn keine Hinweise in seinem Haus gefunden?«, wollte Fechter wissen.

»Die Leute haben alles auf den Kopf gestellt. Selbst den Abfall aus den Mülltonnen haben sie eingepackt.« Er deutete mit dem Daumen auf eine der oberen Etagen des Polizeigebäudes. »Sind gerade dabei, alles zu fotografieren und zu asservieren.«

Fechter rieb sich sorgenvoll über die Nase und atmete schwer aus. Hagedorn hätte ihm gerne etwas Beruhigendes gesagt, jedoch ging es ihm wie Fechter.

»Was stimmt mit dem Kerl nicht?« Der kleine Mann wandte sich ihm zu.

»Hm …« Hagedorn überlegte kurz. »Aus psychiatrischer Sicht wäre Feller ein phänomenal gutes Studienobjekt. So ein Fall, entschuldige die nüchterne Ausdrucksweise, ist mir noch nie begegnet. In achtzehn Jahren Fallanalyse beim LKA und auch früher nicht. Schizoid, wahnhaft, getrieben von Allmachtsfantasien. Emotionale Vernachlässigung, eventuelle Misshandlung in Fellers Kindheit oder psychische Störungen der Eltern könnten Auslöser gewesen sein.«

Die Eingangstür, angetrieben von einem Elektromotor, öffnete sich summend, und Nadine Adler trat heraus. Mit einer dampfenden Tasse Kaffee, die sie mit beiden Händen umfasst hielt, gesellte sie sich zu ihnen. Wie alle anderen sah auch sie übernächtigt aus. Haarsträhnen hatten sich aus dem Pferdeschwanz gelöst und standen wirr ab.

Hagedorn fuhr fort. »Jedenfalls ist Feller, lapidar ausgedrückt, völlig durchgeknallt. Er wird sich keinesfalls lebend festnehmen lassen. Ich gehe davon aus, dass er Suicide by Cops begeht, wenn er sich nicht selbst mit in die Luft sprengt.«

Hagedorn nickte Adler aufmunternd zu. »Nadine? Gibt es was Neues?«

»Hmhm. Nein. Wir sind jetzt alle großen und kleinen öffentlichen Veranstaltungen durchgegangen, die als potenzielle Anschlagsziele in Betracht kommen könnten. Es ist Samstag. Die Stadt wird voller Menschen sein, und die meisten Veranstaltungen finden heute Abend statt. Auch das Lago haben wir in Erwägung gezogen.«

Das Lago war ein riesiges Einkaufszentrum, das vor allem an Samstagen insbesondere durch Schweizer Kunden stark frequentiert war. Tausende Menschen hielten sich darin auf. Shoppten, bummelten, tranken oder aßen in den unzähligen größeren und kleineren Restaurants oder gingen ins Kino.

»Das Lago öffnet um neun Uhr dreißig. In einer halben Stunde beginnen wir, das Gebäude mit Sprengstoffhunden abzusuchen. Das Zentrum geschlossen zu halten, habe ich mit dem Präsidenten ebenfalls diskutiert, würde uns aber, falls wir nichts finden, Schadensersatzklagen in Millionenhöhe bescheren.«

»Wenn er sonst keine anderen Sorgen hat«, bemerkte Hagedorn spitz.

»Hat er offenbar nicht. Mehr Sorge scheint ihm die Beschwerde des Oberbürgermeisters gegen Marius zu bereiten.«

Fechter und Hagedorn tauschten fragende Blicke.

»Marius hat ihm gestern Abend gedroht und ihn einen Provinzpolitiker genannt, als er euren Versammlungsort nicht preisgeben wollte.«

Fechter begann prustend zu lachen.

»Den lassen Sie meine Sorge sein«, sagte Fechter, nachdem er sich wieder beruhigt hatte. »Ich rede mit dem Präsidenten und mit Zimmermann.«

»Ach, ehe ichs vergesse, Falk. Die Kollegen vom Revier haben deinen E-Rolli hergebracht. Falls du das klapprige Ding loswerden willst …« Nadine deutete auf den Krankenhausrollstuhl. »… er steht in der Wache.«

»Wunderbar. Danke, Nadine.« Hagedorn stieß die Greifreifen an und ließ Adler und Fechter stehen.

Kapitel 76

Polizeipräsidium, Asservatenraum
7 Uhr 20

Karsten Kieferle und fünf seiner Mitarbeiter sortierten gerade den Unrat, den sie aus Fellers Haus mitgenommen hatten, als Hagedorn den Elektrorollstuhl durch die Tür bugsierte.

»Wie kommt ihr voran, Karsten?«

»Leidlich.« Kieferle zupfte sich die Maske unters Kinn und verzog angewidert das Gesicht. »Ich weiß zwar nicht, warum Marius darauf bestanden hat, auch den Biomüll zu sichern … aber vielleicht finden wir was in der stinkenden Pampe.«

Hagedorn schielte an Kieferle vorbei auf einen der Tapeziertische, die sie behelfsmäßig aufgestellt hatten, um die Spuren darauf zu verteilen.

»Fuck, ver…« Hagedorn stöhnte. »Was ist das denn?« Kieferle hatte sich offenbar dem Papiermüll gewidmet. Aberhunderte Papierfetzen lagen auf der drei Meter langen Tischplatte verteilt. Feller schien zu seinen sonstigen Krankheitsbildern auch noch zwangsneurotisch veranlagt zu sein. Zeitschriften, Tageszeitungen, Werbung, Kuverts, selbst Kartonagen, waren in Schnipsel zerrissen, von denen keiner größer als eine Visitenkarte war.

»Ich versuche, die Teile zusammenzufügen. Eine Anwärterin nimmt sich nachher noch speziell der Kartonschnipsel an«, erklärte Kieferle.

Hagedorn rollte näher an den Tisch und bemühte

sich, aus den Mosaiken, die Kieferle teilweise zusammengefügt hatte, schlau zu werden.

Mahnschreiben, Rechnungen von Versicherungen, Prospekte mit Sonderangeboten lokaler Discounter und Baumärkte, Kontoauszüge, Kinowerbung, sogar eine Beileidskarte glaubte er zu entziffern.

Kieferle zog sich schnalzend die Gummihandschuhe ab und goss aus einer Thermoskanne Tee in eine Tasse, auf der *'n Scheiß muss ich* stand.

Hagedorn sah sich verstohlen nach Kieferles Kollegen um. »Wie geht's dir, Karsten?«, fragte er leise.

»Geht schon«, log er.

Hagedorns Blick drückte »Erzähl mir keinen Scheiß« aus.

»Hat Nadine mit dir gesprochen?«

Hagedorn begriff, worauf Karsten anspielte. »Ja, hat sie. Ich sehe es wie sie. Du solltest dir deswegen keine Vorwürfe machen.«

»Das sagt ihr so einfach.« Kieferle schnaubte. »Wie stehe ich denn jetzt vor meinen Leuten da? Hm? Der Leiter der Zentralen Kriminaltechnik erkennt ein offensichtliches Tötungsdelikt nicht mehr.«

»Wenn ich mich recht erinnere, soll Doktor Strasser geäußert haben, dass es eben nicht offensichtlich war, dass jemand nachgeholfen hat.«

»Trotzdem«, widersprach Kieferle. »Ich hätte bei der Staatsanwaltschaft eine Obduktion anregen müssen. Eigentlich muss ich der Witwe Wisniewska für ihre Hartnäckigkeit dankbar sein. Stell dir vor, der Leichnam wäre kremiert worden. Der Mord wäre unerkannt, der Mörder ungesühnt geblieben.«

»Ach komm schon, Karsten. Du weißt selbst, wie groß das Dunkelfeld unentdeckter Tötungsdelikte ist.«

Kieferle zog zwei frische Nitril-Handschuhe aus der

Box und gab damit zu verstehen, dass er nicht länger darüber reden wollte.

»Ich muss weitermachen.«

»Hm, alles klar. Viel Erfolg!«

Hagedorn zuckte mit den Achseln und rollte frustriert dem Ausgang zu.

Kapitel 77

Konstanz, Altstadt
9 Uhr 35

Hagedorn war, getrieben von seiner inneren Unruhe, in die Innenstadt gefahren. Er musste unbedingt aus dem Polizeigebäude raus. Die Kopfschmerzen machten es ihm nicht leichter, seine Gedanken zu klären. Nur zwei von den Tabletten, die Doktor Pelingharam ihm mitgegeben hatte, waren noch übrig.

Mit einem Coffee-to-go und einem Käsebrötchen eingedeckt, saß er am Hafenbecken und sah kauend auf den See hinaus.

Die Soko-Mannschaft hatte die ganze Nacht geschuftet. Niemandem war eine Pause vergönnt, und doch wurde Hagedorn das Gefühl nicht los, dass sie keinen Schritt weitergekommen waren. Es war die Suche nach der Nadel im Nadelhaufen. Zwei Dutzend mögliche Ziele, darunter Kirchen, Moscheen, eine Synagoge, das Bodenseeforum, in dem am Abend eine Musicalaufführung stattfinden würde, und andere Veranstaltungsorte, auf die das Polizeipräsidium seine Schutzmaßnahmen ausweiten würde. Es war schlicht unmöglich, alle Objekte, die für einen Anschlag infrage kamen, umfassend zu schützen.

Er hatte es vermieden, es bei der letzten Besprechung zu erwähnen, aber er ging vom Schlimmsten aus. Nadine schien seine unausgesprochene Befürchtung zu teilen, weshalb sie alle umliegenden Kliniken, schnelle Eingreiftruppen der Rettungsdienste, Feuerwehren, Rettungshundestaffeln und das Technische Hilfswerk in Alarmbereitschaft versetzen ließ.

»Was hast du vor, Feller?«, murmelte er leise. »Was war dein Plan, nachdem du uns alle im Schloss erschossen hättest? Du musstest doch damit rechnen, dass man dir auf die Spur kommen würde. Spätestens als Marius mir dein Bild gesendet hatte, musste es dir klar sein. Warum warst du nicht überrascht? Bist nicht in Panik geraten? War unsere Exekution nur ein Zeitvertreib? Nein, ich weiß ja, du wolltest ein Massaker inszenieren, Kräfte binden und von deinem eigentlichen Plan ablenken. Ist es nicht so, Timo? Moment mal!«

Hagedorn durchfuhr es plötzlich siedend heiß. Genau das war der springende Punkt: »Dein Ablenkungsmanöver war viel zu früh getimt, wenn du erst heute Abend das nächste Massaker veranstalten willst! Oh Scheiße!«

Hagedorn stopfte den Rest des Brötchens und den zur Hälfte geleerten Kaffeebecher in eine Mülltonne und wählte Bannerts Nummer.

»Marius? Falk hier. Die Show, die Feller im Schloss Seeheim abgezogen hatte, war ein Ablenkungsmanöver. Ich denke, dass wir schon früher mit einem Anschlag rechnen müssen. Nicht erst heute Abend. Ja, ich bin schon auf dem Rückweg zum Präsidium. Bis gleich!«

Die Batteriestandsanzeige seines Rollstuhls wies nur noch fünfzig Prozent aus. Trotzdem schob er den Beschleunigungshebel auf volle Leistung.

Holpernd überwand er den Bahnübergang am Konzil und bog verbotswidrig auf die Konzilstraße Richtung Rheinbrücke ab. Auf der höchsten Stufe machte sein Rolli annähernd fünfundzwanzig Kilometer pro Stunde. Weit mehr, als es die Zulassungsbestimmungen erlaubten. Schon vor Jahren hatte er in einer Werkstatt die Übersetzung ändern lassen.

Er passierte die Südwestdeutsche Philharmonie und näherte sich der Inselgasse. Der Fahrer eines Kleinlasters überholte ihn unter wütendem Gehupe auf Höhe des Damms, der die Dominikanerinsel mit der östlichen Altstadt verband, als er das Tempo reduzierte.

Dem Inselhotel gegenüber lag das Stadttheater. Hagedorn erinnerte sich, dass das Steigenberger Hotel als ein mögliches Ziel diskutiert worden war. Wegen verschiedener Konzerte und Foren hatte sich Prominenz aus Politik, Wissenschaft, Kultur und Finanzwelt darin eingemietet. Ein Anschlag auf das Hotel würde auf breites, internationales öffentliches Interesse stoßen.

Der hauseigene Sicherheitsdienst habe Vorsorge getroffen, und man wolle keine Polizei im Hause haben, ließ das Direktorium des Hotels mitteilen. Die Durchsuchung des Hotels mit einem Sprengmittelspürhund war das einzige Zugeständnis, zu dem man seitens der Hotelleitung bereit war.

Die Einsatzkräfte der drei Hundertschaften, die der Präsident zusätzlich angefordert hatte, waren angewiesen, stündlich am Hotel vorbeizufahren und verdächtige Gegebenheiten mitzuteilen. Eine reine Alibi-Aufgabe, wie jedem klar war.

Unentschlossen wanderte Hagedorns Blick zwischen Stadttheater und Inselhotel hin und her. Warum hatte er angehalten? Für den Bruchteil einer Sekunde war ein Gedanke aufgeflammt und wie ein Meteorit am nächtlichen Himmel verglüht.

Verdammt! Was war es?

Als ihm bewusst wurde, dass er immer noch auf der Fahrbahn stand, stieß er einige Meter auf den Damm zurück und kniff die Augen zusammen.

»Wenn nur diese Kopfschmerzen nicht wären«, sagte er lauter als beabsichtigt und erntete den verwunderten Blick einer alten Dame, die ihren akkurat getrimmten Bichon Frisé ausführte.

Krampfhaft versuchte er sich an die Details aus den Besprechungen, den unzähligen Memos von Bannert oder von Kieferles Tapeziertisch zu erinnern.

War es etwas, was er in den Schnipseln entdeckt hatte, ohne es greifen zu können?

»Scheiße!«, fluchte er lauthals, was die alte Frau noch mehr verschüchterte und worauf sie sich, den Hund hinter sich herziehend, trippelnd entfernte.

Einer Intuition folgend wählte er Kieferles Handynummer.

»Karsten«, rief er ins Telefon, als er sich nach dem zweiten Klingeln meldete. »Der Pole …«, ihm war der Name entfallen, »… der erdrosselt wurde. Wo hat der gearbeitet?«

»Ich glaube, der war als so eine Art Hausmeister im Theater angestellt.«

»Glaubst du, oder weißt du es?«, drängte Hagedorn.

»Ich bin mir nicht sicher.«

»Mensch, finde das heraus. Es könnte wichtig sein.«

Ohne eine Antwort Kieferles abzuwarten, rammte er den Gashebel nach vorn, schoss den Verkehr missachtend quer über die Straße und hielt geradewegs auf das Theater zu. Reifen quietschten, zorniges Hupen.

Vor dem Theatereingang hatte sich eine Menschentraube versammelt. Kinder mit ihren Müttern oder älteren Geschwistern drängten ins Innere des Gebäudes.

Als er dort ankam, überflog er den Spielplan, der in einem Glaskasten angepinnt war.

»Großer Gott!«, entfuhr es ihm. »*Peterchens Mondfahrt …*«

Feller hätte sich beinahe verraten, als er, nachdem er Romano erschossen hatte, sagte: »Da war er tot, der Sumsemann.«

Mechanisch hob er sein Handy und tippte auf eine der zuletzt gewählten Nummern.

»Marius. Ich kenne jetzt sein Ziel.«

Kapitel 78

Stadttheater Konstanz
9 Uhr 45

Nadine hatte schnell reagiert. Innerhalb von zehn Minuten hatte sie mit beachtlicher Souveränität den jeweiligen Abschnittsleitern klar strukturierte Aufträge erteilt. Der Verkehr wurde von der Alten Rheinbrücke über die Obere und Untere Laube umgeleitet. Die Hundeführer sowie die Spezialeinsatzkräfte, Sprengstoffexperten, zwei Hundertschaften der Bereitschaftsabteilung, Feuerwehr und Rettungskräfte waren um das Theater zusammengezogen worden. Im Hof des Klosters Zoffingen, nur hundert Meter vom Theater entfernt, hatte Nadine eine provisorische Einsatzzentrale errichten lassen.

Adler, Bannert, Kieferle, Mirko und Lunte saßen zusammengepfercht im Einsatzbus, während Hagedorn an der offenen Schiebetür die Lagebesprechung mitverfolgte.

»Der Polizeipräsident ist im FLZ und koordiniert dort weitere Maßnahmen«, begann Nadine.

»Die Aufführung ist mit vierhundert Besuchern bis auf den letzten Platz ausverkauft und beginnt in fünfzehn Minuten. Uns bleibt nicht viel Zeit, das Theater zu evakuieren.«

»Ich nehme nicht an, dass Feller die Bombe gleich zu Beginn zünden wird«, schaltete sich Hagedorn ein. »Meine Vermutung ist vielmehr, dass er bis kurz vor oder nach der Pause damit wartet.«

Adler wandte sich an den Feuerwerker. »Lunte, würdest du für alle noch einmal wiederholen, was du mir erklärt hast?«

Der Altrocker strich sich durch den langen Bart. »Zeitzünder sind oldschool und finden heute kaum mehr Anwendung. Nach deiner Einschätzung, Falk, wird Feller das Spektakel mit ansehen wollen. Er will um jeden Preis dabei sein. Deshalb gehe ich davon aus, dass er die Sprengladung aus der Nähe mit einem Funkzünder zur Umsetzung bringen wird. Je nachdem wo er die Bombe platziert hat. Diese Art Zünder arbeiten mit Funksignalen, zumeist im Frequenzbereich 2,4 Gigahertz. Das Wichtigste wird sein, jedwede Funksignale zu stören, bevor wir das Theater räumen. Was nicht ausschließt, dass er die Bombe dennoch manuell zünden könnte«, schränkte Lunte ein. »Aber es verschafft uns vielleicht etwas Zeit.«

»Und wie stören wir das Signal?«, wollte Bannert wissen.

»Mit einem Jammer. Ich erspare euch technische Details, aber der Störsender unterbricht alle Funksignale. Auch unsere Funkkommunikation könnte dadurch eingeschränkt sein«, sagte er. »Da uns kein militärisches Equipment zu Verfügung steht, ist die Reichweite begrenzt, was bedeutet, dass wir das Gerät irgendwie ins Innere des Theaters bringen müssen.«

»Ich mach das«, warf Kieferle entschieden ein.

Adler nahm den Faden an den Kommandoführer des SEK wieder auf. »Wir gehen davon aus, dass Feller ebenfalls schon im Theater ist, also müssen wir uns eng abstimmen.«

»Sobald wir den Jammer zum Einsatz gebracht haben, muss die Räumung des Theatersaals und die Suche nach Feller wie ein Schweizer Uhrwerk laufen. Verstanden?«

»Es wird uns kaum gelingen, die Kinder aus dem Saal zu schaffen, ohne dass Feller etwas davon mitbekommt«, gab Bannert zu bedenken.

»Oder eine Panik auslösen«, warf Hagedorn ein.

Adler rieb sich die Augen. »Wir müssen mit allen Mitteln versuchen, alle vorher rauszuschaffen«, sagte Adler mehr zu sich selbst. »Wie groß wird die Explosion sein, Lunte?«

Krüger zuckte mit den Achseln. »Wenn die Sprengung innerhalb des Theatersaals erfolgt ...« Er warf einen Blick auf den Gebäudeplan, der vor ihm auf dem Klapptischchen lag. »... kann die Druckwelle nicht entweichen. Die Explosionswirkung bliebe lokal begrenzt, würde aber jeden töten, der sich im Radius der Druckwelle befindet. Wie sich das auf die strukturelle Integrität des Gebäudes selbst auswirkt, vermag ich nicht zu beurteilen.«

»Sind deine Leute bereit, Mirko?« Adler tippte auf ihre Smartwatch und las die Uhrzeit ab.

»Stehen bereit.«

»In sieben Minuten gehen wir rein. Ich hab bereits acht Kolleginnen in Zivil im Theater, die Feller aufzuspüren versuchen. Eure Priorität wird sein, ihn handlungsunfähig zu machen. Er darf auf keinen Fall den Zünder betätigen. Notfalls ballert ihm in die Rübe.«

Der Kommandoführer nickte. »Nur fürs Protokoll. Der finale Rettungsschuss ist hiermit angeordnet?«

»Ist hiermit angeordnet«, bestätigte sie. »Sowie du mit deinen Leuten in das Gebäude eindringst, wird meine Mannschaft zeitgleich die Saaltüren öffnen und die Kinder schnellstmöglich aus dem Gebäude und danach über die Straße zur Lobby des Inselhotels lotsen.«

Lunte zog einen schwarzen Kasten aus seiner Beintasche, den er Kieferle reichte. Er war den polizeilichen Funkgeräten nicht unähnlich, jedoch ragten daraus fünf Antennen statt einer.

»Sobald du drin bist, kannst du den Störsender hier einschalten.«

»Verstanden«, sagte Karsten. »Wo werde ich ihn postieren?«

»Am besten im Theatersaal. An *der* Stelle«. Lunte deutete auf einen Punkt des Grundrissplans.

Kieferle nahm das Gerät an sich, überprüfte den Ladezustand seiner Dienstwaffe und schickte sich an, den Bus zu verlassen.

»Karsten!« Nadine hielt ihn zurück. »Wenn du den Sender platziert hast, will ich, dass du dort schleunigst verschwindest. Ist das klar?«

»Ja, ist klar.«

Sie sahen ihm nach, als er sich im Laufschritt vom Hof und Richtung Theater entfernte.

»Großer Gott! Ich hoffe, es geht alles glatt.«

Betreten blickten sie einander an.

»Adler an alle. Hier Adler an alle eingesetzten Kräfte. Zugriff in fünf. Zugriff in fünf. Positionen einnehmen.«

Kapitel 79

Theatersaal
9 Uhr 55

Er hockte im Schneidersitz auf dem metallenen Steg über der Bühne und beobachtete gespannt, wie sich der Saal mehr und mehr füllte. Hunderte Kinder strömten an der Hand ihrer Eltern, Kindergärtnerinnen oder älteren Geschwister den Sitzreihen entgegen. Chaotisch, undiszipliniert. Sein Vater hätte ihm eine hinter die Ohren gegeben, wenn er sich so benommen hätte. Das Lärmen, Lachen und Kreischen war kaum auszuhalten.

Mehrere Meter unter ihm rückten Bühnenarbeiter die letzten Kulissen für *Peterchens Mondfahrt* zurecht. Eben schob man die Kanone herein, mit der Peter, Anneliese und Herr Sumsemann auf den Mondberg geschossen würden, und platzierte sie am Bühnenrand.

Ein rascher Blick auf das Display seines Handys. Fünf Minuten, bis sich der Vorhang für die Vorstellung öffnen würde. Von hier oben würde er die verzückt leuchtenden Kinderaugen sehen. Ihr Lachen vernehmen, wenn Herr Sumsemann sich aus lauter Furcht totstellen würde.

Das Kinn auf die Handballen gestützt, sah er dem Treiben zu. Sollte er nicht erfüllt sein von Angst oder Panik vor dem, was ihm bevorstand? Er horchte tief in sich hinein.

Das einzige Gefühl, das ihn umtrieb, war die Sorge, dass etwas schiefgehen könnte, der Zünder nicht funktionierte oder die teigige Pampe, die er dem Tschechen abgenommen hatte, nicht umsetzte. Das Einzige, was er im Vorfeld nicht hatte testen können. Es lag durchaus im Bereich des Möglichen, dass der Tscheche versucht hatte, ihn über den Tisch zu ziehen, ihm Fake-Ware angedreht hatte. Nun ärgerte er sich, dass er es nicht doch ausprobiert hatte. Ein murmelgroßes Stück davon hätte genügt. Aber selbst auf dem alten Militärgelände außerhalb von Konstanz hätte ein Test zu viel Verdacht erregt.

Er presste die Augenlider zusammen und verdrängte die Zweifel, die aufzukeimen drohten.

Alles läuft so, wie du es geplant hast. Alles läuft so, wie du es geplant hast, wiederholte er mantrahaft in Gedanken.

Als er nach einer halben Minute die Augen wieder öffnete und sich an das Licht gewöhnt hatte, glaubte er jemanden im Zuschauerraum entdeckt zu haben, dem er schon einmal begegnet war.

»Scheiße! Scheiße! Scheiße!«

Kapitel 80

10 Uhr

Kieferles Augen scannten den Zuschauerraum, nachdem er den Sender unter einem unbesetzten Platz im vorderen Drittel positioniert hatte. Zuschauer, die noch in den Saal wollten, wurden daran gehindert.

Ein junger Vater mit Dutt und Hipsterbart durchlöcherte ihn mit bösen Blicken, als sich Kieferle kurze Zeit später erneut an ihm vorbeischob und die Reihe verließ.

Das Licht der Deckenleuchten wurde bereits gedimmt, als er bemüht gelassen, um keinen Verdacht zu erregen, am Seitengang die Parkettreihen emporstieg. Von weiter oben würde er eine bessere Sicht haben. Das Stimmengewirr wurde leiser, und andächtige Stille kehrte ein.

Inständig hoffte Kieferle, dass das vereinbarte Signal nach außen dringen würde. In schneller Folge drückte er zweimal die Ruftaste am Funkgerät, das er unter der Jacke am Gürtel trug.

»Tut mir leid. Ich kann hier nicht untätig herumsitzen«, murrte Hagedorn, als es zweimal in den Funklautsprechern knackte. Karstens Signal, dass der Störsender platziert und hoffentlich aktiv war.

»Komm sofort zurück«, rief Nadine ihm nach. Hagedorns Rollstuhl beschleunigte jedoch rasant und entfernte sich schnell.

»Shit!« Adler war gezwungen, hier die Stellung zu

halten, obwohl sie es vorgezogen hätte, mit ihren Leuten an vorderster Front zu sein.

Bannert und Lunte hatten sich dem SEK angeschlossen und sollten in diesem Augenblick ins Gebäude eindringen. Die Einsatzgruppen hatten sich aufgeteilt und würden von drei Seiten vorgehen.

»Liebe Eltern, liebe Kinder. Aufgrund einer Undichtigkeit unserer Gas-Heizanlage müssen wir die heutige Vorstellung von *Peterchens Mondfahrt* aus Sicherheitsgründen leider absagen. Eure Karten behalten natürlich ihre Gültigkeit. Wir werden alsbald bekannt geben, wann die Vorstellung wiederholt wird. Bitte verlassen Sie den Saal nun so schnell und geordnet wie möglich.«

Die Kollegin, die Karsten nur vom Sehen kannte, wirkte in der Rolle als Theater-Intendantin sehr überzeugend. Die acht Kolleginnen, die Adler inkognito eingeschleust hatte, stimmten sich mit kaum merklichem Kopfnicken ab. Dann öffneten sie die seitlichen Türen, die vor wenigen Augenblick erst verschlossen worden waren.

In den Gängen standen im Abstand von wenigen Metern schwer gepanzerte Polizisten der Einsatzhundertschaft, die mit drängenden Gesten die Eltern und Kinder zum Verlassen des Zuschauersaals aufforderten.

Entgegen ihren Befürchtungen blieb eine allgemeine Panik aus. Obwohl einige Mütter sich erschrocken die Hände auf den Mund pressten, Väter verdattert dreinschauten oder ihren Unmut lautstark zum Ausdruck brachten, verfielen die meisten Kinder in ehrfürchtiges Staunen über so viele Polizisten.

Als die Ersten den Ausgängen entgegenströmten, wurden sie sogleich von Einsatzbeamten nach draußen geleitet.

»Nein, nein, nein! Das kann doch nicht wahr sein.« Er ahnte, dass er dem Glatzkopf schon einmal begegnet war. Er war es, der telefonierend vor dem Schloss Seeheim gestanden hatte, als er dem Kellerschacht entstiegen war. Vermutlich hatte er zum Spurensicherungsteam gehört, das zurückgeblieben war, nachdem alle anderen Bullen abgerückt waren.

»Was macht ihr denn da?«, hätte er am liebsten gebrüllt.

Wieso nur hatte er über der Bühne Stellung bezogen? Klar, von hier aus hatte er sowohl den Zuschauerraum als auch die Bühne und den Bereich dahinter im Blick. Nun konnte ihm dieser Leichtsinn zum Verhängnis werden. Hier oben saß er in der Falle.

Das Finale sollte mit dem Akt enden, in dem Herr Sumsemann mit einem Kanonenknall auf den Mond geschossen würde.

Wenn sie nun alle hinausbrächten, wäre sein Vorhaben gescheitert. Das konnte er nicht zulassen. In wilder Panik tippte und wischte er auf seinem Smartphone. Wieso hatte er keinen Empfang? Das Symbol für die Empfangsstärke bliebt tot. Kein Netz. Den Arm ausgestreckt, hielt er das Handy in alle Himmelsrichtungen, ohne dass es ein Signal auffing.

Unmöglich. Er hatte das gecheckt. Außer in den Katakomben, durch die er ins Theater gelangt war, sollte er überall im Gebäude Empfang haben. Irgendwie mussten sie das Signal gestört haben.

Noch war nichts verloren. Wenn es ihm nur gelänge, an die Kanone heranzukommen!

»Wo zum Teufel steckst du, Feller?« Konzentriert ließ Kieferle den Blick über die Menschen gleiten, die durch die Ausgänge quollen, darauf lauernd, Feller irgendwo auszumachen.

Vielleicht hatte er sich unter das Publikum gemischt und hoffte, unerkannt aus dem Gebäude zu schlüpfen. Hagedorn rollte in diesem Moment über eine Rampe zwischen der Bühne und der ersten Parkettreihe. Kieferle erinnerte sich daran, dass im Saalplan die ersten vier Sitzreihen für gehandicapte Theaterbesucher ausgewiesen waren.

Seine Nerven waren zum Zerreißen gespannt. Er wischte sich die schwitzigen Handflächen an den Hosenbeinen ab.

»Verdammt, das geht alles zu langsam«, maulte er vor sich hin. Während andere ihre Kinder zur Eile antrieben, sie mit sich zerrten, beobachtete er eine Mutter dabei, wie sie ihrer nörgelnden Tochter seelenruhig den Anorak zuknöpfte und eine Wollmütze über den Kopf streifte.

Die Ränge eins bis drei auf dem Balkon über ihm waren fast vollständig geleert, während der Hauptsaal erst zu einem Drittel geräumt war.

Er musste ihn finden und aufhalten. Um jeden Preis.

Die Zusammenhänge hatten sich ihm und dem Soko-Team noch nicht erschlossen. Von den Vorwürfen, die er sich selbst machte, konnte ihn ohnehin niemand freisprechen.

Abgesehen davon, dass er nicht erkannt hatte, dass Oleg Wisniewski eines gewaltsamen Todes gestorben war, war ihm auch nicht in den Sinn gekommen, dass dessen Tätigkeit als Hausmeister im Stadttheater mit Feller oder einem möglichen Anschlagsziel in Verbindung stehen könnte.

Bannerts und Hagedorns Spekulationen waren dahin gegangen, dass Feller von Wisniewski bei irgendetwas im Theater überrascht worden war und er ihn deshalb beseitigen musste.

Nun war es zu spät. Möglicherweise hätte er all das verhindern können, hätte er bei der äußeren Leichenschau mehr Sorgfalt walten lassen.

Mehr als Knacken und atmosphärisches Rauschen kam auf seinem In-Ear-Hörer nicht an, weshalb Bannert ihn entnervt aus dem Ohr zog. Sie hatten den Kontakt untereinander, zu Adler und dem FLZ verloren. Wie verwinkelt das Theater und die darunterliegenden Kellerräume waren, hatte sich ihnen erst erschlossen, als sie durch einen Seiteneingang ins Gebäude vorgedrungen waren.

Mirko, der SEK-Kommandoführer, war gezwungen, die Gruppe weiter aufzuteilen, was ihm Unbehagen zu bereiten schien. Entgegen allen taktischen Richtlinien ließ er sie in Zweierteams in den unteren Etagen vorrücken.

Bannert und er würden weiter nach oben vordringen. Wegen der Notbeleuchtung waren die Restlichtverstärker verzichtbar, die sie mit sich führten

Die Verständigung erfolgte über taktische Zeichen, die Bannert zwar irgendwann einmal in seiner Grundausbildung gelernt, aber längst wieder vergessen hatte. Bereits nach kurzer Zeit begann der Kragen der ballistischen Weste, die Mirko ihm überlassen hatte, schmerzhaft am Hals zu scheuern.

Bannert folgte Mirko dichtauf, als der mit bedächtigen Schritten die Holztreppe emporstieg. Da Bannert im Umgang mit der MP7-KSK, mit der sie vor wenigen Jahren ausgerüstet worden waren, zu wenig geübt war, hatte er im Gegensatz zu Mirko darauf verzichtet, sie mitzuführen. Mit der Pistole fühlte er sich sicherer, zumal er die Vorgaben der jährlichen Kontrollübungen immer mit Bravour erfüllte.

»... wir werden alsbald bekannt geben, wann die Vorstellung wiederholt wird. Bitte verlassen Sie den Saal nun so schnell und geordnet wie möglich.«

Mit jeder Stufe, die sie weiter nach oben stiegen, schienen sie sich dem Theatersaal zu nähern.

Allgemeines Murren und enttäuschte Kinderstimmen wurden laut, als die Sprecherin zum Verlassen des Saals aufforderte. Bannert glaubte, die Stimme ihrer Pressereferentin zu erkennen.

»Was soll der Scheiß?«, schimpfte jemand über ihnen. Polternd näherten sich ihnen mehrere Personen. »Wir hatten noch nie Probleme mit der Heizung. Außerdem, wer war die Frau überhaupt?« Kippling entsicherte und riss den Lauf der Waffe nach oben in den Treppenschacht.

Ein kleiner Kerl im Kostüm eines Maikäfers gefror mitten in der Bewegung, als er dem SEK-Hünen gegenüberstand und in die Mündung der Maschinenpistole starrte.

Drei weitere Schauspieler, die ihm folgten und nicht mit seinem abrupten Stopp gerechnet hatten, prallten aufeinander.

»Was? Wer?«, presste der Maikäfer stammelnd hervor. Seine Fühler pendelten wild, als er abwechselnd ihn und Kippling mit groß geschminkten Käferaugen ansah. Wäre die Situation nicht so dramatisch gewesen, hätte Bannert laut aufgelacht.

»Sind sie die Schauspieler?«, hörte er Mirko absurderweise fragen.

»Wonach sehen wir denn aus?«, kam es von einer Frau weiter oben, die in einem bunten Kinderkleid steckte und offenbar die Rolle der Anneliese mimen sollte.

Ein schmales, mit übergroßen Sommersprossen gepunktetes Gesicht schob sich hinter der Frau hervor. »Warum ist die Polizei hier?«

»Für Erklärungen habe ich jetzt keine Zeit. Bitte verlassen Sie zu Ihrer eigenen Sicherheit umgehend das Gebäude und begeben Sie sich ins Inselhotel. Dort erfahren Sie alles Weitere«, sagte Bannert.

Annelieses Augen weiteten sich angstvoll. »Ich wusste, dass hier etwas nicht stimmt«, sagte sie an Peterchen gewandt, packte ihn am Ärmel und zog ihn hinter sich her.

Bannert und Kippling warteten, bis die Darsteller den Treppenabsatz erreicht hatten, ehe sie ihren Aufstieg fortsetzten. Wenige Stufen später erreichten sie ein Podest. Bannert musste sich erst orientieren, bedeutete Mirko, dass sie nach links müssten, und nach wenigen Metern langten sie am Bühnenaufgang an.

Kieferle riss endgültig der Geduldsfaden, und er eilte zu der Frau, die immer noch ihr Kind betüddelte und über die abgesagte Vorstellung hinwegzutrösten versuchte.

»Herrgott, gute Frau! Sehen Sie zu, dass Sie endlich hier verschwinden«, raunzte er sie an. »Oder glauben Sie, dass wir hier zum Spaß aufmarschiert sind?« Grob packte er sie am Arm, zog sie aus ihrem Sitz, hob das Mädchen kurzerhand auf den Arm und schob sie vor sich her Richtung Ausgang.

Dort übergab er das Kind und die zeternde Mutter zwei uniformierten Kolleginnen. Dann kehrte er in den Saal zurück. Nicht mehr lange, und der Raum würde endgültig geleert sein. Kieferles Hand glitt instinktiv unter seine Jacke, fuhr zu seinem Schulterholster und umklammerte den Griff seiner Dienstwaffe, als er hinter dem Bühnenvorhang eine Bewegung wahrzunehmen glaubte.

Noch hatten sie ihn nicht entdeckt. Feller war lautlos an den Rand des Stegs gekrochen und hatte die Leiter beinahe erreicht, als er die beiden Männer am seitlichen Bühnenaufgang erspähte. Er lag auf dem Bauch, atmete flach und vermied jedes Geräusch, bis sie sich entfernten.

Lauernd beobachtete er, wie sie die Bühne abzusuchen begannen, hinter die Kulissen leuchteten und in den Schacht des Lastenaufzugs hinab.

Jetzt! Er musste die Chance ergreifen, solange sie sich im hinteren Teil der Bühne aufhielten.

Der Aufstieg vor einer Stunde hatte sich mit nur einer Hand schon schwierig gestaltet. Einen Abstieg hatte er eigentlich nicht geplant gehabt.

Es kostete ihn große Mühe, Stufe um Stufe die Aluminiumleiter runterzuklettern und dabei nicht das Gleichgewicht zu verlieren.

Als er endlich festen Boden unter den Füßen verspürte, musste er eine Sekunde innehalten. Seine Schulter hatte wieder zu pochen begonnen. Vor seinen Augen explodierten Lichtblitze.

Nur wenige der über zwei Dutzend Strahler, die sich in den Traversen über der Bühne befanden, waren eingeschaltet und tauchten die Szenerie in diffuses bläuliches Licht. Für die Eröffnungsszene sollte eine nächtliche Atmosphäre geschaffen werden. Trotzdem erkannte er deutlich die Umrisse des Gebildes, das die Bühnenarbeiter kurz zuvor am Bühnenrand hinter einer Kulisse abgestellt hatten.

Erleichtert sah er, dass sich die Taschenlampen weiter

zu entfernen schienen. Geduckt huschte er zu der Requisite und ließ sich daneben in die Hocke sinken.

Der Unterbau der Mondkanone war eine für seine Begriffe dilettantisch zusammengezimmerte Holzkonstruktion aus ungehobelten Dachlatten, über die man schwarzen Stoff gespannt hatte, der festgetackert worden war. Eine etwa zwei Meter lange Papprolle mit silbrigem Sprühlack und aufgeklebten Sternen bildete das Rohr. Er wusste genau, an welcher Ecke des Stoffes er ziehen musste, um an die Kassette zu gelangen, die er gestern dort deponiert hatte.

Da lag sie.

Lange Zeit hatte er den Keller seines Elternhauses durchsuchen müssen, bis er ein Behältnis gefunden hatte, das ihm geeignet erschienen war.

Unter ein paar alten Faschingskostümen war er schließlich fündig geworden. Sein Vater musste die schwarze Geldkassette beschafft haben, als er im Narrenverein, dem er viele Jahre angehörte, Kassierer gewesen war. Sie war unverschlossen, und der Schlüssel mit einem Klebestreifen im Inneren angebracht gewesen.

Zitternd entriegelte er die Kassette und öffnete behutsam den Deckel. Wie er vermutet hatte, war auch das alte Handy, mit dem er den Fernauslöser verbunden hatte, ohne Empfang.

»Bastarde«, flüsterte er. Mit wenigen Handgriffen löste er die Verbindung zwischen Handy und Auslöser, stopfte die Verkabelung zurück und verschloss die Metallkassette. Wenngleich er es nie für möglich gehalten hätte, dass das Funknetz gestört würde, hatte er die Schaltung des Funkzünders für alle Fälle ebenfalls modifiziert. Die Bombe würde zünden – so oder so!

Kapitel 81

Immer noch im Theater

Hagedorns Fingerspitzen klopften im Takt eines Galeerentrommlers auf die Armlehnen seines Rollstuhls, als könnte er damit die Theaterbesucher zu mehr Tempo antreiben. Tatsächlich schien mehr Bewegung in die Menge gekommen zu sein, nachdem Kieferle ein Kind auf den Arm genommen und die keifende Mutter grob vor sich herschiebend aus dem Raum komplimentiert hatte.

Er nickte ihm zu und deutete mit dem Zeigefinger auf sein linkes Ohr. Kieferle verneinte. Was hieß, dass durch den Jammer auch ihr Funkkontakt noch immer unterbrochen war.

Selbst wenn das SEK oder die anderen Einsatzkräfte Feller irgendwo im Gebäude ausfindig und unschädlich machen konnten, würden sie hier drin nichts davon mitbekommen.

Kieferle schien sich genauso unbehaglich zu fühlen wie er, da er sich unablässig mit der Hand über den rasierten Schädel strich. Bis seine Hand plötzlich blitzschnell unter die Jacke fuhr und die Pistole zog.

Karsten hob alarmiert den Zeigefinger und deutete eine Kopfbewegung zur Bühne an, als er sich langsam darauf zubewegte. Im selben Augenblick fielen Schüsse.

Hagedorn fuhr zusammen und rollte intuitiv einige Meter zurück, während Kieferle in einer der Sitzreihen Deckung suchte und die Mündung seiner Waffe unbeirrt Richtung Bühne gerichtet hielt.

Die letzten noch im Saal Verbliebenen kreischten, drängten nun panisch durch die Ausgänge, rempelten und schubsten einander vorwärts. Ein Kind fiel weinend zu Boden, rappelte sich wieder auf, sah sich Hilfe suchend nach seiner Mutter um. Die kräftigen Arme eines Uniformierten packten das Kind, hoben es hoch und trugen es nach draußen.

Erneut bewegten sich die Falten des schweren Bühnenvorhangs. Diesmal sah es Hagedorn auch. Die Umrisse eines dunkel gekleideten Mannes schälten sich durch den Spalt der beiden samtenen Hälften.

Obwohl er einen Helm trug, erkannte ihn Hagedorn augenblicklich: Kippling. Das Gesicht schmerzverzerrt. Jemand oder etwas stieß ihn, was ihn einige Schritte nach vorn taumeln ließ. Ihm folgte Feller, der eine Pistole gegen Kipplings Nacken gerichtet hielt, dieselbe, mit der er Cigdem und Romano hingerichtet hatte.

Feller erhöhte den Druck auf Kipplings Nacken und zwang ihn auf die Knie. Hagedorn vermochte nicht zu sehen, ob oder wo der Kommandoführer verletzt war, aber er schien Mühe zu haben, da er wankte, bevor er in die Knie brach.

»Hagedorn, du Wichser, du hast alles versaut!«, spie Feller ihm hasserfüllt entgegen.

Was er für eine Reflexion des blauen Scheinwerferlichts über ihm hielt, waren tatsächlich Tränen. Sie rannen Feller in Strömen über die Wangen.

»Ihr habt alles versaut«, wiederholte er leiser.

»Immer sind die anderen schuld.« Obwohl er seine Stimme nicht erhob, war Hagedorn verwundert, wie sehr die Akustik seine Stimme durch den Raum trug. »Du machst es dir zu einfach, Timo. Aber das hast du immer getan, nicht wahr? Du kannst dich nicht selbst reflektieren. Vielleicht war dein Plan nur scheiße. Darüber mal nachgedacht?«

Tatsächlich schien Feller über Hagedorns Worte irritiert.

Etwas war anders. Hagedorn glaubte sich zu erinnern, dass Feller im Schloss die Pistole in der rechten Hand gehalten hatte. Nun führte er sie in der linken. Zerr musste ihn mit dem Stuhl schwerer getroffen haben, als sie angenommen hatten. Kipplings ballistischer Helm verdeckte die rechte Körperhälfte Fellers, und doch sah es so aus, als trüge Feller etwas unter dem rechten Arm. Oder hatte er nur eine Schonhaltung eingenommen?

»Mit dem Ablenkungsmanöver im Schloss hast du deinen eigenen Plan zunichtegemacht. Es war doch einer? Oder hattest du einfach nur Lust, uns zu töten? Konntest du es nicht ertragen, dass wir die Amokfahrt überlebt haben? Was? Was war es, Feller?«

»Das spielt jetzt keine Rolle mehr.« Feller schluchzte.

»Wenn es keine Rolle mehr spielt, kannst du das ganze Theater jetzt beenden. Leg deine Waffe nieder und ergib dich. Keiner von uns muss heute sterben.«

Feller horchte auf. »Sie haben also doch Angst vor dem Tod? Wusst' ich's doch.«

Bannert kam stöhnend zu Bewusstsein. Behutsam betastete er den Hinterkopf und spürte eine seifige, warme Flüssigkeit zwischen den Fingerspitzen. Seine Beine fühlten sich teigig an und drohten nachzugeben, als er sich schwankend aufrichtete. Für einen Moment glaubte er, sich übergeben zu müssen. Er konnte von Glück reden, dass er, als er niedergeschlagen wurde, nicht in den Schacht gestürzt war, der zu seiner Rechten gähnte.

Halt suchend spähte er über den Rand. Die Höhe war

schwer einzuschätzen, aber ein Sturz hätte unweigerlich tödlich geendet. Er fuhr herum, als er eine vertraute Stimme wahrnahm.

»Keiner von uns muss heute sterben«, hörte er Hagedorn sagen.

Dein Wort in Gottes Ohr, ging es ihm durch den Kopf.

Seine Hand fuhr zum Holster, und Panik überkam ihn. Seine Dienstwaffe war verschwunden. Hektisch begann er, das Bühnenparkett abzusuchen. Schließlich entdeckte er sie am Boden des Aufzugschachtes. Feller musste sie mit dem Fuß über den Rand gefegt haben, wo sie polternd in der Tiefe verschwunden war.

Sie jetzt zu holen würde zu viel Zeit in Anspruch nehmen. Stattdessen sah er sich nach einem Gegenstand um, der als Waffe fungieren könnte. Nichts. Alles, was ihm geeignet erschien, war fest mit dem Gebäude oder den Bühnenelementen verschraubt.

Rechts und links der Bühne, direkt neben dem Vorhang, entdeckte er Feuerlöscher. Er nahm einen davon auf und wog ihn in den Händen. Unhandlich und schwer. Mit genügend Kraft könnte er aber einen wuchtigen Treffer landen, der Feller von den Füßen reißen würde.

»Sie haben also doch Angst vor dem Tod? Wusst' ich's doch«, hörte er einen jungen Mann antworten. Das musste Feller sein.

Mit zwei Fingern spreizte er den Vorhang und lugte hindurch. Keinen Meter davor stand er. Zu seinen Füßen kniete Mirko, der bedrohlich wankte. Unter ihm bildete sich eine Blutlache.

Feller stand leicht zur Seite geneigt, das Gewicht auf das linke Bein verlagert. Er würde unglaublich schnell handeln müssen, wenn er das Überraschungsmoment auf seiner Seite haben wollte.

Bannert atmete zwei-, dreimal tief ein und spannte den Körper an.

»Ich habe nie behauptet, dass ich keine Angst vor dem Tod hätte«, entgegnete Hagedorn. »Komm schon, Timo. Lass den Mann gehen, und leg die Kassette zur Seite.«

Es bedurfte nicht viel Fantasie, um sich vorzustellen, dass er den Sprengstoff darin verbaut und verkabelt hatte. Unruhig machte Hagedorn das schwarze Kabel, das sich daraus hervorwand.

Feller war nicht blöd. Vermutlich hatte er schnell erkannt, dass sämtliche Funksignale und somit auch der Kontakt zum Fernzünder unterbrochen waren. Hagedorn hoffte inständig, dass das Kabel zu keiner Totmannschaltung führte, die die Bombe zünden würde, sobald Feller den Schalter losließ.

»Nein! Nicht!«, brüllte Hagedorn, als Bannert plötzlich durch eine Lücke im Vorhang sprang und mit einem gewaltigen Hieb Feller einen Feuerlöscher gegen den Schädel donnerte.

Feller schrie auf, taumelte, kippte wie ein gefällter Baum zur Seite und schlug hart mit der Schläfe auf dem Bretterboden auf. Etwas glitt aus seinen Armen und polterte blechern davon.

Hagedorn rechnete mit einer gewaltigen Explosion und schrie laut auf. »Marius, Karsten, raus hier. Los raus!«

Marius zögerte keine Sekunde, sprang von der Bühne, hob sich Kippling auf die Schulter und stürmte dem Ausgang entgegen.

Hektisch riss Hagedorn den Steuerhebel herum, als er aus den Augenwinkeln eine Bewegung wahrnahm. Eigentlich spürte er sie mehr, als er sie sehen konnte.

Er wandte den Kopf und erkannte Kieferle, der mit

ausladenden Schritten über die Sitzreihen hinweg auf die Bühne zusprang.

Benommen und wie ein Kleinkind krabbelte Feller auf die Geldkassette zu. Sein Gesicht war blutüberströmt, das Schädeldach und die Stirn monströs deformiert, der rechte Augapfel baumelte grotesk an der Wange.

Hagedorn konnte nicht glauben, dass er überhaupt noch lebte. Dennoch bewegte sich Feller immer schneller auf die Geldkassette zu, riss sie an sich und richtete sich wankend auf.

Fellers räumliches Sehen schien beeinträchtigt zu sein. Mehrmals griffen seine Finger ins Leere, als sie nach dem Zünder tasteten, der aus dem Metallkasten baumelte.

»Feeeelleeeer!« Mit einem gewaltigen Satz erreichte Kieferle den Bühnenrand. Er stieß Feller in Footballmanier von hinten an, rammte ihm die Schulter in den Magen, riss ihn von den Beinen und stürmte mit ihm durch den Vorhang hinein ins Dunkel.

Kapitel 82

Vor dem Theater

»Ich verlange, unverzüglich zu erfahren, was hier vor sich geht«, blaffte Zimmermann, der sich mit in die Hüfte gestemmten Händen vor Adler aufbaute. »Ich bin der Oberbürgermeister, falls wir noch nicht das Vergnügen hatten.«

»Oh, ich weiß sehr gut, wer Sie sind.« Adler hatte keinen Nerv, sich mit dem Kerl auseinanderzusetzen und wollte ihm die Schiebetür des Busses vor der Nase zuziehen.

»Warum evakuieren Sie das Theater?«, blaffte Zimmermann und blockierte die Tür mit dem Fuß.

Adler überlegte, ob und was sie ihm sagen konnte.

»Ich kann Ihnen im Augenblick keine Auskünfte erteilen«, antwortete sie so unverbindlich wie möglich. »Wenden Sie sich an unser Führungs- und Lagezentrum, und sprechen Sie mit dem Präsidenten.«

Zimmermann hob drohend den Zeigefinger. »Nein. Sie werden mir *jetzt* Auskunft geben. Falls dieser polizeiliche Aufmarsch mit einer städtischen Einrichtung zu tun hat, muss ich darüber infor–«

»Wie ich bereits sagte. Wenden Sie sich an unser FLZ«, fiel sie ihm scharf ins Wort und winkte zwei Einsatzbeamte zu sich heran.

»Bringen Sie den Herrn … ach, ich weiß auch nicht wohin, einfach weg aus meinem Gesichtsfeld.«

Gerade als die zwei Uniformierten Zimmermann unterhaken wollten, zerriss ein Donnerschlag die Luft, der die Scheiben des Klosters Zoffingen erzittern ließ.

»Grundgütiger!« Adler stöhnte, riss sich das Headset vom Kopf und rannte dem Theater entgegen.

»Nein, nein, nein! Bitte nicht!«, stammelte sie flehentlich.

Kapitel 83

Untersuchungsausschuss, Innenministerium Stuttgart
Sechs Wochen später

»Wir danken Ihnen, Frau Kriminaloberrätin Adler, für den umfassenden Bericht. Der Ausschuss wird in den nächsten Wochen weitere Zeugen hören und zu einer abschließenden Beurteilung kommen, ob es in dem Fall zu Versäumnissen und – wie soll ich sagen? – zu Pannen gekommen ist.«

Nadine Adler, die sich bereits erhoben hatte, sank wieder auf den Stuhl zurück. Obwohl die Frau, die den Ausschuss leitete, äußerlich gänzlich gegensätzlich war, erinnerte ihr Auftreten Nadine an die widerliche Hexe Dolores Umbridge aus der Harry-Potter-Reihe. In welchem Teil sie auftrat, war ihr im Moment nicht mehr geläufig.

»Sehr geehrte Frau Vorsitzende. Bei allem Respekt. Wie ich diesem Ausschuss in der vergangenen Stunde dargelegt habe, hat die Soko Vito unter der Leitung des Ersten Kriminalhauptkommissars Marius Bannert herausragende Ermittlungsarbeit geleistet, und es konnten alle Personen aus dem Theater evakuiert werden, bevor der Beschuldigte die Bombe zünden konnte. Glücklicherweise sind nur einige der Kinder leicht verletzt worden. Deren Verletzungen begrenzen sich auf Blessuren und Prellungen, die sie sich bei Stürzen während der Flucht zuzogen, und vereinzelte Knalltraumata. Der Kriminaltechniker meines Teams, Kriminalhauptkommissar

Karsten Kieferle, hat bei dem Versuch, Timo Feller aufzuhalten, sein Leben gelassen.

KHK Kieferle feierte letztes Jahr sein vierzigjähriges Dienstjubiläum und wäre Ende Februar auf eigenen Wunsch in den Vorruhestand entlassen worden. Nur um Ihnen das erneut ins Gedächtnis zu rufen. Feller hätte die Bombe gezündet. Diesen Fakt bitte ich Sie bei der Urteilsfindung zu berücksichtigen.«

Die Vorsitzende lächelte süffisant und blätterte durch die Seiten einer vor ihr liegenden Akte. »Ach ja, Herr Kieferle. War es nicht so, dass KHK Kieferle in seiner Eigenschaft als Kriminaltechniker ein Tötungsdelikt und die Verbindung zum Beschuldigten Feller nicht erkannt hatte?«

Adler fiel es schwer, die Contenance zu bewahren, sie atmete tief ein und ließ sich Zeit, ehe sie antwortete.

»Wie Ihnen der Zeuge Professor Dr. Dr. Strasser von der Rechtsmedizin Freiburg später darlegen wird, war es KHK Kieferle unmöglich, in der bloßen äußerlichen Leichenschau Hinweise auf eine Fremdeinwirkung zu erlangen. Wissen Sie, sehr geehrte Damen und Herren«, fuhr Adler fort und ließ den Blick durch die Runde gleiten, »Tatsache ist, dass wir den Beschuldigten Feller schon kurz nach der Amokfahrt hätten ermitteln können.«

Die Ausschussvorsitzende sah sie mit zusammengekniffenen Augen an. »Wie meinen Sie das, Frau Adler?«

Adler zögerte, unsicher, ob das, was ihr auf der Seele brannte, der Sache zuträglich war.

»Nur zu, Frau Adler.«

»Ich meine unseren Datenschutz, Frau Vorsitzende. Besser, die perversen Auswüchse unseres Datenschutzes.«

»Oh, nun bin ich neugierig«, sagte die Vorsitzende spitz.

Adler ahnte, dass sie sich keinen Gefallen damit tun würde. Aber nun hatte sie den Ball ins Rollen gebracht.

»Unsere gesetzlichen Richtlinien zum Schutz persönlicher Daten schützen nicht den Bürger. Wir schützen damit nur dessen Kontrahenten.«

»Würden Sie das konkretisieren, Frau Adler?«, meldete sich eine Landtagsabgeordnete zu Wort, deren Namen sie vergessen hatte.

»Sehr gern. Timo Feller war als Jugendlicher straffällig geworden. Nach einem Fall von Exhibitionismus und sexueller Belästigung war er damals erkennungsdienstlich behandelt worden. Diese sieht bei Sexualdelikten die Abnahme von Lichtbildern, Fingerabdrücken und DNA vor. Ein Jahr darauf wurde gegen ihn wegen des Verdachts der sexuellen Nötigung zum Nachteil einer Mitschülerin Fellers ermittelt. Beide Verfahren waren seitens der Staatsanwaltschaft mit dem Vermerk *Schuld nicht eindeutig nachweisbar* eingestellt worden. Trotz Restverdachts und einer meines Erachtens nicht unerheblichen Wiederholungsgefahr, mussten dessen Datensätze aus unseren Systemen wieder gelöscht werden.«

»Worauf wollen Sie hinaus?«, drängte die Vorsitzende ungeduldig.

»KHK Kieferle und sein Team konnten im Tatfahrzeug, das zur Amokfahrt benutzt wurde, Fingerabdrücke und DNA-Spuren sichern. Ein Datenabgleich hätte uns, vorausgesetzt Fellers Daten wären noch vorhanden gewesen, schon wenige Tage nach dem ersten Dezember evident auf dessen Spur gebracht.«

Adler sah reihum betretende Gesichter. Dennoch gab sie sich keinerlei Illusionen hin, dass ihr Verhalten etwas ändern würde.

»Zugegeben, die schreckliche Amoktat vom ersten Dezember wäre dadurch nicht zu verhindern gewesen. Aber der Tod der Polizeibeamten, KHK Kieferle und Polizeikommissarin Akay, Franco Romanos und Oleg Wisniewskis.«

Nadine Adler ließ ihre Worte einige Sekunden wirken.

»Ich versichere Ihnen, meine Damen und Herren, jede Beamtin und jeder Beamte, alle, die in die Ermittlungen der Amoktat auf dem Weihnachtsmarkt Konstanz involviert waren, haben sich mit Herzblut eingebracht, zum Teil bis zur totalen Erschöpfung Tag und Nacht gearbeitet. Viele Hundert Überstunden wurden geleistet. Versuchen Sie bitte, sich nur einmal in deren Situation zu versetzen, versuchen Sie zu verstehen, welch psychischen Belastungen die Kolleginnen und Kollegen ausgesetzt sind, die die Toten von der Marktstätte zu identifizieren, sie spurentechnisch zu untersuchen und den Angehörigen den tragischen Verlust eines Kindes, des Vaters, der Mutter, oder eines Geschwisterteils zu überbringen haben. Danke sehr!«

Epilog

Konstanz, Ende Februar

»Bist du sicher, dass ich das für dich verwahren soll?« Fechter tippte unschlüssig auf den versiegelten Umschlag, den ihm Hagedorn übergeben hatte.

»Ja, bin ich«, versicherte er.

»Ich bin kein Notar, dessen bist du dir bewusst, Falk?«

Hagedorn lachte auf. »Gideon, du bist der integerste Rechtsverdreher, den ich kenne. Was nicht bedeuten soll, dass ich dir vertrauen würde.« Hagedorn zwinkerte verschwörerisch. »Mir ist wichtig, dass alles mit rechten Dingen zugeht, sollte mir etwas passieren.«

»Wovon ich nicht ausgehe.« Fechter sah ihn streng an.

»Ich bin in den vergangenen Jahren ein paarmal nur knapp dem Tod entronnen. Ich dachte, es wäre an der Zeit, meinen Nachlass zu regeln, bevor der Staat, das Land, oder am Ende die Stadt und dieser unsägliche Oberbürgermeister mein Vermögen erben.«

»Aus reiner Neugier. Wer ist der Begünstigte?« Fechter lehnte sich erwartungsvoll zurück.

»*Die* Begünstigten«, korrigierte Hagedorn. »Darius Szegeny, mein Partner, würde die Praxis bekommen. Marius das Haus im Musikerviertel. Meine Lebensversicherung würde die Restschulden und die horrende Erbschaftssteuer abdecken.«

»Denk daran, ihn in der Lebensversicherung als Begünstigten eintragen zu lassen.«

»Schon geschehen.«

Fechter spitzte die Lippen auf seine unvergleichliche Art. »Das ist sehr großzügig von dir.«

Hagedorn rieb sich verlegen die Nase.

»Ich hab sonst keinen mehr, dem ich was hinterlassen könnte, wie du weißt. Es ist auch kein Geheimnis, wie viel ein Schutzmann verdient und wie sich die Immobilienpreise in Konstanz entwickelt haben. Warum soll ich Marius, Jule und der kleinen Karina nicht eine Freude bereiten, wenn ich mal den Löffel abgebe?«

Fechter hüstelte pikiert.

»Sorry … das Zeitliche segne, in die ewigen Jagdgründe eingehe.«

Sie schwiegen einen Moment. Es war Hagedorn keineswegs unangenehm. Genau wie mit Bannert konnte er mit Fechter ebenso gut schweigen, ohne dass es je peinlich war.

»Was genau ist eigentlich im Theater geschehen?«, unterbrach Fechter als Erster die Stille.

»Wir hatten enormes Glück. Wirklich. Karsten hat sich auf Feller gestürzt, als Marius sich Mirko Kippling aufgeladen hatte und ihn aus der Gefahrenzone bringen wollte. Ich vermute, dass Feller erst in dem Moment den Zünder betätigen konnte. Die Explosion erfolgte wenige Sekunden später, als Karsten und er den Aufzugschacht im hinteren Bühnenbereich hinabgestürzt waren. Deshalb vermuten wir, dass er eine Totmannschaltung benutzt hat. Lunte, ähm Harald Krüger, der Sprengstoffexperte vom LKA, hat Reste von dem Zeug im Labor analysieren lassen. Der Sprengstoff, den sich der bekloppte Feller in Tschechien hat andrehen lassen, war jahrzehntealt, völlig überlagert und wies nur einen Bruchteil seiner ursprünglichen Sprengkraft auf.«

»Karstens Tod ist sehr bedauerlich«, warf Fechter ein.

Hagedorn kratzte sich nachdenklich am Kinn und pflichtete ihm wortlos bei.

»Ach ja. Der Mord an dem Hausmeister ging ebenfalls auf Fellers Konto. Noch ist unklar, wobei er Feller ertappt hatte.«

»Ein Verdeckungsmord?«

»Richtig«, bestätigte Hagedorn. »Die Auswertung seines Laptops hat übrigens ergeben, dass er die Aufnahmen der Amokfahrt zeitgleich mit den Live-Aufnahmen aus dem Theater ins Netz streamen wollte. IT-Spezialisten vom LKA konnten das zum Glück verhindern.«

»Und der Live-Stream war durch den Jammer verhindert worden«, schlussfolgerte Fechter. »Die Aufnahmen der Amokfahrt hatte er selbst mit einer Action-Cam gemacht, aber wie kam er an die Tonaufnahmen aus dem Seeheim?«

»Das ist ebenfalls noch ungeklärt. Auf der Kamera waren nicht nur Fellers Fingerabdrücke. Ich hab da eine Vermutung … reine Spekulation. Aber das werden die weiteren Ermittlungen zeigen.«

»Wie geht es eigentlich dem verletzten SEK-Mann?«

»Auf dem Weg der Besserung. Die Kugel, die Feller ihm verpasst hatte, steckte in seiner Hüfte. Für kurze Zeit war sein Zustand lebensbedrohlich.«

»Das freut mich zu hören. Und wie geht's dir?«

Hagedorn hob unschlüssig die Arme. »Jeden Tag besser.«

»Wann ist die Gedenkfeier?«, lenkte Fechter ab, der erkannte, dass er nicht mehr aus Hagedorn herausbekommen würde.

»Um achtzehn Uhr. Im Logan's.«

»Eine ungewöhnliche Location, oder?«, befand Fechter.

»Karsten hätte das gefallen. Und ich bin Grace dankbar, dass sie uns ihr Lokal dafür zur Verfügung stellt. Vorher muss ich aber noch etwas erledigen. Würdest du mich entschuldigen, falls ich mich ein paar Minuten verspäte?«

»Mach ich gerne.« Fechter lächelte und griff nach dem Umschlag. »Den verwahre ich hier im Tresor.«

»Danke dir für alles. Dann sehen wir uns später.«

Hagedorn wendete bereits den Rollstuhl, als er zögernd innehielt. »Was ich dich schon lange fragen wollte.«

»Hm?«, summte Fechter.

»In jener Nacht … als du den Kolleginnen und Kollegen der Soko den Kopf gewaschen hast … was, nebenbei gesagt, übrigens sehr unangebracht war, erwähntest du, dass du zwei Stunden im Auto gesessen hattest. Wo bist du denn gewesen?«

In Fechters Gesicht stand ehrliches Bedauern.

»Du hast recht, Falk. Und ich bereue das zutiefst. Ich bin Vorsitzender des Landesverbands Baden im Zentralrat der Juden. Du weißt selbst, was alles vor sich geht. An dem Abend hatten wir eine Krisensitzung in Freiburg, bei der wichtige Entscheidungen zu treffen waren, und ich möchte anmerken, dass das mein Verhalten in keiner Weise entschuldigt. Ich möchte später, wenn hoffentlich alle Mitglieder der Soko bei Karstens Gedenkfeier anwesend sind, die Gelegenheit nutzen, mich dafür zu entschuldigen.«

»Sehr anständig von dir«, lobte Hagedorn.

»Falk.« Fechter hielt ihn zurück. »Du bist kein gläubiger Mensch?«

Hagedorn sah Fechter überrascht an.

»Nein, nicht mehr«, antwortete er aufrichtig. »Mein Gott hat mir zu viel genommen, als dass ich noch glauben könnte.«

»Wäre nicht der Tod, das Leben hätte nicht den geringsten Wert«, sagte Fechter mit einem gütigen Lächeln. »Zu glauben ist eine Frage der Entscheidung.«

»Hey, Prinzessin! Entschuldige bitte, dass ich so lange nicht nach dir gesehen habe. Es gab so viel zu erledigen, nachdem ich aus der Klinik entlassen wurde. Oh nein. Mach dir keine Sorgen. Nichts Schlimmes. Ich war nur zur Beobachtung dort. So hatte es mir Frau Doktor Pelikan zumindest versichert. Sie heißt nicht wirklich Pelikan, aber ich kann mir ihren Namen einfach nicht merken. Aber das ist eine lange Geschichte.

Gefällt dir die Inschrift, Prinzessin?«

Hagedorn beugte sich vor und wischte mit einem Taschentuch über die Grabplatte, die der Steinmetz vor einigen Tagen in seinem Auftrag geändert hatte.

Karina Hagedorn
*01. Jan. 1994
+21. Mai 2020

DAS LEBEN IST EINE THEATERROLLE. ENTSCHEIDEND IST NICHT,
WIE LANGE, SONDERN WIE GUT MAN SPIELT.
Meiner geliebten Tochter

»Ich war lange Zeit unschlüssig, was in der Inschrift stehen sollte, bis mir einfiel, wie sehr du der Philosophie zugetan warst. Ich hoffe, du magst es.

Ich muss dir noch etwas gestehen, bevor ich dich wieder verlasse. Wäre ich am 5. Januar … du weißt schon, gestorben, hätte ich den Tod willkommen geheißen.

Ja, wirklich. Ich bin mir nicht sicher, was sich geändert hat. Dieser Fall hat mich mehr mit meiner Vergangenheit konfrontiert, als mir lieb war. Ich war gezwungen, mich endlich meiner Trauer zu stellen. Keine Ahnung, wie ich es ausdrücken soll …«

Er wischte sich den Regen aus der Stirn.

»Ich bin endlich so weit loszulassen.«

Hagedorn verweilte noch einige Minuten in stillem Gedenken, ehe er die Augen öffnete.

»Ich muss los, Prinzessin … Die anderen warten bestimmt schon auf mich im Logan's. Grace, du hättest sie sicher gemocht, sie war in den letzten Wochen sehr um mich besorgt und …

Mehr ein andermal, Prinzessin. Ich liebe dich.«

- E N D E –

Danksagung

Geschätzte Leserinnen und Leser,

Falk Hagedorn ist mir über die Jahre sehr ans Herz gewachsen. Sie, liebe Leserinnen und Leser, haben wie ich mit ihm ermittelt, gefiebert, geliebt, gelitten, über ihn geschmunzelt oder sich geärgert.

Trotz aller Verbundenheit und allem, was ich ihm zugemutet habe, hat sich Falk eine Auszeit redlich verdient. Finden Sie nicht auch?

Wie schon in den vergangenen Hagedorn-Fällen standen mir zahlreiche Personen beratend zur Seite. Zuvorderst Dr. med. Michael Bentele, der mir in medizinischen Fragen zu jeder Tages- und Nachtzeit Rede und Antwort stand. Dir, lieber Michael, herzlichen Dank.

Oft ist es schwer genug, Beruf, Alltag und Schriftstellerei unter einen Hut zu bekommen, daher danke ich meiner Familie, meinen Freunden und Kollegen für ihre Geduld und Nachsicht, wenn ich, wieder einmal im Schreibmodus, geistesabwesend und entrückt Löcher in die Luft gestarrt habe.

Nicht zuletzt gilt meine Dankbarkeit meinen Lektoren Anne Pias und Uwe Voehl für die redaktionelle Überarbeitung, dem gesamten be-Team des Lübbe Verlags und der Agentur Gerald Drews für das in mich gesetzte Vertrauen, ohne das Sie, liebe Leserinnen und Leser, dieses Buch nicht in Händen hielten.

Mach's gut, Falk …